철 늦은 국화

다시 읽는 일본 단편소설 걸작선

철 늦은 국화

초판 1쇄 발행 2024년 6월 15일

옮긴이 오석륜

펴낸이 김선기

펴낸곳 (주)푸른길

출판등록 1996년 4월 12일 제16-1292호

주소 (08377) 서울시 구로구 디지털로 33길 48 대륭포스트타워 7차 1008호

전화 02-523-2907, 6942-9570~2

팩스 02-523-2951

이메일 purungilbook@naver.com

홈페이지 www.purungil.co.kr

ISBN 979-11-7267-001-6 03810

다 시 / 읽 는 / 일 본 / 단 편 소 설 / 걸 작 선

철 늦은 국화

오석륜 옮김

푸른길

지금 왜 '일본 단편소설 걸작선'인가?

작가 무라카미 하루키의 작품을 필두로 20세기 후반부터 시작된 일본소설 붐은 여전히 한국의 출판시장에서 그 열기가 식지 않고 있다. 베스트셀러, 스테디셀러 할 것 없이 초강세다. 한국문화의 일본 침투 현상을 '한류韓流'라고 명명하는 것처럼 일본인은 이런 현상을 '일류日流'라고 부른다.

이 일류의 중심을 형성하는 소설가들의 특징은 무엇일까. 일본 전후 세대 작가와 젊은 작가가 조화를 이루고 있다는 점이다. 그리고 이들 젊은 작가들은 문학 수업 과정에서 20세기 초·중엽 일본 근대문학의 본령을 형성했던 작가들에게서 영향을 받고 있다는 점이다.

바로 이런 사실이 옮긴이가 지금 '일본 단편소설 걸작선'을 꾸려 한국 시장에 내놓는 중요한 이유와 맞물려 있다. 현대인들은 이들의 작품을 '고전'이라는 이름으로 표현한다. 물론 이들 작가와 작품이 한국인들에게 생소한 것도 아니다. 우리들의 정서 속에 그 문학적 향수가 자리 잡고 있다.

그러니까 이 번역서는 시기적으로 보면 지금으로부터 약 100년 전,

20세기 초·중엽에 발표된 일본소설 군群에서 한국인이 꼭 읽었으면 하는 작품을 선별하여, 그들 작품에 내재된 매력을 찾고자 하는 생각에서 출발한다. 그것은 곧 한국의 독자들에게 좋은 고전을 읽게 하려는 의지를 담고 있다는 뜻이다. 일본 고전의 진수를 찾고 그 문학적 공감대를 형성하려는 노력은 적지 않은 의미와 기대 효과를 가져오리라 믿는다. 그런 생각으로 찾아낸 작품이 이 책에 실은 단편 여덟 편이다.

독자들의 이해를 위해 단편 작가들과 그 작품들의 특징을 서술한다.
먼저, 일본 근대문학을 대표하는 작가로 한국인에게 가장 잘 알려진 나쓰메 소세키와 아쿠타가와 류노스케의 소설에 주목하였다. 소세키의 단편에서는 「열흘 밤의 꿈」과 「하룻밤」을, 아쿠타가와의 작품에서는 「코」, 「어느 바보의 일생」, 「톱니바퀴」를 채택·번역하였다.
소세키의 두 편은 괴담 이야기를 들려주는 듯하지만, 읽는 이에게 색다른 기쁨을 제공해줄 것이다. 그가 왜 일본인이 가장 존경하는 작가인지를 느꼈으면 하는 바람이다. 아쿠타가와의 세 작품 중, 「코」를 읽으면서는 단편소설 쓰기에 치중했던 그가 특히 일본의 고전에 바탕을 두고 어떻게 시대에 맞는 그림으로 그려냈는지를 살펴보기 바란다. 더불어, 「어느 바보의 일생」과 「톱니바퀴」는 자살을 택하기 전의 아쿠타가와가 마음속에 일어났던 혼란스러웠던 심상풍경心象風景의 세계를 어떻게 문장에 녹이고 있는지, 새로운 시각으로 음미해보자는 의도로 선별하였다.

이들 두 사람에 비해서 아리시마 다케오는 한국인에게는 그 지명도가 떨어지지만, 일본문학사에서 '사랑을 근간으로 하는 이상주의'의 입장에서 작품을 써서 큰 족적을 남긴 작가로 평가받는다. 한국인에게 잘 알려지지 않은 작품이지만, 「카인의 후예」가 바로 그러한 성향의 소설이다. 특히, 한국의 소설가 황순원의 작품 「카인의 후예」도 있어, 이들 양국을 대표하는 두 작가의 작품 세계를 비교해서 공부해보는 좋은 기회가 될 것이라고 판단하였다. 적지 않은 공을 들인 것도 그 때문이다.

또한 일본의 자연주의를 대표하는 작가 다야마 가타이의 작품 「소녀병」은 일본소설의 중요한 특징으로 손꼽히는 '사소설私小說의 대표주자'인 작가의 작품을 한국인에게 소개하여, 이미 잘 알려진 그의 대표작 「이불」과는 또 다른 매력이 있음을 헤아렸으면 하는 희망으로 옮겼다.

일본 여성 작가의 것으로 수록한 하야시 후미코의 「철 늦은 국화」는 한국인에게 의외로 일본 여성 작가의 작품이 소개되지 않았다는 점과 함께, 여성적인 섬세한 필치가 나를 사로잡았다. 한국인 독자 또한 같은 공감대를 형성할 수 있을 것이라는 기대를 반영한 것이다. 이 책의 맨 앞에 배치한 것도 그러한 의지의 표출이다. 특히 여성 독자의 일독을 권한다.

무엇보다도 이들 작품을 하나로 묶어서 번역서를 출간하는 것은 여덟 편 작품 모두가 현대를 살아가는 우리에게 전혀 낯설지 않을 뿐 아니라, 금방 생산해낸 듯하면서도 고전의 묘미가 살아 움직이고 있다는 생각 때문이다.

한국인 독자들이 이 책을 통해 지금 왜 '일본 단편소설 걸작선'을 읽어야 하는지를 공감할 수 있는 계기가 되었으면 한다. 그것은 곧 한국 소설의 이해에도 적잖은 도움을 주리라 믿는다. 더 나아가 일본소설 혹은 일본문학에 대한 관심으로 이어져, 일본에 대한 이해를 확장할 수 있는 시간이 되었으면 하는 마음 간절하다.

끝으로 '일본 단편소설 걸작선'을 아름다운 책으로 태어나게 해주신 ㈜푸른길 김선기 대표님께도 고맙다는 말씀을 전한다. 독자 여러분의 넉넉한 질정을 기다린다.

2024. 5.
나무 향기 그득한 초안산 기슭 연구실에서
오 석 륜

일러두기

—

작품 속에 달린 모든 주는 역자주이다.

차례

晩菊
철 늦은 국화

하야시 후미코

林芙美子_1903~1951

소설가. 시인. 야마구치 현 태생. 어릴 때부터 행상을 하며 각지를 떠돌아다니는 생활을 하였다. 1922년 도쿄로 와서 여종업원, 여공 등의 생활을 하면서 소설을 쓰는 한편, 아나키즘 계통의 시인들과 교류하며 감화를 받기도 했다. 1928년부터 『여인 예술』에 연재한 『방랑기』가 호평을 받아, 책으로 출간하며 일약 베스트셀러가 되었다. 그 후 독자적인 서정적 문체로 신진작가로서의 명성을 굳힌다. 일본의 대륙 침략기에는 펜 부대로 종군하기도 했다. 전후에는 저널리즘의 부활과 더불어 정신적인 창작활동을 전개시켜 작가적 성숙함을 보였다. 주요 작품으로 「뜬구름」 「밥」 「굴」 등이 있으며, 1951년 심장마비로 세상을 떠났다.

저녁 5시경에 찾아오겠다는 전화를 받았기 때문에 긴은 "일 년 만이군요. 벌써 그렇게 됐나요."라고 말한 기분으로 전화를 끊고 시계를 보았다. 5시가 되려면 아직 두 시간 정도 여유가 있었다. 우선 그동안에 무엇보다도 목욕을 해두어야겠다고 생각했고, 하녀에게 조금 이른 저녁 준비를 시킨 후 서둘러 목욕을 했다. 헤어졌을 때보다 좀 더 젊게 보여야만 한다. 자신이 늙었다고 느끼게 하는건 패배라고 생각한 긴은 천천히 탕 속에 들어가고 나오기를 되풀이했다. 냉장고 얼음을 꺼내 잘게 깨, 이중으로 된 가제에 싼 뒤, 거울 앞에 서서 10여 분 정도 골고루 마사지를 했다. 피부에 감각이 없어질 정도로 얼굴이 빨갛게 마비되어갔다.

쉰여섯이라는 여자의 나이가 묘한 기분을 자아내고는 있지만, 긴은 여자 나이 같은 것은 오랜 세월의 경륜으로 어떻게든 감출 수 있다는 비장함으로, 소중히 간직해온 외제 크림을 발라 차가운 얼굴을 닦았다. 거울 속에는 죽은 사람처럼 창백한 여인의 늙은 얼굴이 눈을 동그랗게 뜨고 있었다. 화장하다가 그녀는 문득 자신의 얼굴이 싫증나게 느껴졌다. 옛날에는 그림엽서에까지 실렸던 곱고 아름다운 자신의 모습이 눈앞에 떠올라, 긴은 무릎을 들어올리며 허벅지 살을 들여다보았다. 그 옛날 탄력 있고 통통했던 다리에는 가느다란 정맥 혈관이 드러나 있었다. 다만, 그렇게 살이 많이 빠지지는 않았다는 것이 좀 안심이 되었다. 아직도 허벅지에는 고운 살이 붙어 있었다. 긴은 욕탕에서는 으레 다리를 똑바로 쭉 뻗은 자세에서 허벅지의 움푹 파인 곳에 따뜻한 물을 부으며 쳐다보곤 했다. 따뜻한 물은 두 허벅지가 만든 도랑에 가만히 고여 있었다. 안도의 한숨 속에 느껴지는 편안함이 늙어가는 긴의 마음을 위로해주었다.

아직 남자를 가질 수 있다. 그것만이 인생의 위안인 듯한 생각이 들었다. 긴은 가랑이를 벌리고 사타구니를 살짝 남의 것 만지듯 만져본다. 매끈매끈한 기름과 잘 어우러지는 사슴가죽처럼 부드러움이 있다. 사이카쿠(西鶴, 17세기 후반에 활동한 일본의 유명한 소설가)의 책 『여러 지방을 두루 알 수 있는 이세모노가타리伊勢物語』(10세기경에 만들어졌다고 추정되는 일본 최초의 짧은 이야기를 모은 책) 속에, 이세 지방 구경거리 중에는 샤미센(三味線, 일본 고유의 음악에 사용하는 세 개의 줄이 있는 현악기)을 타는 오스기와 다마라는 아름다운 두 여인이 있었다. 샤미센을 타기 전에 진홍빛 망을 둘러치게 하고 그 그물눈 사이로 두 여인의 얼굴을 향해 돈을 던지는 놀이가 있었다는 이야기를 생각해내고, 긴은 붉은 망을 쳤다고 하는, 그 목판화 같은 아름다움이 지금의 자신에게는 이미 동떨어진 먼 과거의 일이 되어버린 것 같은 기분이 들어 견딜 수 없었다.

젊을 때는 뼈에 사무치도록 돈 욕심에 눈이 멀었지만, 나이를 먹어가고 또한 격한 전쟁의 파도를 겪고 보니, 긴은 남자 없는 생활은 공허하고 의지할 데 없다는 생각이 들어 견딜 수가 없었다. 나이를 먹으면서 자신의 아름다움도 조금씩 변해왔고, 해마다 자신의 아름다움에 대한 품격도 달라져갔다. 긴은 나이가 듦에 따라 화려한 것을 몸에 걸치는 어리석은 짓은 하지 않았다. 쉰이 넘은 연륜 있는 여자가 빈약한 가슴에 목걸이를 한다거나, 유모지(湯文字, 여자들이 속치마처럼 허리에 감는 천) 같은 붉은 체크 무늬 스커트를 입고 흰 공단으로 된 헐렁헐렁한 블라우스를 입는다거나, 챙이 넓은 모자로 이마의 주름살을 가리려 하는 등의 얄팍한 눈속임이 긴은 싫었다. 그렇다고 기모노의 안쪽 깃에서 진홍빛이 엿보이는 유녀와 같은 그런 추잡한 취향도 마음에 들지 않았다.

긴은 지금까지 한번도 양장을 입어본 적이 없었다. 산뜻하고 새하얀 비단 옷깃에 여린 남빛으로 염색한 겹옷, 허리띠는 엷은 크림색에 흰 줄무늬가 있는 하카타(博多, 일본 후쿠오카켄 후쿠오카시의 동부에 위치) 지방의 것이었다. 허리띠가 흘러내리지 않도록 매는 물빛 매듭은 가슴 밑에다 눈에 띄지 않게 꼭 묶었다. 가슴은 풍만하게 하고, 허리는 가늘게, 배는 허리띠 밑에 매는 속띠로 바싹 조였다. 엉덩이에는 엷은 비단을 연상시키는 고시부톤(腰布團, 노인 등의 보온용으로 허리에 두르는 작은 이불)을 대서, 서양 여인네처럼 멋들어진 옷매무새를 만들어냈다. 머리는 옛날부터 갈색이었기 때문에 하얀 얼굴과 긴 머리가 쉰이 넘은 여자의 머리칼이라고는 생각되지 않았다. 몸집이 커서 옷자락을 짧게 해 기모노를 입은 탓인지 옷자락 끝은 말쑥했다.

남자를 만나기 전에는 반드시 이런 기생다우면서도 수수한 단장을 하고, 거울 앞에서 차가운 정종을 다섯 잔 정도 단숨에 마신다. 그런 후에는 칫솔로 양치질을 해서 술 냄새를 없애는 것도 잊지 않는다. 약간의 술은 그 어떤 화장품을 쓰는 것보다도 긴의 몸에 효과를 주었다. 희미하게 취기가 오르면 눈 밑이 붉게 물들고, 커다란 눈이 촉촉해진다. 푸른빛이 도는 화장을 하고 글리세린으로 갠 크림을 바르면 얼굴에 윤기가 되살아난 것처럼 유난히 맑아졌다. 립스틱만은 고급스러운 것으로 골라 짙게 발라둔다. 붉은빛이라고는 입술뿐이다. 긴은 손톱도 평생 물들여본 적이 없었다. 나이 든 여인의 손치장이란 더더욱 욕심스러우면서도 빈약해 보이고 이상한 것이다. 로션을 손등 여기저기에 바르고 두드린다. 손톱은 병적일 정도로 짧게 깎아 모직 조각으로 닦아주었다. 기다란 속옷의 소맷부리가 살짝 들여다보이는데, 색채는 모두 엷은 색조를 좋아하여 물색과 분홍색으로 염색한 옷을 몸에 걸쳤다. 향수는 달콤한 향이 나는 것으로 어깨와 굵어진 두 팔뚝에 발라둔다. 귓불 따위에는 실수로라도 발라본 적이 없다. 긴은 여자임을 잊고 싶지 않은 것이다. 세상의 보통 노파 같은 지저분한 모습으로 살아가느니 차라리 죽는 편이 나았다. — "인간의 몸으로는 있을 수 없을 만큼 강렬하게, 장미라고 생각하지만 내 마음도 그러하다." 긴은 어느 유명한 여가수가 부른 이 노래를 좋아했다.

남자가 없는 생활은 생각만 해도 오싹해진다. 이타야가 갖고 온 엷은 분홍빛 장미 이파리를 보고 있으면, 그 꽃의 화려함에 긴은 옛날을 회상한다. 먼 옛날의 풍속이나 자신의 취미, 쾌락이 조금씩 변해가는 것도 긴에게는 즐거운 일이었다. 홀로 잠자리에 드는 날, 긴은 한밤중에 잠에서 깨면, 처녀시절부터 알던 남자들을 손가락으로 살며시 헤아려보았다. 이 사람, 그 사람, 그리고 또…… 아, 그 사람도 있었지! 그런데 이 사람을 그 사람보다 먼저 만났나?…… 그렇지 않으면 나중이었나?…… 긴은 마치 숫자로 노래를 부르듯, 남자들에 대한 추억으로 마음이 아련해져온다. 추억이 있는 남자와 어떻게 이별했는가에 따라서 눈물이 날 것 같은 사람도 있다. 긴은 남자 한 사람 한 사람에 대해서 그와 만났을 때의 추억 떠올리기를 좋아한다. 전에 읽은 적이 있는 『이세모노가타리』처럼, '옛날에 남자가 있었다'는 추억을 가슴 가득히 담아 두고 지내는 탓일까? 긴은 홀로 드는 잠자리에서 어렴풋이 옛 남자를 생각하는 것이 즐거웠다.

다베로부터의 전화는 긴으로서는 뜻밖의 일이었고, 고급 포도주라도 발견한 듯한 그런 기분이었다. 다베는 추억에 이끌려 찾아오는 것뿐이다. 옛 추억이 조금은 남아 있지 않을까 하는 감상으로, 사랑의 흔적을 음미하러 오는 것이다. 잡초 무성한 기와집 터에 서서, 그저 '아아!' 하고 한숨만 내쉬게 해서는 안 될 것이다. 나이나 주변 환경에 조그마한 빈틈도 있어서는 안 된다. 조심스러운 표정이 무엇보다 필요하고, 둘이서 차분히 몰두할 수 있는 그런 분위기가 감돌지 않으면 안 된다. 내 여자는 변함없이 아름다운 여자였다는 그런 추억을 잊게 만들어서는 안 된다. 긴은 순조롭게 몸치장을 마치고, 거울 앞에 서서 무대에 선 자신의 모습을 확인한다. 만사 빈틈은 없는지…….

응접실로 나가자 벌써 저녁상이 준비되어 있다. 싱거운 된장국과 짠 다시마에 보리밥을 곁들여 하녀와 마주 앉아 먹었다. 그리고는 계란을 깨서 노른자를 단숨에 마셨다. 긴은 남자가 찾아와도, 옛날부터 자기 쪽에서 식사를 준비하는 일은 그다지 하지 않았다. 이것저것 밥상을 차려 놓고, "직접 만든 음식입니다" 하며 남자에게 사랑스런 여자로 인식되고 싶다는 생각은 해보지도 않았다. 가정적인 여자라는 건 긴에게 별 흥미가 없다. 결혼할 생각도 없는 남자에게 가정적인 여자로 보이면서까지 아양을 떨 이유가 없는 것이다.

이런 긴을 만나러 오는 남자들은 긴을 위해 여러 가지 선물을 갖고 왔다. 긴에게는 그것이 당연한 것이었다. 긴은 돈 없는 남자는 결코 상대하려고 하지 않았다. 돈 없는 남자만큼 매력 없는 상대도 없다. 연애를 하면서 다림질도 하지 않은 양복을 입거나, 단추가 떨어진 속옷을 태연하게 입고 있는 그런 남자에게는 금세 싫증을 느꼈다. 사랑을 하는 그 자체가 긴에게는 하나하나 예술품을 창조해내는 듯하다는 생각이 들었다. 긴은 처녀 때 아카사카(赤坂, 도쿄에 있는 지명, 고층 빌딩과 호텔, 고급 요정이 많고, 밤에는 환락가)의 만류万龍와 닮았다는 얘기를 들었다. 유부녀가 된 만류를 딱 한 번 본 적이 있는데, 홀딱 반할 만큼 아름다운 여자였다. 긴은 그 훌륭한 아름다움에 질려버렸다. 여자가 언제까지고 아름다움을 지켜나간다는 것은 돈이 없고는 도저히 불가능한 일이라는 것을 깨달았다.

긴이 게이샤芸者가 된 것은 열아홉 살 때였다. 별다른 재주는 없었지만, 단지 예쁘다는 것만으로도 게이샤가 될 수 있었다. 그 무렵, 동양 구경을 하러 와 있던, 나이 든 프랑스 신사의 술자리에 불려 나간 긴은 그 신사로부터 일본의 마르그리트 고티에로 사랑을 받게 되었고, 긴 자신도 『춘희椿姫』의 여주인공처럼 행동한 적이 있었다. 외모는 예상 외로 보잘것없는 사람이었지만, 긴에게는 좀처럼 잊기 어려운 사람이었다. '미셸'이라는 이름의 그 신사는 나이로 봐서 이미 프랑스 북쪽 지방 어딘가에서 죽었을 것이다. 긴은 프랑스로 돌아간 미셸로부터 오팔과 작은 다이아몬드가 박힌 팔찌를 받았는데, 그것만큼은 전쟁 중에도 팔지 않았다. ── 긴과 관계를 맺은 남자들은 모두 나름대로 훌륭하게 변해갔지만, 전쟁이 끝난 후에는 대부분 소식이 끊어지고 말았다.

아이자와相澤 긴이 상당한 재산을 모아두었을 거라는 뜬소문도 있었지만, 긴은 기생집이나 요릿집 같은 것을 해볼 생각은 한 번도 하지 않았다. 갖고 있는 것이라고는 불타지 않은 자신의 집과 아타미熱海에 있는 별장 한 채뿐이다. 남들이 말하는 만큼의 돈은 없었다. 별장은 이복동생 이름으로 되어 있던 것을 전쟁 후 기회를 봐서 팔아버렸다. 모두 무위도식했고, 하녀 기누는 이복동생을 돌봐주었는데 벙어리였다.

긴은 평소 생활에도 의외로 조심성이 있었다. 영화나 연극을 보고 싶은 마음도 없었고, 아무 목적도 없이 무작정 외출하는 것도 싫었다. 세월의 빛에 바랜 자신의 늙은 모습이 남의 눈에 띄는 것이 싫었다. 밝은 태양 아래서는 나이 든 여자의 비참함이 모조리 드러난다. 아무리 비싸게 주고 산 옷이나 장신구도 태양 앞에서는 아무런 도움이 되지 않는다. 긴은 응달에 핀 꽃으로 살아가는 것에 만족했고, 취미로 소설책 읽기를 좋아했다. 양녀라도 들여 노년의 즐거움을 느끼는 것이 어떻겠느냐는 말을 들었지만, 긴은 노후라는 생각 자체가 불쾌했다. 지금까지 고독하게 지내온 것도 긴에게는 나름의 이유가 있었다.

긴에게는 부모가 없었다. 아키다秋田의 혼조本庄 근처인 고사가와小砂川 태생이라는 것만 기억할 뿐. 다섯 살 때쯤 도쿄에 입양되어 아이자와라는 성을 얻어 그 집안의 딸로 자랐다. 아이자와 구지로相澤久次郎라는 사람이 양아버지였다. 그는 토목사업 일로 중국 다롄大連

을 왕래했지만, 긴이 초등학교에 들어간 무렵 다롄에 간 뒤로 소식
이 끊겼다. 양어머니인 리쓰는 이재理財에 상당히 밝은 사람으로, 주
식을 사거나 집을 지어서 세를 놓기도 했다. 당시 우시고메牛込의 와
라다나藁店에 살고 있었는데, '와라다나의 아이자와'라면 우시고메
에서도 상당한 부자로 알려져 있었다.

그 시절, 가구라자카神樂坂에는 다쓰이辰井라는 낡은 버선집이 있
었는데, 그 집에 마치코町子라는 아름다운 처녀가 있었다. 이 버선집
은 닌교초人形町의 생강집처럼 역사가 있는 집으로, '다쓰이의 버선'
하면 야마노테山の手의 야시키마치邸町에서도 상당히 신용이 있었
다. 감색 포렴布簾을 친 넓은 가게 안에 재봉틀을 두고, 두 갈래로 묶
어 살짝 부풀린 머리 모양을 한 마치코가 검은 공단 옷을 걸치고 재
봉틀을 밟는 모습은 와세다 학생들 사이에서도 평판이 나 있었으며,
학생들이 버선을 맞추러 와서는 팁까지 놓고 간다는 소문도 있었다.
그렇지만 마치코보다 대여섯 살 정도 어린 긴도 마을 내에서는 아름
다운 소녀로 소문이 나 있었다. 마치코와 긴은 가구라자카를 대표하
는 처녀로 사람들에게 널리 알려진 것이다.

긴이 열아홉 살 때쯤, 아이자와 집안은 고뱌쿠合百의 도리고에鳥越
라는 남자가 출입하게 되면서부터 점점 가세가 기울기 시작했다. 양
어머니 리쓰는 주벽이 심해서 오랫동안 어두운 생활을 계속하고 있
었고, 긴은 순각적인 농담 때문에 도리고에에게 몸을 빼앗기고 말았
다. 그 뒤 긴은 모든 것을 자포자기하는 심정으로 집을 뛰쳐나와, 아

카사카의 스즈모토鈴本라는 집에서 기생이 되었다. 그 무렵 다쓰이의 마치코는 처음 생긴 비행기에 기모노 차림으로 탔다가 스자키洲崎 벌판에 추락한 사건이 신문 기사가 되어 상당한 유명세를 탔다. 긴은 긴야斤也라는 이름으로 기생 생활을 시작했지만, 금세 야담 잡지 따위에 사진이 실리는가 싶더니 마침내 당시 유행하던 그림엽서에까지 등장하게 되었다.

지금 생각해보면 이러한 일도 모두 까마득한 과거가 되어버렸지만, 긴은 자신이 지금 오십이 넘은 여자라는 것이 도저히 수긍이 되지 않았다. 오래 살았다는 생각이 들 때도 있지만, 또한 짧은 청춘이었다고 느껴질 때도 있었다. 양아버지가 죽고 난 후, 얼마 되지 않은 재산은 긴이 상속받았지만, 나중에 태어난 스미코라는 이복여동생에게 깨끗이 물려줘버렸기 때문에, 긴은 이제 양부모 집에 대해서는 아무런 책임도 없는 몸이 되어 있었다.

긴이 다베를 안 것은 스미코 부부가 도쓰카戸塚에서 학생들을 상대로 전문 하숙집을 하고 있을 무렵이었다. 긴은 3년 정도 사귀고 있던 남자와 헤어진 뒤, 스미코의 하숙집에 방 하나를 빌려 마음 편히 지내고 있었다. 태평양전쟁이 시작되었을 무렵이다. 긴은 스미코의 응접실에 자주 오던 학생인 다베와 알게 되었고, 부모와 자식 정도로 나이 차이가 나는 다베와 어느 사이엔가 남의 눈을 피해가며 만나는 사이가 되었다. 쉰 살의 긴은 모르는 사람의 눈에는 37, 8세 정도로밖에 보이지 않을 만큼 젊었고, 짙은 눈썹이 정취를 풍기는 것 같았다. 대학을 졸업한 다베는 곧장 육군 소위로 출정했지만, 다베의 부대는 잠시 히로시마에 주둔해 있었다. 긴은 다베를 찾아 두 번 정도 히로시마에 갔다.

히로시마에 도착하자마자 군복 차림의 다베가 여관으로 찾아왔다. 가죽 냄새 풍기는 다베의 체취에 질리면서도, 이틀 밤을 히로시마의 여관에서 함께 보냈다. 아득히 먼 곳까지 찾아가 녹초가 된 긴은 다베의 억센 힘에 시달려 그때는 죽을 것만 같았다고 사람들에게 고백했다. 두 번 정도 다베를 찾아 히로시마에 다녀온 후, 다베에게 몇 차례 전보가 왔지만, 긴은 히로시마에는 가지 않았다. 1942년 다베는 미얀마로 갔고, 패전 다음 해인 5월에 돌아왔다. 상경해서 바로 누마부쿠로沼袋에 있는 긴의 집을 찾아왔지만, 다베는 무척이나 늙어 있었고, 앞니마저 빠진 그를 본 긴은 옛꿈마저 사라져 실망만 하고 말았다. 다베는 히로시마 태생이었지만, 국회의원이 된 큰형 덕택에 도쿄에서 자동차 회사를 차리게 되었고, 시작한 지 일 년도 채 되지 않아 몰라볼 정도로 근사한 신사가 되어 긴 앞에 나타나서 머지않아 부인을 얻을 거라는 얘기를 했다. 그리고는 일 년 남짓 긴은 다베를 만날 일이 없었다.

긴은 한창 공습이 심했을 때, 버린 거나 마찬가지인 정도의 가격으로 전화가 가설되어 있는 현재의 누마부쿠로의 집을 샀고, 도쓰카에서 누마부쿠로로 피난을 와 있었다. 도쓰카와 아주 가까운 거리인데도 누마부쿠로에 있는 긴의 집은 남았고, 도쓰카의 스미코 집은 불타버렸다. 스미코 가족은 긴이 있는 곳으로 피난을 왔지만, 긴은 패전과 동시에 그들을 쫓아내고 말았다. 하지만 내쫓긴 스미코도 도쓰카의 불타버린 집터에다 재빨리 집을 지었기 때문에, 오히려 긴에게 고마워하는 상황이었다. 지금에 와서 생각해보면 패전 직후였기 때문에 싸게 집을 지을 수 있었던 것이다.

긴도 아타미 별장을 팔았다. 손에 30만 엔 가까운 돈이 들어오자, 그 돈으로 낡은 집을 사서 손질한 후, 사들인 금액의 서너 배 되는 금액으로 되팔았다. 긴은 돈 때문에 당황해 하는 그런 일은 하지 않았다. 돈이란 것은 대범해질수록 점점 눈덩이처럼 불어나 이득을 보게 된다는 것을 오랜 수업으로 깨달았다. 비싼 이자보다는 싼 이자로 확실한 담보를 잡고 사람들에게 빌려주었다. 전쟁이 끝난 직후라 은행을 그다지 신용하지 않았던 긴은 가능한 한 돈을 밖으로 돌렸다. 농촌 사람들처럼 집에다 돈을 쌓아두는 어리석은 짓은 하지 않았다. 돈놀이는 스미코와 내연의 관계인 히로요시浩義를 이용했다. 얼마 정도의 사례비만 주면 어떤 사람이든 싹싹하게 일을 해준다는 것도 긴은 알고 있었다.

하녀와 둘이서만 사는데 방이 네 칸이나 되는 집은 외관상 쓸쓸했지만, 긴은 조금도 쓸쓸해하지 않았다. 외출을 싫어하는 성격이고 보면 두 사람만 사는 것이 부자연스럽게 생각되지도 않았다. 도둑을 경계하기 위해 개를 기르는 것보다는 문단속을 철저히 해두는 것을 더 믿었다. 어느 집보다도 긴은 문단속만은 굳건히 했다. 하녀는 병

어리였기 때문에 어떤 남자가 찾아와도 다른 사람에게 소문날 염려는 없었다. 그 대신 긴은 때때로 비참한 죽음을 당할 것 같은 자신의 운명을 상상할 때가 있었다. 조용하게 숨죽인 집을 불안하게 생각하지 않는 것도 아니었다. 그래서 긴은 아침부터 저녁까지 라디오 켜두는 것을 잊지 않았다.

긴은 그 무렵 지바千葉의 마쓰도松戸에서 정원사와 서로 알고 지냈다. 그는 아타미 별장을 산 사람의 동생으로, 전쟁 중에는 하노이에서 무역상사를 하고 있었지만, 패전 후 모두 철수하고 형의 자본으로 마쓰도에서 꽃 재배를 시작했다. 나이는 마흔 안팎이었지만, 머리가 벗겨져서인지 나이보다 늙어 보였다. 이타야 세이지板谷清次라고 했다. 집안일로 두세 번 긴을 찾아왔던 그는 언제부터인가 일주일에 한 번은 왔다. 이타야가 드나들고 나서부터 긴의 집은 아름다운 꽃 선물로 가득했다. —— 오늘도 카스타니앙이라는 노란 장미가 도코노마(床の間, 일본식 방의 상좌上座에 바닥을 한층 높게 만든 곳으로, 벽에는 족자를 걸고, 바닥에는 꽃이나 장식물을 꾸며 놓음)의 화병에 꽂혀 있다. "은행잎, 다소 흘러넘쳐 그립고, 장미 화원은 서리에 젖어 있구나." 노란 장미는 원숙한 아름다움을 생각나게 했다. 누군가의 노래에 있는 서리 내린 아침의 장미 향기가 불현듯 긴의 가슴속에 추억을 유혹한다.

다베에게서 전화가 걸려오자 이타야보다도 젊은 다베에게 더 끌리고 있는 자신을 깨닫는다. 히로시마에서는 괴로웠지만 그 무렵 다베는 군인이었고, 그 거칠었던 젊음도 지금에 와서 보면 무리도 아니었다고 생각하면 오히려 아름다운 추억이었다. 격렬한 추억일수록 시간이 지나면 왠지 더 그리워지는 것이다. ──다베가 찾아온 것은 5시가 훨씬 지나서였는데, 커다란 꾸러미를 들고 왔다. 꾸러미 속에서 위스키와 햄, 치즈 등을 꺼낸 뒤 화롯불 앞에 털썩 앉았다. 옛날의 청년다운 면모는 이미 흔적도 없었다. 회색 줄무늬 양복에 검은 빛이 도는 그린색 바지를 입고 있었는데, 아무리 봐도 기계 가게에서 일하는 사람 같은 느낌이었다.

"변함없이 아름답군." "그래요? 고마워요. 하지만 이젠 아니에요." "아니, 우리 집사람보다도 더 매력적인데." "부인은 젊으시죠?" "젊어도 촌사람인데 뭐." 긴이 다베의 은제 담배 케이스에서 담배 한 개비를 꺼내 물자, 불은 그가 붙여주었다. 하녀가 위스키 잔과 함께 아까 그 햄과 치즈가 담긴 접시를 들고 왔다. "괜찮은 처녀로군." 다베는 히죽히죽 웃으면서 말했다. "예, 하지만 벙어리예요." 다베는 '아하, 그렇구나' 하는 표정으로 물끄러미 하녀의 모습을 바라보았다. 하녀는 부드러운 눈빛으로 정중하게 머리를 숙여 인사했다. 긴은 지금껏 마음에 두지 않았던 하녀의 젊음이 갑자기 눈에 거슬렸다. "생활은 원만하시죠?" 다베는 '후우' 하고 담배 연기를 내뿜으며, '아아, 우리 집 말인가?' 하는 얼굴로, "이제 다음 달이면 아기가 태어나." 하고 말했다. "아, 그렇군요" 긴은 위스키 병을 들고 와서 다베의 잔을 채웠다. 다베는 맛있는 듯 단숨에 잔을 비우고, 긴의 잔에 위스키를 따라주었다. "좋은 생활이군." "어머나, 어째서요?" "밖에는 폭풍이 쌩쌩 휘몰아치고 있는데, 당신만은 언제까지나 변함이 없구만……. 이상한 사람이야. 그야 물론 당신 정도면 좋은 후원자가 있겠지만. 여자란 좋겠어."

"그거 빈정거리는 겁니까? 그렇지만 나는 딱히 다베 씨에게 그런 말을 들을 만큼 폐를 끼친 기억이 없는데?" "화났어? 그런 뜻이 아닌데. 그런 게 아니라니까. 당신은 행복한 사람이라고 말한 거요. 남자의 일이라는 게 힘들다 보니 그만 그런 말을 했네. 지금 세상은 서툴고 어리석게 살아갈 수 없지. 먹느냐 먹히느냐, 나는 매일 도박을 하며 사는 그런 기분이야." "그렇지만 경기는 좋잖아요?" "아니오……. 위험한 줄타기, 귀가 울릴 정도로 쓰라린 돈을 쓰고 있어요." 긴은 잠자코 위스키를 들이켰다. 벽 가에서 귀뚜라미 우는 소리가 몹시도 음울하게 들렸다.

다베는 두 잔째 위스키를 마시고, 화롯불 너머로 거칠게 긴의 손을 잡았다. 반지를 끼고 있지 않은 손이 비단 손수건처럼 맥없이 부드러웠다. 긴은 손끝의 힘을 가만히 빼고 숨을 죽이고 있었다. 힘을 뺀 손은 너무도 차갑고 통통하고 그리고 부드러웠다. 취기가 도는 다베의 눈 속에서 여러 가지 생각이 소용돌이치며 가슴으로 압박해 왔다. 옛날 그대로의 아름다움을 지닌 여인이 앉아 있다. 이상한 기분이 들었다. 끊임없이 흐르는 세월 속에서 조금씩 경험도 쌓여갔다. 그 흐름 속에는 비약도 있었고 타락도 있었다. 그렇지만 옛날 여자는 아무런 변화도 없이 뻔뻔스럽게 그 자리에 앉아 있다. 다베는 지그시 긴의 눈을 바라보았다. 눈을 에워싸고 있는 잔주름도 옛날 그대로였다. 그 윤곽도 흐트러지지 않았다. 이 여자가 생활하는 모습을 알고 싶었다. 이 여자에게는 사회적인 반사反射가 아무런 작용도 하지 않았는지 모른다. 장롱을 들여놓고 화롯불을 피우고, 호화롭게 무리지어 핀 장미꽃도 장식해 놓고, 빙그레 웃으며 자기 앞에 앉아 있다. 벌써 쉰이 넘었을 텐데 좋은 향기만 풍기는 여자다움이 있다. 다베는 긴의 진짜 나이를 몰랐다. 아파트에 살고 있는 다베는 이제 막 스물다섯이 된 아내의 헝클어지고 피곤한 모습을 떠올렸다.

긴은 화로의 서랍에서 가느다란 은담뱃대를 꺼내 짧아진 담배를 끼워 불을 붙였다. 다베가 가끔 무릎을 부들부들 떠는 것이 마음에 걸렸다. 금전적인 일로 찾아왔을지도 모른다고 생각한 긴은 가만히 다베의 표정을 살폈다. 히로시마에 갔을 때와 같은 간절한 마음은 이미 긴의 마음에서 엷어져갔다. 두 사람 사이의 긴 공백이 현실로 부딪쳐 보니 뒤죽박죽이 된 느낌이었다. 그런 복잡한 생각들이 긴에게는 안타깝고 쓸쓸했다. 아무래도 옛날처럼 마음이 불타오르질 않는 것이다. 이 남자의 육체를 너무나 잘 알고 있다는 사실로 인해, 자신은 이제 이 남자의 모든 것에 매력을 잃은 것이 아닌가 하는 생각을 했다. 분위기는 만들어졌다 해도, 진짜로 중요한 마음이 불타오르지 않는다는 사실에 긴은 초조감을 느꼈다.

"당신 소개로 40만 엔 정도 빌려줄 사람이 없을까?" "어머, 돈 얘기군요. 40만 엔이라면 큰돈 아닙니까?" "그래. 지금 어떻게 해서든 그 정도의 돈이 필요한데, 어디 알아볼 데 없을까?" "없어요. 무엇보다, 이렇게 수입 한 푼 없이 생활하는 저에게 그런 상의를 한다는 게 무리가 아닐까요⋯⋯." "아, 그런가? 이자는 충분히 쳐줄 테니까 어떻게 안 될까?" "안 돼요. 저에게 그런 말씀 해봤자 무리예요." 긴은 갑자기 오싹해지는 듯한 기분이 들었다. 이타야와의 유유자적한 관계가 그리워졌다. 긴은 실망스러운 기분으로 펄펄 끓고 있는 쇠주전자를 들고 차를 탔다. "20만 엔 정도라도 어떻게 안 될까? 은혜를 잊지 않겠어." "이상한 사람이네요. 제게 돈 얘기를 다 하시고요. 제게는 돈이 없다는 걸 잘 알고 계시잖아요⋯⋯. 오히려 제가 돈을 더 갖고 싶어 하는 사람인걸요. 제가 보고 싶어서가 아니라 돈 얘기 때문에 저한테 오셨나요?" "아니오. 당신을 만나고 싶어서 왔소. 물론 만나고 싶어서 왔지만, 당신에게라면 뭐든지 상의할 수 있다고 생각했기 때문이오." "형님께 상의드리면 되잖아요?" "형님께는 얘기할 수 없는 돈이지."

긴은 아무런 대답도 하지 않았고, 갑자기 자신의 젊음도 앞으로 일이 년 정도밖에 남지 않았다는 생각을 했다. 옛날 불타오르던 두 사람의 사랑이, 지금에 와서 보니 서로에게 아무런 영향도 미치지 못했음을 느끼고 있다. 그것은 사랑이 아니라, 그저 서로를 강하게 갈구했던 암컷과 수컷 정도의 관계였는지 모른다. 바람에 떠도는 낙엽처럼 허무한 남녀 관계였을 뿐이다. 여기에 앉아 있는 자신과 다베는 아무것도 아닌 그저 알고 지내는 사이가 되었을 뿐이다. 긴의 가슴속에 차가운 그 무엇인가가 흘러내렸다.

　다베는 문득 생각이 났다는 듯, 싱긋이 웃으며 작은 목소리로 "여기 묵어도 괜찮겠소?" 하며 차를 마시고 있는 긴에게 물었다. 긴은 놀란 얼굴을 하고는, "안 돼요! 저를 놀리지 마세요." 하며 일부러 눈가에 주름이 지도록 웃어 보였다. 아름답고 흰 의치義齒가 빛났다. "너무도 냉혹하고 무정하군. 이제 돈 얘기는 일절 하지 않겠어. 그냥 잠깐 옛날의 당신에게 어리광을 부려보고 싶었나 봐. 그렇지만…… 여긴 별세계로군. 당신은 악운에 강한 사람이오. 어떤 일이 있어도 죽지 않는다는 것은 위대해. 지금의 젊은 여자들은 정말이지 불쌍하다니까. 당신, 춤은 안 추는 거야?" 긴은 코웃음을 쳤다. 젊은 여자가 뭘 어쨌다는 거야……. 내가 알 바 아니지. "춤 같은 거 몰라요. 당신은 추세요?" "조금은." "그렇구나. 좋은 사람이 생겼지요? 그래서 돈이 필요한 거 아닌가요?" "바보. 여자에게 바칠 만큼 거저먹는 돈은 벌지도 않아." "어머나, 그런 행동은 신사답지 못한걸요. 상당한 일을 하지 않으면 불가능한 재주이지요." "이건 허풍이지. 지갑은 빈털터리지. 칠전팔기의 기세도 요즈음은 뒤숭숭해져서……." 긴은 후후후 웃음을 흘리며, 다베의 검은 머리카락을 정신없이 바라보았다. 아직도 이마 위 머리털이 난 언저리를 텁수룩한 머리카락이 덮고 있었다. 사각모자를 쓸 무렵의 싱싱함은 모두 사라졌고, 볼 언저리가 벌써 중년의 분위기를 자아내게 했다. 품위 있는 표정은 없지만, 늠름한 그 무언가는 아직도 있었다. 긴은 맹수가 멀리서 냄새를 맡고 있는 것처럼 관찰을 하면서 다베에게도 차를 따라주었다.

"참, 가까운 시일 내에 화폐개혁이 있을 거라는데 정말인가요?" 긴은 농담 삼아 물었다. "걱정할 만큼 돈을 갖고 있나?" "어머나! 그러니까 당신이 변했다는 거예요. 그런 뜬소문을 퍼뜨리고 다니니까요." "글쎄, 그런 무리한 일은 지금의 일본으로서는 불가능할 것 같은데. 돈이 없는 사람은 우선 그런 걱정이 없다니까." "정말, 그렇군요……." 긴은 허둥지둥 위스키를 다베의 잔에 부었다. "아아, 하코네箱根나 어디 조용한 곳에 가고 싶네. 이삼 일 그런 곳에서 푹 자고 싶어." "피곤하세요?" "응, 돈 걱정이지." "그렇지만 돈 걱정 하는 게 당신답고 좋지 않습니까? 어설픈 여자 걱정은 아니지만……."

다베는 긴의 새침한 태도가 얄미웠다. 비싼 골동품을 보고 있는 것 같아 우습기도 했다. 같이 하룻밤을 지낸 다음 풀어가는 그런 방법이 있겠구나 하는 생각을 하며, 다베는 긴의 턱 언저리를 바라보았다. 뚜렷한 턱 선이 그녀의 강한 의지를 잘 나타내고 있었다. 아까 본 벙어리 하녀의 싱싱한 젊음이 이상하게 눈앞에 아른거렸다. 아름다운 여자는 아니지만 젊다는 것이, 여자 보는 눈이 높아진 다베에게는 신선했다. 오히려 이 만남이 처음이라면 이런 지루함도 없지 않을까 하는 생각을 하며, 다베는 아까보다도 피곤해 보이는 긴의 얼굴에서 나이가 들었음을 느꼈다.

긴은 뭔가를 알아차렸는지 벌떡 일어나 옆방으로 가더니, 경대 앞에 가서 호르몬 주사기를 꺼내 팔뚝에 푹 찔렀다. 탈지면으로 살을 문지르면서, 거울 속을 들여다보며 분첩으로 콧잔등을 눌렀다. 두근거리는 마음도 없는 남녀가 이런 하찮은 만남을 갖고 있다는 사실에, 긴은 분한 생각이 들었다. 생각지도 않게 눈동자에 악마 같은 눈물이 어렸다. 이타야였더라면, 무릎에 엎드려 울 수도 있다. 어리광도 부릴 수 있다. 화로 앞에 있는 다베가 좋은 건지 싫은 건지 전혀 알 수 없었다. 돌아가주었으면 하는 생각도 있고, 조금 더 뭔가 상대방의 마음에 남기고 싶다는 초조함도 있었다. 다베의 눈은 자신과 헤어진 이후 많은 여자를 보아온 눈이다. 화장실에 다녀오면서 하녀 방을 살짝 들여다보니, 기누는 신문지로 본을 뜨며 양재 공부를 열심히 하고 있었다. 커다란 엉덩이를 다다미에 털썩 댄 채, 웅크리고 앉은 것처럼 하고 가위질을 하고 있었다. 단정히 묶은 머리의 목 언저리가 요염한 듯 하얗고, 반할 정도로 풍만한 몸매였다.

긴은 다시 화로 앞으로 돌아왔다. 다베는 잠들어 있었다. 긴은 찻장 위에 있는 라디오를 켰다. 뜻밖에 베토벤의 9번 교향곡이 커다랗게 울려 나왔다. 다베는 벌떡 일어났다. 그리고 또다시 위스키 잔을 입술에 댔다. "당신과 시바마타柴又의 가와하나川甚에 간 적이 있었지? 지독하게 퍼붓는 빗속에 갇혀 밥이 없는 장어를 먹은 적이 있었지?" "아, 그런 적이 있었어요. 그 시절은 음식이 아주 귀할 때였죠. 당신이 입대하기 전 말이에요. 마루 사이에 붉은 백합이 꽂혀 있었는데, 둘이서 화병을 엎었던 일 기억하고 있어요?" "그래, 그런 적 있었지……." 긴의 얼굴이 갑자기 부풀어 오르며 싱싱한 표정으로 변했다. "언젠가 또 가볼까?" "예, 그래요. 하지만 전 모든 게 귀찮아요……. 이제, 거기도 뭐든 먹게 하도록 되어 있겠지요?" 긴은 아까 울었던 감정이 지워지지 않도록, 가만히 옛 추억을 더듬어보려고 노력하고 있다. 그런데 그 순간 다베가 아닌 다른 남자의 얼굴이 가슴에 떠올랐다. 다베와 시바마타에 다녀온 뒤, 야마자키山崎라는 남자와 패전 직후에 또 한 번 시바마타에 간 기억이 있었다. 야마자키는 얼마 전에 위 수술로 죽고 말았다. 늦여름의 무더위가 기승을 부리던 그날, 에도강江戸川가 가와하나의 어슴푸레한 방 정경이 떠오른다. 통통통, 잡은 고기를 들어올리는 고기잡이 배의 자동 펌프 소리가 들려왔었다. 쓰르라미가 울어대고, 창밖에는 에도 강의 높은 제방 위를 자동차가 경주라도 하듯 은색 바퀴를 번쩍거리며 질주하고 있었던 것이다. 야마자키와는 두 번째 밀회였지만, 여자 경험이 없는 숫총각인 야마자키의 젊음이, 긴에게는 너무나도 신성하게 느껴졌다. 먹을 것도 풍부했고, 전후의 기 격인 세상이 의외로 진공 상태에 있는 것처럼 조용했다. 돌아오는 길은 밤이었다. 신코이와新小岩의 넓은 군용 도로를 버스를 타고 돌아왔던 일도 기억하고 있었다.

"그리고 재미있는 사람이라도 만났어?" "저 말이에요?" "음." "재미있는 사람이라고요? 당신 말고는 아무도 없는데요." "거짓말하네." "어머, 어째서요? 그렇지 않나요? 이런 저를 누가 상대해주겠어요?" "믿을 수 없어." "그래요……. 하지만 저는 지금부터라도 꽃을 피워볼 생각이에요. 사는 보람을 느끼면서요." "앞으로도 상당히 오래 살 테니까." "예, 오래 살아서 쭈글쭈글 다 늙어빠질 때까지……." "바람 피우는 일은 그만두었고?" "아! 당신이란 사람은, 옛날의 순진했던 구석이라곤 조금도 남아 있지를 않네요. 어쩌다 그런 불결한 말을 하는 사람이 되었죠? 옛날 당신은 멋있었는데." 다베는 긴의 은 담뱃대를 집어 피워보았다. 쓰디쓴 담뱃진이 혀끝으로 확 전해졌다. 다베는 손수건을 꺼내 '퉤' 하고 뱉었다. "청소를 안 해서 막혔네요." 긴은 웃으면서 담뱃대를 받아 휴지 위에 조금씩 세게 털어냈다.

　다베는 긴의 생활을 이상하게 생각했다. 세상 잔혹함의 흔적이 그 어디에도 남아 있지 않았다. 2, 30만 엔의 돈은 어떻게든 변통할 수 있을 만한 살림살이다. 다베는 긴의 육체에는 아무런 미련도 없었지만, 이 삶의 밑바닥에 숨어 있는 여자의 풍요로운 생활에는 어떻게든 매달리고 싶은 심정이었다. 전쟁에서 돌아와 단지 혈기만으로 장사를 시작했지만, 형에게서 받은 자본은 반년도 지나지 않아 몽땅 다 써버렸다. 아내 외의 여자와도 관계를 맺고 있었는데, 그 여자에게도 결국 아이가 생겼다. 옛날 긴과의 추억이 떠올라, 혹시나 하는 마음으로 이곳까지 왔지만, 긴에겐 옛날 같은 한결같은 면은 없었다. 무척이나 분별력을 갖춘 사람으로 변해 있었다. 다베와의 오랜만의 만남에도 전혀 불타오르지를 않았다. 자세를 흐트러뜨리지 않는 단아한 표정이 다베로서는 좀처럼 다가가기 쉽지 않은 것이다. 다시 한 번 다베는 긴의 손을 세게 쥐어보았다. 긴은 다베가 하는 대로 있을 뿐이었다. 화롯불을 넘어 가까이 오는 것도 아니고, 한 손으로는 여전히 담뱃대의 진만 털고 있었다.

　오랜 세월이 추억 속 복잡한 감정을 서로의 가슴속에 접어두게 하고 말았다. 옛날의 그리움은 두 번 다시 돌아오지 않을 만큼, 서로가 똑같이 나이를 먹었다. 두 사람은 아무 말도 하지 않고 현재의 모습을 비교하고 있었다. 환멸의 바퀴 속에 빠져버린 것이다. 두 사람은 복잡하고 피곤한 방식으로 서로를 만나고 있는 것이다. 소설 같은 우연은 현실 속에 존재하지 않았다. 소설 쪽이 훨씬 달콤할지도 모른다. 미묘한 인생의 진실. 두 사람은 지금 서로를 거절하기 위해 만나고 있는 것에 지나지 않았다. 다베는 긴을 살해하는 것도 상상해보았다. 그러나 이런 여자도 죽이게 되면 죄가 된다고 생각하니 묘한 기분이 들었다. 아무한테도 관심을 받지 못하는 여자 한두 명 죽인다고 한들, 그것이 무슨 의미가 있을까 하는 생각을 하면서도, 그로 인해 죄인이 되어버리는 결과를 생각하면 바보 같은 짓이라는 기분이 들었다. 기껏해야 보잘것없는 벌레와 다를 바 없는 늙은 여자가 아닌가 하고 생각했지만, 이 여자는 그 어떤 것에도 동요하지 않고 여기에 살고 있는 것이다. 두 개의 장롱 속에는 50년이나 걸려 장만해둔 기모노들이 가득 들어 있음에 틀림없다. 옛날, 미셸이라는 프랑스인에게 받은 반지를 본 적이 있었다. 그런 보석류도 분명 가지고 있을 것이다. 이 집도 그녀의 집이 분명할 것이다. 벙어리 하녀를 두고 있는 여자 하나 정도를 죽인들 그리 대단한 일은 아닐 거라는 공상을 끊임없이 하면서도, 그녀에게 빠져, 한창 전쟁 중일 때도 밀회를 계속했던 학창 시절 추억이 답답하고 선명하게 되살아났다. 술기운이 돈 탓일까, 눈앞에 있는 긴의 모습이 자신의 피부 속으로 묘하게 저며온다. 그녀를 만지고 싶은 생각도 없는 주제에, 긴과의 옛일들이 무게감 있게 가슴에 그림자를 드리운다.

긴은 일어나서 벽장 속에서 다베의 학생 시절 사진 한 장을 꺼내 왔다. "어허, 묘한 것을 가지고 있네." "예, 스미코한테 있었어요. 이 거 저와 만나기 전 무렵이죠? 이때 당신은 귀공자 같았어요. 감색 옷 감이 괜찮지 않아요? 갖고 가세요. 부인께 보여드리면 되겠네요. 멋 있어요. 허튼소리할 그런 사람으로는 보이지 않네요." "이런 때도 있었나?" "예, 그래요. 이대로 쑥쑥 성장해갔더라면 다베 씨는 대단 한 사람이 되었을 겁니다." "그럼, 제대로 크지 않았단 말인가?" "예, 그래요." "그건 당신 때문이기도 했고, 오랜 전쟁 탓도 있었지." "어 머, 그런 말은 핑계지요. 그런 건 이유가 되지 못해요. 당신이란 사 람 너무 세속적인 사람으로 변했어요……." "어이쿠…… 세속적이 라고. 그게 바로 인간이라는 거지." "그렇지만 오랜 세월 동안 이 사 진을 지니고 다닌 제 순정도 괜찮은 거 아닌가요?" "어느 정도는 추 억일 테니까. 내게는 안 주겠어?" "제 사진요?" "응." "사진은 무서 워요. 그렇지만 옛날 제 기생 시절의 사진을 전쟁터로 보내드렸잖아 요?" "어딘가에 빠뜨렸나……." "그것 보세요. 제가 훨씬 순수했잖 아요."

화롯불의 성벽은 좀처럼 무너질 것 같지 않았다. 다베는 완전히 취해버렸다. 긴 앞에 있는 잔에는 처음에 따라 놓았던 술이 아직 반 이상이나 남아 있었다. 다베는 차가운 차를 단숨에 들이켰고, 자신의 사진을 무신경하게 마룻바닥에 내려놓았다. "전차 시간, 괜찮나요?" "못 돌아가지. 이렇게 취한 사람을 내쫓을 생각인가?" "예, 그래요. 확 내쫓아버릴 겁니다. 여긴 여자들만 사는 집이고, 이웃이 시끄러우니까요." "이웃이라고? 어이구, 그런 걸 당신이 신경 쓰리라고는 생각지도 않았어." "신경 쓰지요." "주인님이 오시나?" "아! 짜증스런 다베 씨! 저 소름 끼치거든요. 그런 말을 할 수 있는 당신이란 사람 정말 싫어요." "좋아. 돈을 마련하지 못하면 이삼 일은 돌아갈 수 없어. 여기에 머무를까? ⋯⋯."

긴은 양손으로 턱을 괴고, 눈을 커다랗게 뜨고서 다베의 하얘진 입술을 물끄러미 쳐다보았다. 백 년 동안의 사랑이라도 순식간에 식어버리는 것이다. 묵묵히 눈앞에 있는 남자를 음미하고 있다. 옛날과 같은 마음의 흥취는 이미 서로에게서 사라져버렸다. 청년기에 있었던 부끄러움이 조금도 남아 있지 않은 것이다. 얼마간의 돈을 쥐어주고 돌아가게 하고 싶은 정도였다. 그렇지만 긴은 자기 눈앞에서 구질구질하게 취해 있는 남자에게 단 한 푼의 돈도 주기 싫었다. 순진한 남자에게 주는 것이 훨씬 더 낫다. 자존심 없는 남자처럼 싫은 존재는 없다. 자기에게 푹 빠져 몸이 달아오르는 순진한 남자들을 긴은 몇 번이고 경험했다. 긴은 그런 남자들의 순진함에 끌렸고,

또 그것이 고상한 것이라고 생각하고 있었다. 그녀는 이상적인 상대를 고르는 일 외에는 흥미가 없었다. 긴은 마음속으로 다베 따위는 이미 하찮은 남자라고 생각했다. 싸움터에서 죽지 않고 돌아온 그의 강인함이, 긴에게는 운명을 느끼게 했다. 히로시마까지 다베를 따라갔던 그때의 고생만으로, 이미 이 남자와는 그 관계의 막을 내렸어야 했는데 하는 생각이 들었다.

"뭘 뚫어지게 남의 얼굴을 보고 있는 거지?" "어머나, 당신이야말로 아까부터 저를 빤히 쳐다보면서 뭔가 우쭐한 기분에 젖어 있었던 거 아닌가요?" "아니, 언제 만나도 아름다운 여자로구나 하고 넋을 잃고 있었지." "그래요? 저도 그랬어요. 다베 씨가 훌륭하게 변했다고 생각하고……." "역설이로군." 다베는 살인을 상상하고 있었다는 말이 목까지 올라왔지만, 꾹 참고 역설이로군 하며 말을 돌렸다.

"당신은 이제부터 한창이니까 즐겁겠네요!" "당신도 아직 한창이잖아?" "저요? 전 이제 틀렸지요. 이대로 시들어가다가 2, 3년 지나면 시골에 가서 살고 싶어요." "늙어 쪼글쪼글해질 때까지 오래 살면서 바람 피우겠다고 한 말은 거짓이었나?" "어머, 저 그런 소리 하지 않았어요. 전 추억이 살아 있는 여자예요. 단지 그것뿐이에요. 서로 좋은 친구가 됩시다." "도망치려고 여학생 같은 소리를 다 하네. 그래, 추억 같은 건 아무래도 좋아." "그럴까요…… 그렇지만 시바마타에 가자는 얘기를 먼저 꺼낸 사람은 당신이에요." 다베는 다시 무릎을 부들부들 떨면서 안절부절못했다. 돈이 필요했다. 돈. 어떻게 해서든 지금 당장 5만 엔이라도 긴에게 빌리고 싶었다. "정말 어떻게 변통이 안 될까? 가게를 담보로 잡혀도 안 되겠어?" "어머나, 또 돈 얘기시네! 그런 얘기는 제게 아무리 하셔도 소용없어요. 저는 한 푼도 없어요. 그런 부자도 모르고. 있을 것 같지도 않는 것이 돈 아니겠어요? 제가 당신에게 빌리고 싶을 정도예요……."

"그게 말이지, 일이 잘 되면 당신에게도 돈 많이 갖고 올 거야. 당신은 잊을 수 없는 사람이잖아……." "아, 이제 됐거든요. 그런 알랑거리는 말 같은 건…… 돈 얘기는 안 하겠다고 했잖아요?" '휙' 하고 주위로 온통 물기 어린 가을 밤바람이 불어오는 것 같았다. 다베는 화롯불의 부젓가락을 쥐었다. 그 순간, 무시무시한 분노가 눈썹 주위로 몰려왔다. 수수께끼처럼 자신을 유혹하는 한 그림자를 향해 다베는 부젓가락을 꽉 쥐었다. 번개가 치는 것처럼 심장이 뛰었다. 그 심장 박동에 다베는 자극을 받았다. 긴은 왠지 불안한 눈길로 다베의 손 주위를 응시했다. 언젠가 이런 장면이 자신의 주위에서 있었던 것처럼 이중 현실을 보는 것 같은 생각이 들었다. "당신 취하셨네요. 주무시고 가도 좋아요……."

다베는 자고 가도 좋다는 말을 듣자, 갑자기 부젓가락을 손에서 놓았다. 그리고 몹시 취한 모습으로 비틀거리면서 화장실로 갔다. 긴은 다베의 뒷모습에서 어떤 예감을 받았고, 마음속으로 경멸했다. 이 전쟁으로 인해 모든 인간의 마음 상태가 확 변해버렸다. 긴은 찻장에서 필로폰 가루를 꺼내 재빨리 삼켰다. 위스키는 아직도 3분의 1이나 남아 있었다. 이것을 전부 비우게 만든 다음, 진흙처럼 아무렇게나 재우고 내일은 쫓아내야지. 하지만 자신은 결코 잠을 이룰 수 없을 것이었다. 긴은 곧잘 타오르는 화로의 푸른 불꽃 위로 다베의 젊었을 적 사진을 던져 넣었다. 모락모락 연기가 피어올랐다. 타는 냄새가 사방에 자욱했다. 하녀 기누가 살짝 열려 있는 맹장지 사이로 안을 들여다보았다. 긴은 웃으면서 손시늉으로 손님방에 이불이나 깔라고 시켰다. 종이 타는 냄새를 없애기 위해 긴은 얇게 썬 치즈 한 조각을 불속에 던졌다. "아니 뭘 태우고 있는 거야?" 화장실에서 돌아온 다베가 하녀의 풍만한 어깨에 손을 얹은 채 맹장지 사이로 들여다보며 물었다. "치즈를 구워 먹으면 어떤 맛일까 해서 부젓가락으로 구우려다 불속에 떨어뜨려버렸어요." 하얀 연기 속에, 새까만 연기가 확 피어올랐다. 전구의 둥그런 유리 갓이 구름 속에 뜬 달처럼 보였다. 기름 타는 냄새가 코를 찔렀다. 긴은 연기에 숨이 막혀 사방의 장지문과 맹장지를 거칠게 열어 젖혔다.

철 늦은 국화

「철 늦은 국화」는 하야시 후미코(1903~1951)가 만년에 발표한 작품이다. 1948년 작.

주인공 긴은 기생게이샤 출신의 중년 여성이다. 열아홉 살 때 뜻하지 않게 순결을 잃고 집을 나와 기생이 된 그녀는, 쉰여섯이 되었어도 여자로서의 매력과 기품을 잃지 않기 위해 매사 긴장을 늦추지 않는다.

젊었을 때 모은 돈을 안전하게 굴리며 알뜰하게 살고 있는 그녀에게 옛날 애인이었던 다베가 찾아온다. 몇 년간 만나지 못한 다베의 출현은 긴의 마음을 설레게 하고, 여자로서 그를 맞기 위해 세심한 준비를 한다. 하지만 '정염'을 염두에 두었던 그녀의 생각과는 달리 다베의 방문 목적은 '다른 것'에 있었고, 두 사람 사이에는 건널 수 없는 세월의 벽이 놓인다. 타오르는 화로를 사이에 두고 앉은 두 사람은 처음엔 서로를 바라보며 각기 다른 추억에 잠기지만, 시간이 흐를수록 서로 상대의 '가치'를 헤아려보는 탐색전으로 이어진다.

이 작품은 옛 연인관계였던 두 남녀의 시시각각 변하는 심리 묘사가 압권이다. 어떻게든 원하는 것을 얻어가려는 남자와 교묘한 말로 그 남자를 쫓아버리려는 여자의 밀고 당기는 대화와 그로 인한 감정의 기복 등이 실감나게 펼쳐진다. 작가는 두 사람의 미묘한 심리적 갈등 사이사이에 과거와 현재를 교착시켜 두 남녀의 삶의 변화 과정을 보여주는 한편, 애증을 가진 남녀 간에 벌어지는 불꽃 튀는 설전과 냉혹한 속내 등을 박진감 넘치는 필치로 펼쳐 보이고 있다. 발표할 무렵보다도 그 후에 더 많은 평가를 받은 걸작이다.

작품의 제목인 '철 늦은 국화'는 긴의 황혼, 즉 '철 늦은 국화의 한철'을 그렸다는 의미로 볼 수 있다.

カインの末
카인의 후예

아리시마 다케오

有島武郎_1878～1923

소설가. 도쿄 태생. 홋카이도대학 농경제과 졸업. 1903년부터 3년간 미국에 유학하였다. 처음에는 독실한 기독교인이었으나, 미국 유학중 신앙에 대해 비판적이 되었고, 점차 무정부적인 사회주의에 관심을 보였다. 귀국 후 『시라카바白樺』 동인이 되어, 「카인의 후예」「어린 것들에게」「어떤 여자」 등을 썼다. 이들 작품은 사랑을 기조로 하는 이상주의 입장에서 자아나 본능의 발현을 표현하고 있다. 본능적 생활에 참된 자유가 있다고 서술한 「사랑은 아낌없이 뺏는다」는 지금까지도 읽히는 유명한 평론이다. 일본문학사는 그를 다이쇼문학과 쇼와문학을 잇는 가교자의 한 사람으로 평가한다.

1

땅 위에 긴 그림자를 끌며 야윈 말의 고삐를 쥔 채 그는 아무 말 없이 걸어가고 있었다. 때 묻은 큼지막한 보따리와 함께, 문어처럼 머리통만 큰 어린애를 업은 그의 아내는 조금 다리를 절면서 서너 간(間, 한 간은 약 1.8미터) 떨어진 채 터벅터벅 그 뒤를 따라갔다.

홋카이도北海道의 겨울은 하늘마저 다가오고 있었다. 에조후지蝦夷富士라고 불리는 막카리누부리의 산기슭으로 이어지는 이부리胆振의 대초원을, 동해東海에서 우치우라內浦만으로 불며 지나가는 서풍이 밀어닥치는 파도처럼 꼬리에 꼬리를 물며 불고 지나갔다. 차가운 바람이다. 거의 8할 정도가 눈에 덮인 막카리누부리산은 조금 앞으로 머리를 숙이고 바람에 항거하면서 아무런 말 없이 꼿꼿이 서 있었다. 곤부다케崑布嶽 봉우리의 경사면에 옹기종기 모여 있는 구름 덩이에 눈길을 주며 해는 기울어가고 있었다. 초원 위에는 한 그루의 나무도 자라고 있지 않았다. 무척이나 곧은 외줄기 길을, 그와 그의 아내만이 휘청휘청 걸어가는 두 그루의 나무처럼 움직여갔다.

두 사람은 말을 잊어버린 사람들처럼 언제까지나 아무런 말 없이 걸었다. 말이 오줌을 눌 때만 그는 마지못해 걸음을 멈췄다. 그 틈을 타서 아내는 겨우 뒤쫓아 와서 등에 업은 아이를 추슬러 올리면서 한숨을 쉬었다. 말이 오줌을 누고 나자 또 다시 두 사람은 아무런 말 없이 걷기 시작했다.

"이 쯤에서 영감(곰을 말함)이 나온다고 했는데."

40리나 되는 이 초원에서, 아내는 단 한 번 이 말만 했다. 경험이 있는 사람에게는 시각으로 보나 장소로 보나, 곰의 습격을 무서워할 만한 이유가 있었다. 그는 못마땅하다는 듯이 풀 위에 침을 뱉었다.

초원 속의 길이 점점 넓어져서 국도로 이어지는 곳까지 왔을 무렵에는 해는 이미 저물어버렸다. 물체의 윤곽이 둥그스름한 느낌을 주지 못하고 딱딱한 채로 어두워져가는, 쌀쌀하게 추운 늦가을의 밤이 찾아온 것이다.

옷은 얇았다. 그리고 두 사람은 몹시도 배가 고팠다. 아내는 염려가 되어 때때로 아이를 보았다. 살아 있는지 죽었는지, 아무튼 어린애는 숨소리도 내지 않고 머리를 오른쪽 어깨에 축 늘어뜨린 채 잠자코 있었다.

　그래도 국도 위에는 사람의 그림자가 하나둘 움직이고 있었다. 대개는 시가지에 나가서 술을 한 잔 마신 듯, 지나칠 때엔 술 냄새를 풍기는 사람도 있었다. 그는 술 냄새를 맡자, 갑자기 후벼 파는 듯한 갈증과 식욕을 느꼈다. 스쳐 지나간 남자를 돌아보기도 했으나, 홧김에 침을 뱉으려고 해도 이젠 침도 말라버렸다. 풀처럼 끈적끈적한 것이 입술과 입술을 서로 붙게 하고 있었다.

　일본 본토의 땅이라면 성황당이나 돌로 된 지장보살이라도 있음직한 곳에, 새까맣게 변해 있는 열 자나 될 듯한 이정표가 넘어질 듯이 비스듬하게 서 있었다. 그곳까지 와서야 마른 생선 굽는 냄새가 가느다랗게 그의 코를 찌른다고 생각했다. 비로소 그는 걸음을 멈추었다. 야윈 말도 걸어오던 자세 그대로 멍청히 서서 움직이지 않았다. 갈기와 꼬리만이 바람에 나부꼈다.

　"뭐라고 해? 그 농장은?"

　유난히 키가 큰 그는 아내를 내려다보듯 하며 이렇게 중얼거렸다.

　"마쓰카와松川 농장이라고 하던가?"

　"하던가? 이 바보."

　그는 아내에게 말을 건 것이 화가 났다. 그리고 말의 코를 고삐로 바짝 잡아당기며 다시 발걸음을 옮겼다. 어두워진 골짜기를 사이에 두고 여기보다 조금 높다란 정도의 평지에 잊어버린 듯 사이를 두고 켜진 시가지의 희미한 불빛은, 인적이 없는 곳보다도 오히려 자연을 쓸쓸하게 보여주었다. 그는 그 불빛을 보자 이미 일종의 두려움을 느꼈다. 인기척을 느끼면 아무래도 그는 옷매무새를 다시 고치지 않을 수 없었다. 그 순간에 자연스러움을 잃어버렸다. 그것을 의식한다는 것이 그의 표정을 한층 더 퉁명스럽게 했다. '적이 눈앞에 왔어. 바보 천치 같은 낯짝을 하다니. 불알이라도 뽑히지 말어'라는 말이라도 하려는 듯한 얼굴을 아내 쪽으로 돌리고, 걸으면서 허리끈을 다시 맸다. 남편의 표정을 알아보지 못할 만큼 눈을 떨어뜨린 아내는 입을 벌린 채 아무 대꾸도 않고 그저 말의 뒤를 따라서 걸었다.

K촌 변두리에는 빈집이 네 채나 늘어서 있었다. 작은 창은 해골의 눈처럼 캄캄한 눈으로 사람들의 왕래를 지켜보고 있었다. 다섯째 집에는 사람이 살고 있었으나, 움직이는 사람들의 그림자 사이로 화로의 섶나무 가지가 가물가물 타오르는 것이 보일 뿐이었다. 여섯째 집에는 대장간이 있었다. 수상쩍은 연통에서는 바람에 흩날리는 연기 속에 불꽃이 섞여 있었다. 대장간은 용광로의 불구멍을 열어 놓은 것처럼 환하게, 무척이나 널찍한 홋카이도의 도로 가 맞은편까지 환하게 비추고 있었다. 길 한쪽에만 집이 늘어선 거리였지만, 아무튼 집들이 늘어서 있는 만큼, 억지로 방향이 바뀐 바람의 다리가 심술을 부리며 모래를 말아 올렸다. 모래는 대장간 앞의 불빛에 비쳐서 뿌옇게 소용돌이치는 모습을 보였다. 작업장의 풀무에서는 세 남자가 일하고 있었다. 모루에 부딪치는 쇠망치 소리가 높이 울리면 피로에 지친 그의 말마저 귀를 쫑긋 세웠다. 그는 이 대장간에 자기

말을 끌고 올 때의 일을 생각했다. 아내는 빨려들어갈 것처럼 따스해 보이는 불빛을 황홀하게 쳐다보고 있었다. 두 사람의 마음은 묘하게도 두근거리고 있었다.

대장간에 갑자기 어둠이 짙어지고, 웬만한 집들은 이미 문을 닫아버렸다. 잡화상을 겸한 선술집 같은 집 한 곳에서 음식 냄새와 남녀가 지껄이는 탁한 목소리가 흘러나오는 것 말고는, 곧게 늘어선 집들은 폐촌처럼 추위에 움츠리고 있었고, 전봇대만이 기분 나쁜 신음 소리를 내고 있었다. 그와 말과 아내는 이전처럼 아무런 말도 없이 걷고 있었다. 걷다가는 때때로 생각난 듯이 발걸음을 멈추었다. 발걸음을 멈추고는 또 다시 아무런 의미가 없는 그런 걸음을 걷기 시작했다.

약 4, 5백 미터 정도 걸었다고 생각했을 때 그들은 이미 변두리까지 와 있었다. 길이 뚝 꺾인 듯이 굽어 있고, 그 앞은 캄캄하고 움푹 팬 땅에 급한 경사를 이루며 내리질러 있었다. 그들은 그 모퉁이까지 가서 또 다시 걸음을 멈추었다. 훨씬 아래쪽부터에서는 빽빽이 우거진 활엽수림에 바람이 기어 들어가는 소리 말고는 시리베시 강의 어렴풋한 물소리만이 들려왔다.

"안 물어봐요?"

아내는 추위에 몸을 떨면서 이렇게 신음하듯 중얼거렸다.

"네가 물어봐."

갑자기 그 자리에 쭈그리고 앉아버린 그의 목소리는 땅속에서라도 울려 나오는 것 같았다. 아내는 아이를 추켜올리고 코를 훌쩍거리며 되돌아갔다. 한 집의 문을 두드려 겨우 마쓰카와 농장이 있는데를 알게 되었을 때는 그의 모습을 분간할 수 없을 정도로 멀리 가 있었다. 큰소리를 낸다는 것이 어쩐지 무서웠다. 무서울 뿐만이 아니다. 목소리를 낼 힘마저 없었다. 그래서 절뚝거리며 또다시 되돌아왔다.

그들은 잠에 빠진 것같이 완전히 지쳤으면서도 다시 2, 3백 미터 정도를 더 걷지 않으면 안 되었다. 거기에 집 외벽에 미늘판자벽을 가로 대고, 판자 지붕으로 이은 반듯한 사각형의 2층 집이 다른 집들을 압도하듯 서 있었다.

아내가 잠자코 걸음을 멈췄기 때문에, 그는 그것이 마쓰카와 농장의 사무실이라는 것을 알았다. 사실을 말하면 그는 처음부터 이 건물이 틀림없을 거라고 생각하고 있었지만, 들어가기가 싫어서 모르는 척하고 지나쳐버린 것이다. 이제는 진퇴양난이다. 그는 길 맞은편에 서 있는 나무의 줄기에 말을 매고, 메귀리와 잡초를 섞어 썰어넣은 아마亞麻 포대를 안장 아래서 풀어 말 입에 대주었다. 이내 어적어적 경쾌한 소리가 들리기 시작했다. 그와 아내는 다시 길을 가로질러 사무실 입구까지 왔다. 거기서 두 사람은 불안한 듯 얼굴을 마주 보았다. 아내가 어색하게 손을 들어 머리를 만지고 있는 동안에 그는 겨우 결심을 하고 반 정도는 유리로 된 미닫이문을 열었다. 도르래가 요란한 소리를 내며 쇠 홈 속을 미끌어져 갔다. 빡빡한 문만

만져온 그의 손에 힘이 넘쳤던 것이다. 아내가 깜짝 놀라는 찰나에 등에 업은 어린애도 잠이 깨 울기 시작했다. 계산대에 있던 두 남자가 깜짝 놀라며 이쪽을 보았다. 그곳에서 그와 아내가 우는 어린애를 달래지도 않고 그냥 서 있을 뿐이었다.

"뭐야, 당신들은. 문은 열어 놓고. 바람이 들어오잖아? 들어올 거면 빨리 들어와."

감색 아쓰시(아이누 사람들이 옷감으로 쓰는 난티나무 껍질 섬유로 짠 두껍고 질긴 천. 또 그와 비슷한 두껍고 질긴 무명. 앞치마 등 작업복으로 쓰임)를 세루(serge, 소모사로 짠 모직물)로 만든 앞치마 밑에 받쳐 입고, 떡갈나무의 화롯가에 앉았던 남자가 눈썹을 찌푸리며 이렇게 소리를 쳤다. 사람의 얼굴, 특히 어딘지 자기보다 관록 있는 사람의 얼굴을 보면 그의 마음은 이내 심통이 나는 것이었다. 칼날에 항거하는 야수처럼 자포자기가 되어 그는 유달리 큰 몸을 터벅터벅 옮겨갔다. 아내는 겁에 질린 사람마냥 문을 닫고 밖에 서 있었다. 어린애가 우는 것도 완전히 잊어버릴 만큼 얼이 빠진 채였다.

말을 건 것은 30살 안팎의, 눈초리가 날카롭고 콧수염이 어울리지 않는 얼굴이 긴 남자였다. 농부들 속에서 얼굴이 긴 남자를 본다는 것은 돼지 속에서 말의 얼굴을 보는 것과 같은 것이다. 그는 마음은 긴장되면서도, 그 남자의 얼굴을 흔치 않은 형이라는 듯 눈여겨보지 않을 수 없었다. 그는 인사도 한마디 하지 않았다.

어린애는 목이 눌려 죽을 것처럼 문 밖에서 울어대기 시작했다.

그는 거기에도 정신을 빼앗기고 있었다.

문턱에 걸터앉아 있던 또 한 명의 남자가 잠시 그의 얼굴을 쳐다보고 있었으나, 나니와부시(浪花節, 샤미센을 반주로 주로 의리나 인정을 노래한 대중적인 창唱)를 하는 사람처럼 묘하고도 생기 있는 목소리로 갑자기 말을 시작했다.

"당신은 가와모리川森 씨의 친척이 아닌가? 어쩐지 얼굴이 닮았지 않나?"

하고는 그의 대답을 기다리지도 않고 긴 얼굴의 남자 쪽을 향해서,

"사무장도 가와모리에게서 이야기 안 들었나? 자기 혈육인 사람을 이와다岩田 자리에 넣어달라고 하던데."

그리고는 다시 그가 있는 쪽을 향해서 말했다.

"안 그런가?"

그것은 맞는 말이었다. 그러나 그는 그 사내를 보자 구역질이 날 것 같았다. 농사꾼으로는 드문 긴 얼굴의 남자로, 그것도 훌렁 벗겨진 이마에서부터 왼쪽 얼굴 반은 화상을 입은 모양인지 번들번들하고, 아래 눈꺼풀이 벌겋게 뒤집혀져 있었다. 그리고 입술이 종이처럼 얇았다. 카운터라고 불린 남자는 그 일이라면 잘 알고 있는 듯이 때때로 눈을 치켜뜨고 흘겨보며 여러 가지를 그에게 캐물었다. 그리고 카운터 책상 서랍에서 미농지에 조그맣게 활자로 인쇄한 서류를 꺼내서 거기에 히로오카 닌에몬廣岡仁右衛門이라는 그의 이름과 출생지를 기입하고, 잘 읽고 나서 도장을 찍으라고 두 통을 넘겨주

었다. 닌에몬(지금부터 '그'라고 하는 대신 닌에몬이라고 부르겠다)은 원래 문맹자였지만, 농장에서나 어장에서나 광산에서나 밥을 먹기 위해서는 그런 종잇조각에 무작정 도장을 찍지 않으면 안 된다는 것은 잘 알고 있었다. 그는 배두렁이의 주머니를 이리저리 뒤적거려 걸레 조각 같은 종이 뭉치를 꺼냈다. 그리고 죽순 껍질을 벗기듯 여러 장이나 되는 종이를 벗기자, 새까맣게 된 서푼짜리 도장이 굴러 나왔다. 그는 거기에 입김을 후후 불어 증서에 구멍이 뚫리도록 힘껏 눌렀다. 그리고 건네받은 다른 한 장을 도장과 함께 주머니 속에 찔러 넣었다. 이만한 일로 밥값이 얻어진다는 것은 고마운 일이었다. 문 밖에서는 어린애가 아직도 울음을 멈추지 않고 있었다.

"나, 돈이 한 푼도 없어서 좀 빌리고 싶은데."

어린애를 생각하니 갑자기 잔돈이 필요해서 닌에몬 말을 꺼내니까, 사무장이 어처구니가 없다는 듯이 그의 얼굴을 뚫어지게 보았다. 이 녀석은 바보 같은 얼굴을 한 탓에 방심할 수 없는 말썽꾼이라고 생각하면서. 그리고 사무실에서는 돈을 꾸어주는 일은 절대로 하지 않으니까 친척인 가와모리에게라도 꾸는 것이 좋고, 오늘 밤은 어쨌든 그 집에서 묵도록 하라고 일러주었다. 닌에몬은 이미 화가 나 있었다. 말 한 마디 하지 않고 나가려고 하니, 문지방에 앉아 있던 남자가 같이 갈 테니 기다리라고 했다. 그가 닌에몬의 말을 들어보니 자신들이 거처할 곳이 어디 있는지를 알지 못했던 것이다.

"그럼, 사무장 양반 아무튼 잘 부탁해요. 높은 사람에게도 잘 말해주세요. 히로오카 씨, 그럼 가요. 근데 애는 왜 이렇게 애처롭게 울기만 해. 그럼 쉬세요."

그는 약삭빠르게 허리를 구부리며 오래된 손가방과 모자를 집어들었다. 옷자락을 걷어 올리고 포병의 낡은 신발을 신고 있는 모습은 소작인이라기보다도 잡곡상雜穀商의 중개인 같았다.

문을 열고 밖에 나가니까 사무실 안의 괘종시계가 여섯 시를 쳤다. 윙윙 소리를 내며 바람은 더욱 사납게 불어댔다. 어린애가 우는데 지쳐버린 아내는 눈을 막기 위한 옥수숫대 담장 뒤에 처량하게 서 있었다.

길이 좋지 않으니 조심하라는 말을 하면서 그 남자는 앞장서서 국도에서 논길로 접어들었다. 커다란 파도처럼 너울거렸던 수확을 끝낸 후의 밭은 넓고 아득히 황량하게 펼쳐져 있었다. 눈을 가리는 것은 잎이 다 떨어진 가늘고 긴 방풍림 숲뿐이었다. 반짝반짝 빛나는 수많은 별들은 하늘을 유난히 춥고 어둡게 만들고 있었다. 닌에몬을 안내하는 남자는 가사이笠井라는 소작인으로, 천리교天理敎의 일도 보고 있다는 말도 해주었다.

7, 8백 미터 정도 걸었다고 생각했는데도 어린애는 아직도 울음을 멈출 줄 몰랐다. 목이 졸려 죽을 것만 같은 목소리가 반향反響도 없이 바람에 날려 멀리 흘러갔다.

얼마 후 논길이 두 갈래로 되는 곳에서 가사이는 걸음을 멈추었다.

"이 길을 쭉 가면 왼쪽으로 돌아서 작은 집이 보일 겁니다."

닌에몬은 검은 지평선을 바라보면서, 귀에 손을 대고 가사이의 말을 흘려듣지 않으려고 했다. 그만큼 찬바람은 심한 소리를 내며 불고 있었다. 가사이는 했던 말을 또 뇌고 또 뇌며 그곳까지 가는 데에 주의를 시켰다. 그리고는 마지막에 돈이 필요하다면 가와모리의 보증으로 조금은 융통할 수 있다는 말을 덧붙이는 걸 잊지 않았다. 그러나 닌에몬은 작은 집이 어디 있는지 그 말만 듣고는 다른 말은 더 듣지 않았다. 굶주림과 추위가 더욱 더 심하게 느껴졌다. 바들바들 몸을 떨면서 인사말 한 마디 하지 않은 채 곧장 헤어져 발걸음을 옮겼다.

옥수숫대와 감제풀 줄기로 에워싼, 사방이 각각 두 간 반쯤 되는 오두막집이 앞으로 기운 채 해파리처럼 낮은 경사로 이루어진 작은 산 중턱에 서 있었다. 음식이 쉬는 냄새와 거름 냄새가 제멋대로 악취를 풍기고 있었다. 오두막집 속은 어떤 야수가 숨어 있는지도 모른다는 그런 기분 나쁜 느낌이 들었다. 어린애가 줄곧 울어 대고 있는 어둠 속에서 닌에몬이 말 등에 실었던 무거운 짐을 땅바닥에 내리는 소리가 났다. 바싹 야윈 말은 짐이 가벼워지자, 쌓였던 노여움을 한꺼번에 터뜨리기라도 하는 듯 길게 울었다. 아득히 먼 곳에서 거기에 응하는 말이 있었다. 그리고는 바람만이 사납게 불어왔다.

부부는 꽁꽁 언 손으로 짐을 들고 오두막집 안으로 들어갔다. 오랜 동안 불기운이 끊어져 있었지만, 거친 바람을 맞다가 안에 들어

오자 역시 기분 좋은 따뜻함이 있었다. 두 사람은 어둠 속을 손으로 더듬어 헌 명석이랑 짚을 긁어모으고 털썩 주저앉았다. 아내는 긴 한숨을 내쉬며 등에 업고 있던 짐과 함께 어린애를 내려서 가슴에 안았다. 젖을 물려보았지만 젖은 딱딱해져 있었다. 어린애는 이가 막 돋아나려는 잇몸으로 그것을 꽉 깨물었다. 그리고 또 울어댔다.

"이 녀석! 젖꼭지가 잘리겠다."

아내가 짜증을 내며 이렇게 말하고는 주머니에서 전병을 세 개 꺼내 바삭바삭 잘게 씹어서 어린애 입에 넣어 주었다.

"나도 좀 줘."

갑자기 닌에몬이 손을 내밀어 나머지를 뺏으려고 했다. 두 사람은 아무런 말도 없이 다투기만 했다. 먹을 것이라고는 그 전병 세 개밖에 없었기 때문이다.

"바보."

내뱉듯이 남편이 이렇게 말했을 때 이미 승패는 정해졌다. 아내는 싸움에 져서 거의 다 빼앗기고 말았다. 두 사람은 다시 아무런 말도 하지 않은 채, 어둠 속에서 얼마 되지 않은 음식을 게걸스럽게 먹었다. 그러나 그것은 결국 식욕을 돋우는 매개가 될 뿐이었다. 다 먹고 나서 두 사람은 몇 번이고 침을 삼켰지만 불씨가 없는 곳에서는 호박을 삶을 수도 없었다. 어린애는 울다 지쳐 내버려진 채로 어느덧 잠이 들어 있었다.

고요가 찾아오자 틈새로 새어 드는 바람은 칼날처럼 날카롭게 살을 찌른다. 두 사람은 서로 의논이라도 한 것처럼 다가가서, 어린애를 둘 사이에 넣었다. 그리고는 서로 껴안고 누워 짚더미 속에서 덜덜 떨고 있었다. 그러나 잠시 후 피로가 모든 것을 정복했다. 죽음과 같은 잠이 세 사람을 엄습했다.

질풍은 사정없이 산이나 들을 삼키며 휘몰아쳤다. 칠흑 같은 어둠이 큰 강처럼 동쪽으로 동쪽으로 흘렀다. 막카리누부리산의 꼭대기에 쌓인 눈만이 인광燐光을 뿜어내며 희미하게 비치고 있었다. 거칠고 커다란 자연만이 거기에 다시 살아나고 있었다.

이렇게 닌에몬 부부는 어디에서 왔는지는 몰라도 K촌에 나타나서 마쓰카와 농장의 소작인이 되었다.

2

닌에몬의 오두막집에서 백여 미터 정도 떨어진 곳에 K촌에서 굿치얀俱知安으로 통하는 길에 사토 요쥬佐藤與十라는 소작인의 오두막집이 있었다. 사토라는 남자는 몸집이 작고 안색도 창백하며, 나이를 먹어도 나잇값을 못하고 일하는 것도 시원치 않게 보였으나, 아이가 많은 것만은 그 농장에서 으뜸이었다. 그 집 부인은 다른 데서 씨를 받아오는 모양이라고 농장의 젊은이 등이 모이면 서로 농담을 했다. 그의 아내는 몸집이 튼튼하고 술을 잘 먹는 여자였다. 대식구라서 돈을 벌어도 가난했기 때문에 칠칠치 못하고 깨끗하지 못한 스타일이었지만, 얼굴 생김새만은 비교적 단정했고 이상하게도 남자를 끄는 음탕한 매력을 갖고 있었다.

닌에몬이 이 농장에 들어온 다음 날 아침 일찍, 사토의 아내는 겹옷 한 장에 다 떨어진 소매 없는 옷을 입고, 우물이라고는 해도 된장통을 묻었는데도 녹물이 떠 있는 웃물이 10분의 4쯤 고여 있는 데서 아네쵸코라는 외래종 잡초뿌리에 달린 감자 같은 것을 씻고 있었다. 거기에 한 남자가 다가왔다. 6척 가까운 키를 조금 앞으로 굽혔는데, 영양이 좋지 못해 흙빛인 얼굴이 바로 그 어깨 위에 얹혀 있었다. 당혹해하는 야수 같기도 하고 동시에 어딘지 교활해 보이는 큰 눈을 굵은 눈썹 아래서 굴리고 있었다. 그것이 닌에몬이었다. 그는 요쥬의 아내를 보자 약간 좋은 기분이 되어,

"아주머니, 불씨 있으면 조금 나눠 주십시오."

라고 했다. 요쥬의 아내는 개를 만난 고양이처럼 적의를 띤 침착한 표정으로 그를 쳐다보았다. 그리고는 그를 바라보는 채로 아무런 말 없이 있었다.

닌에몬은 눈곱 낀 커다란 눈을 손등으로 어린애처럼 문지르면서,

"나는 저 오두막집에 이사 온 사람입니다. 거지는 아닙니다."

라고 말하고 싱글거렸다. 천진난만한 얼굴이 되었다. 요쥬의 아내는 말 없이 오두막으로 들어갔다. 캄캄한 오두막 속에 여기저기 흩어져 자는 아이들을 이리저리 넘어, 화로 있는 데에서 섶나무 가지 하나를 들고 나왔다. 닌에몬은 그것을 받아 들고는 입을 오므려 불었다.

그리고 무슨 말인지 한두 마디 서로 주고받고는 오두막 쪽으로 돌아갔다.

이 날도 어젯밤에 불던 바람은 멎지 않았다. 하늘은 한쪽 끝에서 다른 쪽 끝까지 기분 나쁠 정도로 활짝 개어 있었다. 그 때문에 바람은 땅 위에서만 불고 있는 것처럼 보였다. 사토가 일구는 밭은 아무튼 가을걷이를 모두 마쳤는데도, 그 옆에 접하고 있는 닌에몬의 밭은 다 둘러보아도 이삭여뀌와 명아주 등으로 무성했다. 털고 난 콩깍지가 바람에 날리며 소탈하고 익살스런 소리를 내고 있었다. 여기저기 호리호리하게 서 있는 자작나무는 거의 다 잎을 떨어내고, 연약한 하얀 줄기가 바람에 휘면서 반짝이고 있었다. 오두막집 앞 아마를 뽑은 자리만은 저절로 땅에 떨어진 종자에서 자라난 가느다란 줄기가 푸른빛을 보여주고 있었다. 그 나머지는 오두막도 밭도 서리 때문에 희뿌옇게 바랜 엷은 갈색이었다. 그래도 닌에몬의 쓸쓸한 오두막집에서는 얼마 후 하얀 연기가 조금씩 새어 나오기 시작했다. 지붕에서인지 울타리에서인지 김처럼 새어 나왔다.

아침 식사를 마치자 부부는 10년이나 전부터 살아온 것처럼, 태연한 얼굴로 밭으로 나갔다. 두 사람은 순서도 정하지 않고 일을 했다. 그러나 겨울을 눈앞에 두고 무슨 일을 먼저 해야 좋은지를 두 사람은 본능처럼 알고 있었다. 아내는 무늬조차 알 수 없게 된 보자기를 세모 모양으로 접어서 러시아 사람처럼 머리를 싸매고 어린애를 등에 업고, 부지런히 잔가지와 뿌리를 주웠다. 닌에몬은 괭이 한 자루로 사백 미터는 족히 넘는 밭을 한쪽 구석부터 파서 일구기 시작했다. 다른 소작인들은 밭일을 다 정리하고, 지금은 눈에 얼지 않게 집 주위를 가마니나 짚으로 에워싸기도 하고 장작을 패기도 하며 오두막 주위에서 일을 하고 있었다. 그렇기 때문에 밭 가운데에 서 있는 사람은 닌에몬 부부뿐이었다. 조금 높은 곳에서는 어디까지든 다 바라볼 수 있는 넓고 평평한 경작지에서, 두 사람은 집으로 돌아가다 뒤처진 두 마리의 개미처럼 부지런히 일했다. 덧없는 노동에 구두점을 찍어가며 괭이 끝이 햇빛에 번쩍번쩍 빛을 냈다. 해일 같은 소리를 내며 바람이 가득 찬 서리에 시들어버린 방풍림에는 까마귀도 없었다. 황폐한 밭을 단념하고 송어 어장으로라도 옮겨 간 듯하다.

한낮이 좀 지났을 무렵 닌에몬의 밭에 두 남자가 왔다.

한 사람은 어젯밤 사무실에서 본 사무장이었다. 또 한 사람은 닌에몬과 친척이 된다는 가와모리 영감이었다. 눈을 습벅거리고 완고해 보이는 가와모리는 닌에몬의 모습을 보자, 화가 난 듯한 표정으로 성큼성큼 그 옆으로 다가갔다.

"너는 인사도 할 줄 모르는 놈이냐? 왜 나한테 안 왔어? 사무장 양반이 안 알려주었으면 언제까지고 모를 뻔했잖아. 우선 오두막집에 가보자."

세 사람은 오두막집으로 들어갔다. 입구 오른쪽에 짚을 깐 말의 거처와 거죽을 두세 장 늘어놓은 곡식 두는 곳이 있었다. 왼쪽에는 입구에 있는 말뚝 기둥에서 안쪽에 있는 말뚝 기둥 사이에 통나무

하나를 땅에 닿게 건너지르고 봉당에 짚을 깔고 그 위에 여기저기 멍석이 펼쳐져 있었다. 그 한가운데에 파놓은 화로에는 그대로 새까맣게 그은 쇠주전자가 걸려 있고, 호박조각이 붙은 깨진 그릇 두세 개가 구르고 있었다. 가와모리는 창피한 듯,

"이런 데서."

라고 말하면서 사무장을 화로 옆쪽으로 데리고 갔다.

거기에 닌에몬의 아내도 주뼛주뼛 들어와서는 잔뜩 겁먹은 표정으로 고개를 숙였다. 그것을 보자 닌에몬은 봉당을 향해 캭 침을 뱉었다. 말은 쫑긋 귀를 세웠지만, 이내 목을 빼고 그 냄새를 맡았다.

사무장은 아내가 내미는 백비탕 찻잔을 받기는 했으나 마시지 않고 멍석에 그대로 놓았다. 그리고 어려운 말로 어젯밤의 계약서 내용을 들려주기 시작했다. 소작료는 3년마다 완납하지 못하면 증서를 다시 쓰게 되는데, 그때마다 1단보에 2원 20전씩이라는 것, 체납한 몫에 대해서는 1년에 2할 5부의 이자를 부가한다는 것, 촌세村稅는 소작인이 부담할 것, 닌에몬의 오두막집은 전에 살던 소작인한테 15원에 산 것이니까 내년 중으로 상환할 것, 농토는 말을 부려서 갈아둘 것, 아마는 대부지적貸付地積의 5분의 1 이상 경작해서는 안 된다는 것, 노름을 해서는 안 된다는 것, 이웃끼리 서로 돕지 않으면 안 된다는 것, 풍년이 들어도 소작료를 더 받지 않는 대신 어떠한 흉년이 들어도 소작료를 깎지 않는다는 것, 농장 주인에게 직접 호소하는 일은 금한다는 것, 약탈 농사를 해서는 안 된다는 것, 그리고 또

뭐 등등. 그리고 또.

그 말들을 닌에몬은 잘 알아들을 수는 없었지만, 속으로는 '옛 먹어'라고 생각하면서, 지금까지 일했던 밭이 염려되어 입구 쪽을 바라보고 있었다.

"자넨 말도 갖고 있으면서 어째서 말로 안 가는 거야? 며칠 안 있으면 눈이 올 건데?"

사무장은 추상론에서 실제론으로 파고들어갔다.

"말은 있으나 보습이 없습니다."

닌에몬은 콧방귀를 뀌었다.

"빌리면 되지."

"돈이 없잖아요."

대화는 뚝 끊기고 말았다. 사무장은 두 번 만났을 뿐이지만, 이 야만인을 어떻게 다루어야 하는가를 잘 알게 되었다고 생각했다. 정면으로 맞서서 해결할 녀석은 아니다. 공연히 아내에게 간살이라도 부리면 큰일이다.

"이봐, 참는 게 좋아. 우리 주인은 하코다테函館의 부자고 세상 물정 잘 아는 분이잖아."

이렇게 말하고 오두막집에서 나갔다. 닌에몬도 문 밖에 나가서 사무장의 기운찬 뒷모습을 바라보았다. 가와모리는 지갑에서 50전짜리 은화를 꺼내 아내의 손에 건넸다. 아무튼 사무장에게 뭘 좀 갖다 바치지 않으면 만사에 손해가 날 것이니, 오늘밤에라도 술을 사서 인사하러 가는 것이 좋을 것이고, 보습이라면 자기 집 것을 빌려주겠다고 말했다. 닌에몬은 가와모리의 말을 들으면서 사무장의 뒷모습을 바라보고 있었지만, 얼마 후 그 모습이 사토의 오두막집 안으로 사라지자 갑자기 터무니없이 심한 질투가 그의 머리를 엄습해 오는 것이었다. 그는 캭 하고 목이 쉬도록 땅바닥에 가래침을 뱉어버렸다.

부부만 남게 되자 그들은 다시 각각 흩어져서 부지런히 일을 하기 시작했다. 해가 기울기 시작하자 추위는 더욱더 심해져왔다. 땀이 난 곳들은 얼어붙기라도 하듯 차가웠다. 그러나 닌에몬은 건강했다. 그의 캄캄한 머릿속 그 가장 높은 곳이라고 여겨지는 언저리에서 50전짜리 은화가 동그랗게 반짝이며 어떻게든 떠나가지 않았다. 그는 괭이를 움직이며 이맛살을 찌푸리고 그 은화 생각을 털어내고자 시도해보았다. 그러나 아무리 시도해본들 빛나는 은화가 사라지지 않는 것을 알고 바보처럼 싱긋이 혼자 웃음을 흘릴 뿐이었다.

곤부다케의 한 모퉁이에 저녁나절이 되자 다시 한 무더기 구름이 솟아나고 그곳을 향해 해가 가라앉아갔다.

닌에몬은 자기가 간 밭의 넓이를 잠시 동안 만족스러운 듯 바라보고는 오두막으로 돌아갔다. 재빨리 괭이를 씻고 말 먹이를 만들었다. 그리고 수건을 동여맨 이마 밑에 솟아나온 땀을 소매로 훔치고, 저녁 식사 준비를 하는 아내에게 아까 그 50전짜리 은화를 달라고 했다. 아내는 그걸 내주기까지 두세 번 뺨을 얻어맞지 않으면 안 되었다. 닌에몬은 잠시 후 훌쩍 오두막집을 나섰다. 아내는 쓸쓸히 혼자서 저녁을 먹었다. 닌에몬은 한 푼짜리 은화를 허리춤의 주머니에 넣어보기도 하고 꺼내보기도 하고 엄지손가락으로 허공에 던져보기도 하면서 시가지를 향해 걸어갔다.

9시 — 9시라고 하면 농장에서는 아주 이슥한 밤이다 — 를 지나서 닌에몬은 얼큰하게 취한 채 갑자기 사토의 집 문 앞에 나타났다. 사토의 아내도 저녁 반주에 취해 있었다. 요쥬와 셋이서 화로를 둘러싸고 앉아서 다시 술을 마시며 마음을 터놓고 실없는 이야기를 했다. 닌에몬이 자신의 오두막집에 도착했을 때는 11시가 지나서였다. 아내는 막 꺼질 것 같은 화롯불에 등을 대고, 솜이 비어져 나온 이불을 떡갈나무 모양처럼 덮고서 깊이 잠들어 있었다.

닌에몬은 장난처럼 비틀거리며 가까이 다가가서 '으악' 소리를 지르며 덮치듯이 아내를 바싹 끌어안았다. 그러나 놀라서 잠이 깬 아내는 웃음을 보이지 않았다. 그 난리에 어린애가 잠을 깼다. 아내가 안고 일으키려고 하자 닌에몬은 그것을 말리고 아내를 겨드랑이에 끼고 안아버렸다.

"그래 아직도 간이 타나? 이렇게 사랑을 받아도 간이 타나? 너는 귀여워. 두고 봐. 이제 내가 당신 비단옷 입혀줄 거야. 사무장 그 새끼(그는 아무데고 침을 뱉었다)가 잠꼬대하는 틈에 난 주인 양반과 서로 무릎을 맞대고 이야기를 해보겠어. 바보 같은 녀석! 내일은 아무도 모르는 거야. 너는 귀엽다. 마음에서 우러나오는 말이야. 좋아.

좋아. 너는 이거 싫다고 하지 않겠지."

그렇게 말하면서 주머니에서 얇게 밀어낸 나무피에 싼 팥소가 든 둥근 찹쌀떡을 꺼내, 그중 하나를 뭉그러뜨려 숨이 막힐 만큼 아내의 입에 틀어넣었다.

3

거센 바람이 며칠 동안이나 불어대더니 마침내 구름이 파란 하늘을 어지럽히기 시작했다. 진눈깨비와 햇볕이 쫓고 쫓기고 하더니 이윽고 눈이 내리게 되었다. 닌에몬의 밭은 그렇게 될 때까지 일부분밖에 갈지 못했지만, 그래도 가을갈이 밀을 뿌릴 만한 땅은 되었다. 아내의 노동 덕분에 한 해 겨울을 날 만한 몫의 연료가 준비되었다. 다만 곤란한 것은 식량이었다. 말의 등에 싣고 온 것만으로는 며칠 먹을 것도 안되었다. 닌에몬은 어느 날 말을 끌고 시가지로 가서 팔아치웠다. 그리고 보리와 조와 콩을 상당히 비싼 값에 사 가지고 와야만 했다. 말이 없기 때문에 마차도 끌 수 없어, 그는 앉아서 먹기만 하며 눈이 조금 굳어질 때까지 멍하니 시간을 보냈다.

눈이 얼자 그는 아내와 아이를 남겨 두고 나무를 하러 나갔다. 막카리누부리 산기슭 불하관림拂下官林에 들어가서 그는 몸을 아끼지 않고 일했다. 눈이 녹기 시작하자 그는 이와나이岩內로 나가서 청어어장에서 일을 했다. 그리고 산에 눈이 녹을 무렵, 그는 눈빛에 타고 아침놀에 그을어서 새까맣게 된 얼굴로 돌아왔다. 그의 지갑은 제법 두둑했다.

닌에몬은 농장에 돌아오자마자 늠름한 말 한 필과 보습과 해로(harrow, 흙덩이를 잘게 부수는 서양 농기구)와 필요한 씨앗을 사들였다.

그는 날마다 오두막집 앞에 우뚝 서서 5개월 동안이나 쌓이고 쌓였던 눈이 녹았기 때문에 곪을 대로 곪은 밭에, 고마운 햇살이 내리쬐어 김이 무럭무럭 솟아오르는 모습을 목마르게 기다리며 바라보고 있었다. 막카리누부리산은 나날이 보랏빛으로 따스하게 물들어 갔다. 숲 속 여기저기에서 눈이 사라지는 동안에는 금잔화 줄기가 맨 먼저 푸른 싹을 틔웠다. 개똥지빠귀와 십자매가 마른 나뭇가지를 뛰어 날아다니며 고요한 속삭임을 전해주기 시작했다. 썩어야 할 것은 나뭇잎이건 오두막집이건 충분히 썩어 있었다.

닌에몬은 눈길이 미치는 범위 안에서 눈에 띄는 소작인들의 오두막 몇 채를 바라보면서 똥이라도 먹으라고 생각했다. 미래의 꿈이 또렷하게 머리에 떠올랐다. 3년이 지난 뒤에 그는 이 농장 제일가는 대소작인이었다. 5년 후에는 작기는 하지만 하나의 독립된 농민이었다. 10년째 되는 해에는 상당히 넓은 농장을 양도받고 있었다. 그때 그는 서른일곱이었다. 모자를 쓰고 이중 망토를 입고 고무장화를 신은 그의 모습이 스스로 좀 멋쩍은 듯이 상상되었다.

마침내 파종할 때가 왔다. 산불로 타버린 얼룩조릿대 잎이 새까맣게 타고 기적奇蹟의 부적처럼 어디선지 날아오는 파종의 시기가 왔다. 갑자기 밭은 활기를 띠었다. 시가지에도 종자 상인과 비료 상인이 몰려들었고, 단 한 집밖에 없는 과부 술집에서는 밤마다 샤미센 소리가 울리게 되었다. 닌에몬은 늠름한 말에 잘 간 보습을 달고 밭으로 나섰다. 갈아 일으킨 토양은 적당한 습기를 머금고 뒤엎어질 때마다 숨이 막힐 듯한 흙냄새를 피웠다. 그것이 닌에몬의 피에 쭉쭉 힘을 불어넣었다.

모든 것이 순조롭게 진행되었다. 뿌린 씨는 발돋움이라도 하듯이 쑥쑥 자랐다. 닌에몬은 이웃에 사는 소작인들에게 걸핏하면 싸움을 일삼는 태도를 보였지만, 6척이 넘는 그에게 대드는 자는 단 한 명도 없었다. 사토 같은 자는 그를 보기만 하면 허겁지겁 모습을 감추었다. "그것 봐. '아직도'가 온다."라고 수군거리며 사람들은 그를 두려워했다. 이제 얼굴이 있을 것 같다 싶어 위를 쳐다보아도 얼굴은 아직도 그 위에 있기 때문에, 사람들은 그에게 '아직도'라는 별명을 붙인 것이다.

때때로 사토의 아내와 그와의 관계가 소문에 오르내리게 되었다.

하루 온종일 일하고 나면 노동에 익숙해진 농민들 역시도 너무나 바쁜 이 계절의 일에 지쳐서 저녁을 먹자마자 잠자리에 들어버렸지만, 닌에몬만은 날이 저물어도 손이 근질근질해서 견딜 수가 없었다. 그는 별빛을 의지해 야수처럼 부지런히 일을 했다. 저녁 식사는 화롯불 곁에서 먹는 둥 마는 둥 했다. 그러고는 훌쩍 오두막집을 나갔다. 그리고 농장 터줏대감 사당 옆에 있는 소작인 집회소에서 여자와 만났다.

사당은 높다란 밀림 속에 있었다. 어느 날 밤 닌에몬은 거기서 여자를 기다리고 있었다. 바람도 불지 않고 비도 내리지 않았으며, 아무런 소리도 없는 밤이었다. 여자는 의외로 빨리 올 때도, 화가 날 정도로 늦게 올 때도 있었다. 닌에몬은 그저 넓은 건물 입구에서 무릎을 끌어안고 귀를 기울이고 있었다.

가지에 남아 있던 마른 잎이 새싹의 재촉을 받고 이따금 바삭바삭하는 소리를 내며 땅 위로 떨어졌다. 우단처럼 부드러운 공기는 움직이지 않은 채 그를 위로하듯 감싸주었다. 거칠어진 그의 신경도 그것을 느끼지 않을 수는 없었다. 무언가 그리운 것 같은 부드러운 마음이 그의 가슴에도 솟아났다. 그는 어둠 속에서 이상한 환각에 빠지며 살포시 웃음 지었다.

발자국 소리가 들렸다. 그의 신경은 일시에 고개를 들었다. 그러나 얼마 후 그 앞에 나타난 것은 분명히 여자의 모습은 아니었다.

"누구냐, 너는?"

나지막했으나 어둠을 뚫고 응시한 그의 목소리는 분노로 떨고 있었다.

"당신이야말로 누군가 했더니 히로오카 씨 아니야? 뭐 때문에 이 시간에 여기 와 있지?"

닌에몬은 목소리의 주인공이 가사이의 시고쿠 원숭이 녀석이란 것을 알고서 불끈했다. 가사이는 농장에서 가장 부자이고 유식하다. 그만큼 짜증을 낼 만한 상대로 충분하다. 그는 갑자기 가사이에게 덤벼들어 멱살을 잡았다. 캭 하고 올린 침을 그의 얼굴에 뱉으려고 했다.

그 무렵 부랑자들이 나타나서 매일 밤 집회소에 모여서 모닥불을 피우니까 위험하다고 사람들이 말해서, 사당의 관리를 맡고 있는 가사이는 그들을 쫓아낼 작정으로 둘러보러 온 것이었다. 물론 애초에 그는 떡갈나무 몽둥이 정도는 지니고 있었지만, 상대가 '아직도'인지라 말도 못할 만큼 겁에 질리고 말았다.

"너는 내가 계집 만나는 걸 방해할 생각이냐? 내가 하는 일에 네가 간섭할 생각이야? 모가지를 비틀어버린다."

그의 말은 쿨럭거리는 숨소리 사이에 짓눌린 탓인지 부들부들 떨고 있었다.

"놀리는 게 아니야, 정말."

가사이는 허겁지겁 거기에 온 경위와 때마침 좋은 기회니까 특별히 부탁할 일이 있다는 말을 했다. 닌에몬은 쩔쩔매는 가사이에게 흥미를 느끼고 멱살에서 손을 떼고서 문지방에 걸터앉았다. 어둠 속에서도 가사이가 눈을 크게 뜨고 화상을 입은 쪽의 반쪽 얼굴을 손바닥으로 문지르고 있는 모습이 그려졌다. 그리고 잠시 후 앉아서, 지금까지 허둥대던 태도와는 달리 천천히 담배를 꺼내 성냥을 켰다. 특별히 부탁한다는 것은 지주에 대한 소작인들의 고충에 관한 것이었다. 1단보 2원 20전의 밭삯은 이 지방에는 없는 비싼 값인데 아무리 흉년이 들어도 깎아주지 않기 때문에, 소작인은 누구 하나 빚을 지지 않은 사람이 없다. 돈으로 받아내기 어렵다고 생각되면 사무장은 밭에 자라는 농작물을 압수해버린다. 따라서 시가지의 상인들에게는 눈이 튀어나올 것 같은 돈을 떼어먹히고 양식을 사지 않으면 안된다. 그러니까 이번에 지주가 오거든 모두 다 반드시 소작료의 인하를 요구하자는 것이다. 가사이는 그 대표가 되었지만 혼자서는 어쩐지 마음이 놓이지 않으니 닌에몬도 나서서 힘이 되어달라는 것이었다.

"바보 같은 소리 그만해. 두 냥 두 푼이 뭐가 비싸냐? 너희들 뼈마디는 일할 수 있게 만들어져 있잖아? 지주 영감한텐 반 푼도 빚질 생각 없으니까, 나는 그 송사에 관여하지 않겠어. 네가 먼저 지주가 돼보지. 지금보다 더 욕심을 부릴 거다. 되지도 않을 일에 보기도 싫은 얼굴 내밀지 마라."

닌에몬은 다시 가사이의 번들번들한 얼굴에 침을 뱉고 싶은 충동이 일어났지만, 참고 마루에 뱉어냈다.

"그렇게 말하는 게 아니야."

"그렇게 말한 것이 뭐가 나빠? 가, 가버리라고."

"그러고 보니 히로오카 씨……."

"너 주먹으로 맞을래?"

여자를 기다리고 있는 닌에몬에게는 이 훼방꾼이 오래 있는 것이

밉살스러워서 말도 행동도 점차 거칠어졌다.

강한 집착을 보였던 가사이도 일어서지 않으면 안 되게 되었다. 그는 그 자리를 얼버무리는 인사를 하고, 화내는 기미도 없이 언덕을 내려갔다. 길이 두 갈래로 갈라진 곳에서 왼쪽으로 가려고 하자, 어둠 속을 뚫어보고 있던 닌에몬이 외치듯이, "오른쪽으로 가라."고 엄명했다. 가사이는 그 말도 어기지 않았다. 왼쪽 길은 여자가 다니는 것이다.

닌에몬은 다시 혼자 남아 어둠 속에 쭈그리고 있었다. 그는 화가 나서 부들부들 떨고 있었다. 공교롭게도 여자가 늦었다. 화가 난 그는 참을 수가 없었다. 여자의 오두막으로 거칠게 뛰어 들어갈 기세로 벌떡 일어선 그는 대낮에 큰길을 걷는 것 같은 걸음걸이로 숲길을 성큼성큼 걸어갔다. 갑자기 숲이 성긴 곳에서 야수 같은 민감함으로 인기척을 느꼈다. 그는 걸음을 멈추고 그 안을 들여다보았다. 밤의 고요 속에서 조롱하는 듯한 음탕한 여자의 숨죽인 웃음소리가 들려 왔다. 훼방꾼이 들어온 것을 눈치 채고 여자는 거기에 숨어 있었던 것이다. 익숙한 여자의 냄새가 자신의 코를 덮쳤다고 닌에몬은 생각했다.

"다리 네 개 달린 계집이."

외침과 동시에 그는 성긴 숲속으로 들어갔다. 따끔따끔한 촉감이 잠잘 때 외에는 벗은 적이 없는 짚신 바닥에 두세 번 느껴지는가 싶더니, 네 발자국째에는 부드럽고 포동포동한 육체를 밟았다. 그는 엉겁결에 그 발의 힘을 덜려고 했지만, 동시에 광폭한 충동이 치밀어 전신의 무게를 거기에 의지하고 말았다.

"아파!"

그 소리를 듣고 싶었던 것이다. 그의 육체는 단번에 기름이 부어진 채, 달아오르는 듯한 불끈 솟은 핏기에 눈이 핑 돌았다. 그는 갑자기 여자한테 달려들어 어딘지 가리지 않고 때리고 발로 차고 했다. 여자는 계속 아프다고 외치면서도 그에게 매달렸다. 그리고 물어뜯었다. 마침내 그는 여자를 꽉 껴안고 길로 나왔다. 여자는 그의 얼굴에 날카롭게 자란 손톱을 세운 채 도망치려 했다. 두 사람은 서로 으르릉거리며 다투는 개처럼 서로 휘감긴 채 쓰러졌다. 쓰러지면서도 다투었다. 그는 마침내 여자를 놓쳐버렸다. 벌떡 일어나서 쫓아가려고 하자, 일단 도망가려고 생각했던 여자는 반대로 그에게 달라붙어 왔다. 두 사람은 정을 참기 어려워 다시 때리며 할퀴고 했다. 그는 여자의 머리채를 움켜쥐고 길 위를 질질 끌고 갔다. 집회소에 왔을 때는 두 사람 모두 다 상처투성이가 되어 있었다. 흥분할 대로 흥분한 여자는 한 덩어리의 불과 같은 고깃덩어리가 되어, 부들부들 떨면서 마루 위에 쓰러져 있었다. 그는 어둠 속에 버티어 섰다가 타는 듯한 흥분으로 말미암아 비틀거렸다.

4

봄 날씨가 순조로웠던 것과는 반대로, 그해는 6월 초부터 추위와 끝없이 내리는 비가 홋카이도를 엄습했다. 가뭄에 기근이 없다는 속담은 논이 많은 내지內地의 이야기이며, 밭뿐인 K촌은 비가 많은 편이 그래도 낫다고들 했으나, 그해 장마에는 한숨을 쉬지 않는 농민은 없었다.

숲도 밭도, 보이는 것은 모두 다 새파랗게 바뀌어 있었다. 오두막만이 변색되지 않고 자연을 더럽히고 있었다. 초겨울 비 같은 차가운 비가 완전히 닫혀버린 짙은 쥐색을 띤 구름에서 쉴 새 없이 쏟아졌다. 나지막한 밭두둑 길에 널어놓은 슬리퍼 재료는 둥둥 뜬 채 물 때문에 부풀어 올랐고, 그 사이에서 연못이나 냇가에 절로 피는 풀인 줄이 길게 뻗어 나왔다. 올챙이가 밭 속을 이리저리 헤엄쳐 다니기도 했다. 뻐꾸기가 숲속에서 쓸쓸히 울었다. 멀리서 판자에다 팥알을 굴리는 것 같은 빗소리가 아침부터 밤까지 들려오고, 그것이 잠시 멎으면 습기를 머금은 바람이 나무라도 풀이라도 시들게 할 것처럼 싸늘하게 불었다.

어느 날, 조장으로부터 농장 주인이 하코다테에서 와서 집회소에서 모임을 갖는다는 전갈이 왔다. 닌에몬은 그런 일은 신경도 쓰지 않고 아침부터 마차를 끌고 시가지로 나갔다. 운송점運送店 앞에는 이미 두 대의 마차가 있었다. 발돋움이라도 할 듯이 맥없이 서 있는 말의 갈기는 몇 개나 되는 채찍을 늘어뜨린 것처럼 비에 비비 꼬여 있고, 그 끝에서 물방울이 쉴 새 없이 떨어지고 있었다. 말의 등에서는 김이 오르고 있었다. 문을 열고 안으로 들어가자, 마차꾼 노릇을 부업으로 하는 젊은 농부 세 명이 땅바닥에 모닥불을 피우고 쬐고 있었다. 마차꾼 노릇을 할 만한 자는 농부 중에서도 모험적이며 성미가 괄괄한 무리들이었다. 그들은 얼굴에 끼치는 모닥불의 화기를 손과 발을 들어 막으면서, 장마철을 이용해 마을에 몰려 들어온 노름꾼들 이야기를 하고 있었다. 한몫 챙기려고 몰려들지만 오히려 깨끗이 털린 채 역정驛亭에서 쫓겨난다는 이야기를 하고 있었다.

"너도 한번 끼려고?"

그렇게 그중의 한 명이 닌에몬을 부추겼다. 가게 안은 침침하고 축축했다. 닌에몬은 어두운 표정으로 침을 뱉으면서 모닥불 자리에 낀 채 말없이 앉아 있었다. 때때로 꺼림칙한 짚신 소리를 내며 오가는 자가 있을 뿐, 이 계절의 흥청거리는 기분은 어디에서도 볼 수 없었다. 사무실에서 일하는 젊은 사람은 붓을 든 손으로 턱을 괴고 졸고 있었다. 그들은 이렇게 짐이 오는 것을 멍하니 두 시간 쯤이나 기다리고 있었다. 듣기 거북한 젊은이들의 상스러운 얘기도 자연스럽게 침울한 기분에 눌려, 툭하면 침묵과 하품만이 퍼졌다.

"한번 해보려고?"

갑자기 닌에몬이 그렇게 말하고 앉아 있는 사람들을 둘러보았다. 그는 드물게 보이는 천진난만한 미소를 띠고 있었다. 모두들 그의 부드러운 얼굴을 보자, 그만 빨려들어가듯이 그가 하는 말을 듣게 되었다. 멍석이 펼쳐졌다. 네 사람은 둥그렇게 둘러앉았다. 그중의 한 명은 가볍게 일어서서 가게 청년의 책상 위에서 찻잔을 가지고 왔다. 다른 한 사람은 허리춤에서 주사위 두 개를 꺼냈다.

가게의 청년이 잠에서 깨어 보니, 그들은 흥분된 목소리를 억누르면서 핏대를 올리고 승부에 빠져 있었다. 젊은 사람은 잠시 노름에 유혹을 느꼈지만 마음을 다잡고,

"곤란하지. 그런 걸 이런 가게 앞에서 펼치면."

이라고 말하자,

"곤란하다면 짐을 찾아오면 되잖아."

하고 닌에몬은 상대하지도 하지 않았다.

낮이 되어도 짐은 돌아오지 않았다. 닌에몬은 스스로 말을 꺼냈으면서도 재미없는 승부만 하고 있었다. 어떻게 바뀔지 자신도 알 수 없는 그런 기분이 이내 언짢은 쪽으로만 기울었다. 기분이 나쁘면 나빠질수록 그의 예상은 더 빗나가고 말았다. 그는 더 참을 수 없어서 자리에서 일어섰다. 상대방이 무어라 말하며 말리는 것을 들은 척도 하지 않고 운송점 밖으로 나갔다. 비는 쉴 새 없이 계속 내리고 있었다. 점심 준비를 하는 연기가 무겁게 땅 위를 기고 있었다.

그는 화를 내며 마차를 끌고 오두막 쪽으로 돌아갔다. 칠칠치 못하게 계속 내리기만 하는 비에 초목도 흙도 부풀 대로 부풀어 있었고, 하늘마저도 땅에 뚝 떨어질 것처럼 풀어져 있었다. 재미를 못 본

승부에 골이 난 닌에몬의 기분과는 전혀 맞지 않는 애매한 경치였다. 그는 무언가 엄청난 짓을 해서라도 화풀이를 하고 싶다는 생각이었다. 마침 자기 집 밭 앞까지 오자 사토의 집 큰 아이들 셋이 학교에서 돌아오는 것이 보였다. 짐을 비스듬히 등에 메고 머리끝부터 흠뻑 젖은 채 지름길로 가려고 밭 한가운데를 걸어가고 있었다. 그것을 보자 닌에몬은, "기다려!" 하고 불러 세웠다. 뒤를 돌아다본 아이들은 '아직도'가 서 있는 것을 보자, 세 명 모두 두려움에 얼굴색이 바뀌어버렸다. 얻어맞을 때에 하는 식으로 팔을 구부려 눈앞 가까이에 갖다 대고 달아나지도 못하고 있었다.

"이놈들! 무엇 때문에 남의 밭을 밟고 그래. 농부의 새끼가 밭 귀한 줄 모르고. 이리 와."

우뚝 서서 노려보면서 그는 외쳤다. 아이들은 이미 겁에 질린 듯 울기 시작하면서 주뼛주뼛 닌에몬 쪽으로 걸어왔다. 기다리고 있던 닌에몬의 무쇠주먹은 갑자기 열두 살쯤 된 큰딸아이의 야윈 뺨이 일그러질 만큼 후려갈겼다. 세 아이들은 동시에 아픔을 느낀 것처럼 소리 내어 울부짖기 시작했다. 닌에몬은 큰 아이고 작은 아이고 할 것 없이 닥치는 대로 두들겨 팼다.

오두막에 돌아오자, 아내가 멍석 위에 털썩 주저앉아서 말에게 줄 짚을 삭둑삭둑 썰고 있었다. 어린애는 포대기 속에서 문어 같은 머리를 내밀고 처마에서 떨어지는 빗물을 보고 있었다. 그의 기분에 어울리지 않는 침울한 공기가 감돌았고, 운송점의 가게 앞과 비교하면 무엇이나 다 변소처럼 지저분했다. 그는 아무 말도 않고 침을 뱉으며 말의 뒤처리를 하자마자 다시 밖으로 나갔다. 비는 피부 속까지 쏙쏙 스며들어 오슬오슬 추웠다. 그의 심술은 더욱더 부풀어 올랐다. 그는 총총걸음으로 사토의 오두막으로 갔다. 그러다가 문득 집회소에 가 있을 거라는 생각이 들어 그 길로 바로 사당 쪽으로 걸음을 서둘렀다.

집회소에는 아침부터 50명에 가까운 소작인들이 모여서 농장 주인이 오기를 기다리고 있었지만, 대낮이 지나도록 멍청히 기다릴 수밖에 없었다. 농장 주인은 얼마 후 겨우 사무장을 동반하고 두꺼운 외투를 입고 나타났다. 윗자리에 앉자 요란스럽게 사당 쪽을 향해 손뼉을 치고 참배를 한 다음, 모인 사람들에게는 절반도 알아듣지 못할 소리를 하거나 얼굴에 대고 훈계하거나 했다. 소작인들은 어리둥절한 표정을 지으면서도 농장 주인의 말이 일단 끝나자 알아들었다는 듯 고개를 끄덕였다. 이윽고 소작인들의 요구가 가사이에 의해 제출되는 차례가 왔다. 그는 먼저 농장 주인은 어버이이며 소작인은 자식이라는 말을 꺼냈다. 그리고 소작인 측의 요구를 꽤 강하게 주장한 다음, 그러나 그것은 무리한 바람이라는 둥, 아무것도 모르는 자기들이 생각한 일이라는 둥, 그런 일은 우선 뒤로 미뤄도 좋은 일이라는 둥, 자기가 꺼낸 말을 스스로 부정하는 말을 덧붙이는 것을 잊지 않았다. 그 때 마침 닌에몬은 거기에 도착했다. 그는 입구의 벽에 붙어 있는 널빤지에 몸을 기대고 서서 지그시 듣고 있었다.

"이렇게 여러 가지 부탁을 드렸으니까, 서로가 마음을 다잡고 사무장에게도 폐를 끼치지 않도록 해야 하네(여기서 그는 일동을 다 둘러보는 모양이었다). '만국萬國이 마음을 합해서'라고 천리교 노래에도 있는 것처럼 정해진 일은 정해진 대로 해야 하겠지만, 여러 사람이 모이면 무리도 아니지만, 아마 같은 걸 주인 양반 아주 많이 하는 자도 있지만요, 참으로 죄송하지만 억지를 부리면 나도 어쩔 수 없는 거 아니겠습니까?"

닌에몬은 농장 규칙에 맞지 않게 밭의 반이나 아마를 하고 있었다. 그래서 그 말은 그를 빗대어 빈정거리는 것처럼 들렸다.

"오늘 같은 날에도 얼굴도 내밀지 않는 건방진 녀석이 있는 거 아닙니까……."

닌에몬은 화가 나서 귀가 쩽하고 울렸다. 가사이는 아직도 뭔가를 청산유수로 지껄이고 있었다.

농장 주인이 아직 훈시가 담긴 말을 하는 것 같더니, 이윽고 와글와글 사람들이 자리를 뜨는 눈치였다. 닌에몬은 숨을 죽이고 나오는 사람들을 눈여겨보았다. 농장 주인이 사무장과 함께 가사이가 뒤에서 내미는 우산을 받고 나갔다. 젊었을 때 노동으로 힘을 단련한 듯한 농장 주인의 건장한 모습은 어쩐지 사람들을 두렵게 했다. 닌에몬은 가사이의 뒷모습을 노려보았다. 잠시 후 장내에서 갑자기 한가로운 이야기 소리가 들려왔다. 그리고 소작인들은 두세 사람씩 서로 얘기를 주고받으면서 오두막집으로 돌아갔다. 조금 늦게 아무 동행

없이 나온 것은 사토였다. 자그마한 몸집은 젊은 청년 같았다. 닌에몬은 나뭇잎처럼 떨면서 성큼성큼 다가가더니, 갑자기 뒤에서 그의 오른쪽 뺨 있는 데를 때렸다. 갑작스런 습격을 받으며 쓰러질 듯 비틀거린 사토는 뒤도 돌아보지 않고 귀를 움켜잡은 채, 멀리서 맹수의 울음소리를 들은 토끼마냥 앞에 가는 두세 명에게로 달려가서 그들을 방패 삼았다.

"너는 거지냐? 도적이냐? 개새끼냐?, 왜 애들을 시켜서 남의 밭을 짓밟았어? 박살내버릴 거다, 와라!"

닌에몬은 불덩이가 되어 달려들었다. 당사자 두 사람과 말리려던 두어 명이 공처럼 붉은 진흙 속을 이리저리 나뒹굴었다. 서로 겹쳐 포개진 사람들이 겨우 두 사람을 떼어 놓았을 때는, 사토는 심한 상처를 입고 죽은 것처럼 새파랗게 질려 있었다. 싸움을 말린 사람은 이 일에 관여한 탓에 어쩔 수 없이 닌에몬을 따라 담판을 지으려고 사토의 오두막집까지 가지 않을 수 없었다. 오두막 안에서는 사토의 큰딸아이가 한쪽 구석에 웅크리고 앉은 채, 아픈 소리를 내면서 그때까지도 줄곧 울고 있었다. 화로를 사이에 두고 사토의 아내와 히로오카의 아내가 마주 보며 서로 욕을 하고 있었다. 사토의 아내는 책상다리를 하고 앉아 긴 부젓가락을 오른손에 쥐고 있었다. 히로오카의 아내도 어린애를 등에 업고, 빠른 소리로 점점 더 격한 말을 쏟아내고 있었다. 얼굴이 피투성이가 되고 온몸이 흙투성이가 된 사토의 뒤에서 닌에몬이 들어오는 것을 보자, 사토의 아내는 까닭을 묻지도 않고 와들와들 떨고 있는 이를 꽉 문 채로 원숭이처럼 입술 사이로 드러내면서 닌에몬 앞을 가로막고 서서, 튀어나올 듯 노여운 눈으로 째려보았다. 그녀는 아무 말도 하지 않았다. 갑자기 부젓가락을 휘둘렀다. 닌에몬은 그것을 가볍게 빼앗아 들었다. 물려고 덤비는 것을 슬쩍 밀어버렸다. 그리고 중재자들이 한잔 하자는 말도 듣지 않고, 아내를 데리고 자기 오두막으로 돌아갔다. 사토의 아내는 맨발인 채 닌에몬의 등에 대고 욕설을 퍼부으면서 격분하며 따라갔다. 그리고 오두막 앞을 가로막고 서서 재잘거리듯 쉴 새 없이 닌에몬 부부에게 욕설을 퍼부었다.

닌에몬은 아무런 말 없이 화로 옆자리에 앉아 사토 아내의 광분한 모습을 바라보고 있었다. 그것은 닌에몬이 뜻하지 않은 결과였다. 그의 기분은 이상스레 개운치 않았다. 그는 사토 아내가 자기에게서 갑자기 떠나간 것이 화나기도 하고 이상하게 생각되기도 하고 아쉽기도 했다. 닌에몬이 상대를 해주지 않으니, 그녀는 오두막 안으로는 들어가지 않았다. 그리고 쉰 목소리로 고함을 지르면서 비를 맞고 돌아가버렸다. 닌에몬의 입가에는 무척이나 인간답게 야유하는 일그러진 표정이 나타났다. 그는 결국 자신의 지혜가 모자란 것을 느꼈다. 그리고 별 수 없다고 생각했다.

그는 모든 흥미가 죄다 사라진 것을 느꼈다. 그는 조금 지쳐 있었다. 이제 비로소 모든 사정을 알게 된 아내에게서 질투하는 추궁의 말이라도 듣는다면, 추호도 용서 없이, 얼마나 잔인한 행동을 하게 될지 모른다는 것을 알자, 그는 자신의 마음을 두려워하지 않을 수 없었다. 그는 아내에게 말할 기회를 주지 않기 위해서 계속해서 명령했다. 그리고 늦은 점심을 실컷 먹었다. 그는 젓가락을 놓자 흙투성이에 흠뻑 젖은 옷을 입은 채 또다시 오두막집을 나섰다. 의욕을 잃은 그의 발걸음이 이 마을에 몰려든 노름꾼들이 벌려 놓은 노름판으로 향하고 있었다.

5

어떻게 저 정도로 내릴까 싶던 장맛비도 한 달쯤 계속해서 내리더니 겨우 개었다. 한걸음에 껑충 여름이 왔다. 어느 사이엔가 꽃이 피고 졌는지, 날이 개고 보니 숲 사이에 있는 산벚꽃도 목련도 싱싱한 이파리가 크게 퍼져 있었다. 한증 같은 기분 나쁜 더위가 엄습해서 밭의 잡초들은 작물의 키보다 더 자라 덩굴풀처럼 뻗어갔다. 비 때문에 분명 혼이 났을 거라며 농부들이 긴 장맛비의 유일한 공덕을 본 것으로 생각하고 있던 곤충들도 무서운 기세로 생겨났다. 양배추 주위에는 홋카이도 흰나방이 엄청나게 이리저리 날고 있었다. 콩에는 콩 벌레의 성충이 지긋지긋할 정도로 모여들었다. 밀 곡식에는 깜부기가, 감자에는 노균병露菌病의 징후가 보였다. 등에와 파리 매는 자연의 탐색병처럼 윙윙 날아다녔다. 더러워진 옷을 젖은 채로 쌓아 놓았던 오두막집에서는 가족 중 한 사람도 남김없이 모두 연장을 들고 밭으로 나갔다. 자연에 항거하는 필사적인 투쟁의 막이 열린 것이다.

콧노래도 부르지 않고, 땀을 비료처럼 밭에 떨어뜨리며 농부들은 허리를 굽히고 땅바닥에 달라붙었다. 일하는 말들은 머리를 숙일 수 있는 한 최대한 숙이고서, 아직 마르지 않은 땅 속에 깊이 다리를 찌른 채 쉴 새 없이 꼬리로 등에를 쫓았다. 쑤욱 하는 소리를 내며 습격해오는 털 다발에 호되게 얻어맞은 등에는 피를 빨아 통통해진 채로 말의 배에서 툭툭 땅으로 떨어졌다. 나자빠진 채 강철 같은 발을 뻗었다 움츠렸다 하면서 발버둥이치는 꼴은 이제 목숨이 다할 것처럼 보였다. 그러나 얼마 후 등에는 다시 날개를 이용해 용케도 일어났다. 그리고 비틀비틀 풀잎 속으로 기어들었다. 그리고 십오 분 남짓 후에는 다시 날개를 쫙 펴고 윙 소리를 내며 눈을 쏘는 듯한 햇볕 속으로 용감하게 날아갔다.

여름 농사가 모두 수확이 없다고 할 만큼 흉작인데도 아마만은 평년작 수준에서 떨어지지 않았다. 푸른 우단 바다가 되고 유리 빛 융단이 된, 거친 자연의 공주인 아마 밭은 마침내 작은 무늬 같은 열매를 그 섬세한 줄기 끝에 맺고서 아름다운 갈색으로 변했다.

"이렇게 아마를 심어서 어떡할 거야? 밭이 메말라서 나중엔 그 어떤 것도 안 된단 말이야. 이러면 곤란하지."

어느 날 사무장이 그것을 보고 닌에몬에게 이렇게 말했다.

"나도 곤란해요. 당신이 곤란한 것과 내가 곤란한 건 아무래도 다르지요. 굶어 죽는 겁니다, 우린."

이렇게 닌에몬은 퉁명스럽게 말했다. 그에게 있는 규칙은 무엇보다 먼저 먹는 일이었다.

그는 어느 날 올려다볼 만큼 많은 양의 아마 다발을 마차에 싣고 굿치얀의 제선소製線所로 갔다. 제선소에서는 값을 비교적 좋게 쳐서 사주었을 뿐만 아니라, 다른 지방이 흉작으로 결실이 없었기 때문에 아마 씨를 상당히 비싼 값으로 사준다는 약속을 해주었다. 닌에몬의 주머니 속에는 백 원이란 자기 돈이 흐뭇하게 간직되었다. 그는 아직도 밭에 잔뜩 남아 있는 아마를 생각했다. 그는 선술집에 들어갔다. 거기엔 K촌에서는 볼 수 없는 예쁜 여자도 볼 수 있었다. 술 취한 니에몬의 모습은 일정하지가 않았다. 술은 어떤 때는 그를 화가 잔뜩 나게, 어떤 때는 음울하게, 어떤 때는 난폭하게, 또 어떤 때는 기분 좋게 했다. 그날의 술은 물론 그를 기분 좋게 해주었다. 같이 마시고 있는 사람들이 아무런 이해관계가 없다는 것도 마음 편했다. 그는 술에 취한 채 커다란 목소리로 농담을 했다. 그럴 때의 그는 덩치 큰 어리석은 아이였다. 같이 있던 사람들은 그 소리에 이끌려 그의 주위에 모여들었다. 여자까지 끌어당기는 대로 그의 무릎에 매달려서 그가 볼을 비비는 것을 천진하게 받아주었다.

"네 뺨에 내 수염이 자라면 우습지 않겠냐?"

그는 그렇게 했다. 입이 무거운 그의 입에서 이 정도의 농담이 나오면 여자는 배를 잡고 웃었다. 그는 해가 기울 무렵에 선술집을 나와 포목점에 들러서 화려한 모슬린 자투리를 샀다. 다시 맥주를 작은 병으로 세 병 사고 깻묵을 마차에 실었다. 굿치얀에서 M촌으로 통하는 국도는 막카리누부리산 산기슭의 분비나무 숲 사이로 뚫려 있었다. 그는 마차 위에 책상다리를 하고 앉아 병에 입을 직접 대고 맥주를 들이켜면서 탁한 목소리로 부르는 노래가 메아리로 울리게 하면서 갔다. 몇 아름이나 되는 분비나무는 고사리들 틈에서 곧게 하늘을 찌르고, 겨우 내다보이는 하늘에는 낮달이 조금 빛을 내며 보였다가 또 제 모습 숨기려고 도망치곤 했다. 마침내 그는 마차 위에서 취한 채 쓰러져버렸다. 습관이 된 말은 울퉁불퉁한 산길을 능숙하게 골라 디디며 걸어갔다. 마차는 기우뚱거리기도 하고 덜커덕거리기도 했다. 그 속에서 그는 상쾌한 꿈나라에 들어가기도 하고, 재미있는 생시로 나오기도 했다.

닌에몬은 문득 잠에서 깨어 눈을 떴다. 그 눈에 곧장 가와모리 영감의 곧이곧대로인 융통성 없는 얼굴이 들어왔다. 닌에몬의 가벼운 기분에 그 얼굴이 무척이나 우스워 보였기 때문에, 그는 일어서면서 소리 내어 웃으려고 했다. 그리고 자기가 마차 위에 있으며 자신의 오두막 앞에 서 있다는 것을 알았다. 오두막집 앞에는 사무장과 사토와 조장인 아무개 씨가 있었다. 그것은 이 오두막집 앞에서는 보기 드문 광경이었다. 가와모리는 닌에몬이 잠에서 깬 것을 보자,

"빨리 안에 들어가봐, 네 아이가 죽어간다. 이질에 걸렸어."

라고 말했다. 덧없는 꿈에서 한 발자국 뛰어나가 무서운 현실에서

깨어난 그의 마음은 처음으로 그 얼굴을 너털웃음으로 허물어보려고 했지만, 바로 다음 순간 그의 얼굴 근육을 일시에 긴장시켜 버렸다. 그는 온 얼굴의 피가 한꺼번에 머릿속으로 몰려드는 것같이 느껴졌다. 닌에몬은 순식간에 술이 깨어 마차에서 뛰어내렸다. 오두막 안에는 두세 명이 더 있었다. "아내는?" 하고 보니까, 벌레의 숨소리처럼 약해진 어린애 곁에 웅크리고 앉아서 엉엉 울고 있었다. 가사이가 그 낡은 가방을 무릎 앞으로 끌어당겨 그 속에서 부적 같은 것을 꺼내고 있었다.

"아, 히로오카 씨, 마침 잘 왔어."

가사이가 닌에몬을 발견하고 재빨리 이렇게 말하자, 닌에몬의 아내는 무서운 듯, 호소하는 듯 남편을 돌아보고는 말 없이 울기 시작했다. 닌에몬은 바로 어린애 곁으로 가서 보았다. 문어 같은 커다란 머리만이 그에게 어린애다운 유일한 것이었다. 겨우 반나절 동안에 이렇게나 변할 수 있을까 의심스러울 만큼 그 어린것은 쇠약하고 수척해 있었다. 닌에몬은 그것을 보자 화가 날 만큼 쓸쓸하고 왠지 불안했다. 지금까지 경험한 적이 없는 애틋함과 귀여움이 불에 타는 듯 가슴을 압박해왔다. 그는 가져본 적이 없는 것을 억지로 떠맡은 것처럼 당혹스러웠다. 그 떠맡은 것은 무섭고 무겁고 싸늘한 것이었다. 그는 무엇보다도 뱃심이 빠져나가는 것 같은 기분을 분하게 생각했지만, 어쩔 도리가 없었다.

가사이가 점잔을 빼며 부적을 받들어서 주문을 외우며 어린애의 배를 문지르는 것만이 단 하나의 힘으로 여겨졌다. 옆에 있는 사람들도 기적이 나타나기를 기다리는 듯, 가사이의 행동을 지켜보고 있었다. 어린애는 힘없는 가련한 목소리로 계속 울었다. 닌에몬은 창자를 쥐어뜯기는 것 같았다. 그래도 우는 동안만은 괜찮았다. 어린애가 울음을 그치고는 커다란 눈을 치켜뜬 채로 눈을 깜박거리지도 않게 되자, 닌에몬은 싫은 표정과 역겹게 비는 듯한 눈으로 가사이를 쳐다보았다. 오두막 안은 사람들의 입김으로 찌는 듯이 더웠다. 가사이의 훌렁 벗어진 이마에서는 땀방울이 줄줄 흘러내렸다. 그것이 닌에몬에게는 존귀한 모습으로 보였다. 반 시간쯤 어린애의 배를 문지르더니 가사이는 다시 낡은 가방 속에서 종이 봉지를 꺼내어 받들 듯 들었다. 그리고 입에 손수건을 물고 그것을 펴고서는, 사방이 한 치 정도 되는 무언가 글자가 쓰여 있는 종이쪽지를 꺼내 손끝으로 말았다. 물을 가져오게 해서 그것을 그 속에 담갔다. 닌에몬에게 그것을 어린애에게 먹이라고 건넸지만, 먹게 할 만큼의 용기도 없었다. 아내는 생동감 있게 남편을 대신했다. 목이 잔뜩 타던 어린애는 기꺼이 그것을 마셨다. 닌에몬은 고맙다고 생각했다.

"나도 어린애를 잃은 기억이 있어서, 당신 기분 잘 알아. 이 애를 살리고 싶은 생각이거든 열심히 천리왕天理王 님께 빌어. 알았지? 사람의 힘으로는 어쩔 수 없는 일이잖아."

가사이는 그렇게 말하며 의기양양한 얼굴을 했다. 닌에몬의 아내는 울면서 손을 모았다.

어린애는 계속해서 피를 쏟았다. 그리고 오두막 안이 캄캄해진 저녁나절에 무언가에 구원을 바라는 어른과 같은 표정을 눈에 드러내고 여기저기 둘러보았지만 서서히 숨이 끊어져버렸다.

어린애가 숨지고 난 뒤에 마을 의사는 겨우 순경과 함께 왔다. 부의賻儀가 든 종이봉투를 들고 사무장도 왔다. 초롱불이라는 눈에 익숙하지 않은 것이 오두막을 들락날락거렸다. 닌에몬 부부가 맡아본 적이 없는 석탄산石炭酸 소독약 냄새는 두 사람을 오두막에서 쫓아내고 말았다. 두 사람은 가와모리의 부축을 받으며 서쪽으로 기우는 달빛 아래 멍하니 서 있었다.

도와주려고 왔던 사람들은 하나둘 가버리고, 마침내 가와모리도 가사이도 가버렸다.

물을 끼얹은 듯한 밤의 처량함과 고요함 속에 희미하게 벌레 소리가 들렸다. 닌에몬은 아무런 까닭 없이 아내가 비위에 거슬려 견딜 수 없었다. 아내 역시 까닭도 없이 남편이 미워 견딜 수 없었다. 아내는 마차 옆에 쪼그리고 앉아 있었고, 닌에몬은 침을 뱉으면서 오두막 앞을 왔다 갔다 했다. 다른 농가에서 이런 좋지 못한 일이 있었다면 적어도 이웃에서 두세 명쯤은 모여 와서, 내다 주는 술이라도 마시면서 이 이야기 저 이야기 하며 밤을 새울 것이다. 그런데 닌에몬의 집에는 가와모리조차 남아 있지 않은 것이다. 아내는 그것을 쓸쓸하게 생각해 훌쩍훌쩍 울고 있었다. 거의 세 시간 동안이나 두 사람은 멍하니 그렇게 오두막집 앞에서 아무것도 하지 않은 채 달빛에 가련한 모습을 드러내고 있었다.

잠시 후 닌에몬은 무슨 생각이 났는지 비실비실 오두막 안으로 들어갔다. 아내는 눈에 각을 세우고 고개만 뒤로 돌린 채 동굴 같은 오두막 입구를 돌아보았다. 얼마 후 닌에몬은 어린애를 업고, 괭이 한 자루를 오른손에 들고 오두막에서 나왔다.

"따라와."

그는 그렇게 말하고 국도 쪽으로 성큼성큼 나갔다. 간단한 울음소리로 동물과 동물이 서로 이해하듯이, 아내는 닌에몬이 하고자 하는 일을 알아차린 것처럼 느릿느릿 일어나서 그 뒤를 따랐다. 아내는 훌쩍훌쩍 계속 울고 있었다.

부부가 다다른 곳은 국도를 1킬로미터나 굿치얀 쪽으로 와서 왼쪽 언덕 위에 있는 마을의 공동묘지였다. 그 위에서는 마쓰카와 농장을 한눈에 내려다볼 수 있으며 누베시베, 니세코안의 산들도 강 건너 곤부다케도 손에 잡힐 듯했다. 여름밤의 투명한 공기는 온통 푸르렀고, 달빛이 인광처럼 빛나는 모든 것 위에 자리 잡고 있었다. 모기떼가 앵앵거리며 두 사람에게 덤벼들었다.

닌에몬은 시체를 등에 업은 채, 작은 묘표墓標와 석탑이 늘어선 틈새에 있는 빈 땅에 구멍을 파기 시작했다. 괭이가 흙에 찍히는 소리만이 그 경치에 조금도 조화되지 않는 둔탁한 소리를 냈다. 아내는 쭈그리고 앉은 채 이따금 뺨에 달라붙는 모기를 손으로 때려 죽이면서 울고 있었다. 석 자쯤 되는 구멍을 파고 나서, 닌에몬은 괭이질을 멈추고 이마의 땀을 손등으로 훔쳤다. 여름밤은 조용했다. 그때 갑자기 무서운 생각이 그의 가슴을 치고 올라왔다. 그는 그 생각에 스스로 놀란 듯 어처구니없이 눈을 크게 떴지만, 이윽고 큰 소리를 지르며 철부지마냥 울부짖기 시작했다. 그 목소리는 흉측하고 무시무시했다. 아내는 놀란 듯이 온 얼굴이 눈물에 덮인 채 두려움에 찬 눈으로 남편을 치켜보았다.

"가사이의 시코쿠 원숭이 놈이, 내 아이를 죽였어, 죽였어."

그는 흉측한 울음 속에서 그렇게 외쳤다.

그 이튿날 그는 다시 아마 다발을 마차에 실으려고 했다. 거기에는 화려한 모슬린 자투리가 비구름 속에 나타난 무지개처럼 아침 이슬에 잔뜩 젖은 채 지저분한 마차 위에 놓여 있었다.

6

난폭한 닌에몬은 어린애를 잃고 난 뒤부터는 어떻게 손쓸 방도도 없을 만큼 더욱 난폭해졌다. 그 난폭함을 부채질이라도 하듯이 맹렬한 더위가 왔다. 봄철의 긴 장마에 보답이라도 하듯, 비는 한 방울도 내리지 않았다. 가을에 수확해야 할 작물은 잎사귀가 한쪽 끝부터 누렇게 변했다. 저항할 수 없는 자연에 탄식하는 목소리가 아무런 말 없이 존재하던 농민들의 모습에서 흘러 나왔다.

촌각의 여유도 없이 한창인 농번기에 말 시장市場이 시가지에 섰다. 평년 같으면 거들떠보지도 않았겠지만, 밭농사를 포기한 농민들은 자포자기의 심정으로 말을 팔아서라도 얼마간의 돈벌이를 하려고 했기 때문에 처음부터 예상 외로 흥청거렸다. 당일에는 이웃 마을에서까지 구경꾼들이 올 만큼 떠들썩했다. 마침 농장 사무실 뒤편 빈터에 가건물이 세워지고, 발톱 끝까지 잘 손질된 경작 말들이 30마리 가까이나 모여들었다. 그중에서 닌에몬이 내놓은 말은 유달리 사람들의 눈을 끌었다.

그 다음 날에는 경마가 있었다. 농장 주인까지 하코다테에서 일부러 왔다. 지붕이 있는 작은 이동식 가게와 가설 흥행장이 설치되었고, 축제 때 누구나 맡을 수 있는 냄새가 코를 찌르는 틈새로 새 옷으로 단장한 아가씨들이 선정적인 색채를 풍기며 걸어갔다.

경마장 울타리 주변은 사람들로 꽉 메워졌다. 농장 주인 서넛은 결승점이 있는 곳에 한층 높은 자리를 마련하고 거기에서 구경하고 있었다. 마쓰카와 농장주인 옆에는 가사이의 딸이 아이들을 데리고 앉아 있었다. 그 딸은 이삼 년 전부터 하코다테로 가서 마쓰카와의 집에서 일을 보고 있었다. 아버지를 닮아 얼굴이 갸름한 그녀는 하코다테의 생활에 익숙해져 이 근처에서는 촌티 없이 세련된 용모였다. 경마에 참가한 젊은이들은 그 묘령의 아가씨 앞에서 솜씨를 보이려고 다투었다. 남의 첩에게 눈독을 들이면 어쩔 거냐고 비꼬는 사람도 있었다.

아무튼 경마는 굉장한 인기였다. 승패가 날 때마다 터지는 갈채

소리는 메마른 공기를 전해주며 사람들을 집 안에 그대로 있게 두지 않았다.

그 무렵 닌에몬은 노름에 빠져 있었다. 처음에는 일부러 져주는 노름꾼의 술책에 말려들었다. 열을 올릴수록 실패의 원이 되고 깊이 빠지면 빠질수록 손해를 보았지만, 손해를 보면 볼수록 깊이 빠지지 않을 수 없었다. 아마로 번 수익은 이미 날아가버렸다. 그래도 말은 절대로 팔 생각이 없었다. 남은 것은 호밀뿐이었지만, 이것은 파종할 때부터 사무실과 계약을 했기 때문에 사무실에서 한꺼번에 육군 군량 보급창에 납품하기로 되어 있었다. 그렇게 하는 것이 경쟁을 하며 상인들에게 파는 것보다 이익이 되었던 것이다. 상인들이 이 불매현상을 어떻게 보고만 있겠는가. 그들은 농가를 가가호호 방문하면서 군량 보급창보다 훨씬 더 비싼 값으로 받겠다고 회유했다. 군량 보급창에서 매입 대금이 나와도 그것은 일단 사무실로 한데 모인 후에 나오는 것이다. 그중에서 소작료만을 빼고 나머지를 소작인에게 넘기기 때문에, 농장으로서는 소작료를 회수하는 데에 이만큼 더 편리한 방법이 없었다. 소작료를 지불하지 않겠다고 결심하고 있는 닌에몬은 바보 같은 얘기라고 생각했다. 그는 결심했다. 그리고 경마 때문에 사람들의 주의가 허술해진 틈을 타 상인과 결탁해서 사무실에 보내야 할 호밀을 상인들에게 모두 건네주고 말았다.

닌에몬은 이 거래를 마치고 난 후 경마장으로 왔다. 그는 자기 말로 경마에 참가하기로 되어 있었기 때문이다. 그는 안장이 없는 말을 모는 데 명수였다.

　자기 차례가 오자 그는 안장도 놓지 않고 말을 타고 나갔다. 사람들은 그 말을 보자 경의를 표하듯 고개를 끄덕거리며, 올해 경마에 나온 말들 중에서 제일 좋다고 칭찬했다. 닌에몬은 그런 속삭임을 듣고 기분이 좋아졌고 어떻게든 이겨 보이겠다는 생각을 했다. 여섯 필의 말이 출발점에 다가섰다. 깃발이 홱 내려졌을 때 닌에몬은 일부러 늦게 출발했다. 그는 다른 말들 뒤에서 안쪽으로 안쪽으로 다가서며 고삐를 조금 당기는 듯이 말을 몰았다. 달아오른 얼굴에서 귀까지 먼지를 머금은 바람이 숨이 찰 만큼 불어대는 것을 그는 상쾌하게 느꼈다. 마침내 경마장을 8할쯤 돌았다고 계산했을 때 고삐를 늦추자, 말은 마음껏 목을 빼고 빠르게 뒤쳐진 말들을 따라 넘겼다. 그가 채찍과 등자로 말을 재촉하면서 처음부터 점찍어 놓고 있었던 맨 앞의 말을 쫓아갔을 때는 결승점에 가까웠다. 그는 조바심이 나서 철썩철썩 채찍을 내리쳤다. 처음에는 자기 말의 코가 상대 말의 엉덩이에 스칠 듯했으나, 마침내 한 걸음 한 걸음 두 말의 거리는 줄어들었다. 발광하는 듯한 환호 소리가 열중한 그의 귀에도 또렷하게 울려왔다. '이제 조금만 더.' 하고 그는 생각했다. ── 그때 갑자기 자리에 앉아서 놀고 있던 마쓰카와 농장 주인의 아이가 아장아장 울타리 안으로 들어왔다. 그것을 본 가사이의 딸은 정신없이 그 뒤를 쫓아왔다. "위험해." ── 관중은 일제히 숨을 죽였다. 그때 선두에 있던 말은 아가씨의 화려한 옷에 놀랐던지, 홱 몸을 돌려 닌에몬의 말 앞으로 나왔다. 어떻게 생각할 겨를도 없이 닌에몬은 허공으로 떠올랐다가 마침내 내팽개쳐지기라도 한 듯 땅바닥에 구르고 있었다. 그는 다부지게 구르면서 벌떡 일어섰고 바로 자신의 말이 있는 곳으로 달려갔다. 말은 아직 일어나지 못하고 있었다. 뒷발로 반동을 이용해 일어날 것처럼 하다가도 앞발을 꺾고 쓰러지고 말았다. 훈련이 되지 않은 구경꾼들은 밀물처럼 닌에몬과 말 주위에 모여들었다.

닌에몬의 말은 앞발 두 개 다 부러지고 말았던 것이다. 닌에몬은 멍하니 이해가 가지 않는 듯한 얼굴을 하고 밀려든 사람들을 쳐다보고 서 있을 수밖에 없었다.

수의사 지식도 있는 대장장이의 얼굴을 군중 속에서 발견하고 마침내 정신을 차린 닌에몬은, 말의 뒤처리를 부탁하고 맥없이 경마장을 나섰다. 뭐가 뭔지 도무지 알 수 없었다. 그는 몽유병 환자처럼 사람들을 헤치고 걸어갔다. 사무실 모퉁이까지 오자 까닭도 없이 갑자기 조약돌을 두세 개 집어 유리창 문에 힘껏 던졌다. 유리창이 석 장쯤 산산조각이 나며 흩어져 떨어졌다. 그는 그 소리를 들었다. 그러나 그것은 귀를 막고 듣는 것처럼 먼 곳에서 들렸다. 그는 다시 유유히 그곳을 지나쳐 갔다.

그가 정신이 들었을 때는 어디를 어떻게 걸어왔는지 곤부다케 밑을 흐르는 시리베시 강가의 둥근 바윗돌에 걸터앉아 멍하니 강물을 바라보고 있었다. 그의 눈앞을 맑은 물이 밀려와 비슷한 파문을 그렸다가 사라지고 그렸다가 사라지고 하며 흐르고 있었다. 그는 강물의 희롱을 물끄러미 바라보면서 먼 과거의 기억이라도 쫓듯이 오늘 일어난 일을 머릿속에서 떠올리고 있었다. 모든 것이 남의 일처럼 차례차례 손에 잡힐듯이 되살아났다. 그러나 자기가 말에서 떨어질 즈음에 이르자 기억의 실마리는 뚝 끊기고 말았다. 그는 그 부분을 몇 차례나 무심하게 되풀이 생각했다. 가사이의 딸 — 가사이의 딸 — 가사이의 딸이 어떻게 된 거지 — 그는 자문자답했다. 점차 눈앞이 흐릿해져왔다. 가사이의 딸……가사이……가사이로구나……말을 불구로 만든 것은. 그렇게 생각해도 가사이는 그에게 전혀 관련이 없는 사람 같았다. 그 이름은 그의 감정을 조금도 움직일 만한 힘이 되지 못했다. 그는 그대로 깊은 잠에 빠지고 말았다.

그는 한밤중이 되고 나서야 불쑥 오두막으로 돌아왔다. 입구에서 석탄산 소독약 냄새가 코를 찔렀다. 그 냄새를 맡자 그는 비로소 제정신이 되어 새삼 자기 오두막집을 신기한 듯 바라보았다. 그리고는 꿈에서 깨어난 듯 따분한 현실로 돌아갔다. 둔감한 의식의 반동으로 사소한 일에도 신경이 날카롭게 반응했다. 석탄산 냄새는 무엇보다도 먼저 죽은 어린애를 생각하게 했다. 혹시 아내가 다치기라도 한 것은 아니었을까? — 그는 화롯불이 꺼진 캄캄한 오두막 속을 손으로 더듬더듬거리며 아내를 찾았다. 잠에서 깨어나 일어난 아내의 기척이 났다.

"지금까지 어디 있었어요? 말은 마을 사람들이 끌고 왔는데, 참혹

한 짓만 해놓고는."

아내는 자지 않고 있었던 것처럼 또렷한 목소리로 이렇게 말했다. 그는 어둠에 익숙해진 눈으로 오두막 한쪽 구석을 보았다. 말은 앞발에 무게가 쏠리지 않도록 배에 거적을 대어주고 가슴 있는 데를 대들보에 매달아 두었다. 양쪽 무릎은 흰 헝겊으로 감겨 있었다. 닌에몬의 눈에 그 하얀 빛이 어둠 속에서 뚜렷하게 비쳤다. 석탄산 소독약 냄새는 거기에서 풍기는 것이었다. 그는 불기가 사라진 화로 앞에 짚신을 신고 고개를 숙인 채 책상다리를 하고 있었다. 말도 아무런 소리 없이 묵묵히 있었다. 모기 우는 소리만이 공기의 속삭임처럼 희미하게 들려왔다. 닌에몬은 무릎 위에 팔짱을 끼고 앉은 채 잠을 자려 하지 않았다. 말과 그는 서로를 가련하게 여기는 것처럼 보였다.

그러나 다음 날이 되자 그는 다시 그 충격에서 벗어나 일어섰다. 그는 예전과 같은 난폭한 사람으로 돌아와 있었다. 그는 보습을 팔아서 돈으로 바꾸었다. 잡곡상에게는 호밀이 팔리면 사무실에서 직접 값을 지불하도록 하겠다는 말을 하고, 보리와 콩을 앞당겨 빌렸다. 그리고 마부에게 부탁해 그것을 자기 오두막집으로 나르게 해놓고, 노름판으로 갔다.

경마가 있던 날 밤 마을에는 큰 사건이 벌어졌다. 그날 밤늦게까지 가사이의 딸은 마쓰카와에게 돌아오지 않았다. 이런 밤에 젊은 남녀가 밭 구석이나 숲속에 숨는 것은 드문 일이 아니기 때문에 처음에는 그냥 내버려두었으나, 너무 늦어져 가사이의 오두막을 찾았지만 거기에도 없었다. 가사이는 깜짝 놀라서 달려왔다. 그러나 그 넓은 산야를 어떻게 찾아볼 수도 없었다. 날이 밝자마자 대수색이 벌어졌다. 여자는 강가의 숲속에 실신한 채 쓰러져 있었다. 정신을 차린 후 물어보니, 커다란 남자가 강제로 그녀를 거기까지 끌고 와서 심하고 잔악하게 욕보였다는 것을 알게 되었다. 가사이는 히로오카의 이름을 부르며 확신에 찬 얼굴로 두리번거렸다. 히로오카가 사무실 유리창을 부수는 걸 보았다는 사람이 나왔다.

범인의 수색은 지극히 비밀리에, 동시에 이런 시골치고는 엄중하게 진행되었다. 농장 주인 마쓰카와는 적지 않은 현상금까지 내걸었다. 그러나 단서는 전혀 잡히지 않았다. 이상하게도 의심은 히로오카 쪽으로 쏠렸다. 히로오카가 늘 어린애를 죽인 것은 가사이라고 말하는 것을 누구나 잘 알고 있었다. 히로오카의 말이 쓰러진 것은 간접적이긴 하지만 가사이의 딸 때문이었다. 대장장이가 말을 히로오카한테 데리고 간 것은 밤 10시경이었지만 히로오카는 오두막에 없었다. 그날 밤 히로오카를 마을에서 본 사람은 한 명도 없었다. 노름판에서조차 없었다. 닌에몬에게 불리한 사정은 여러 가지로 꼽혔지만, 구체적인 증거는 하나도 드러나지 않은 채 여름이 갔다.

가을 수확기가 되자 또 비가 내렸다. 곡식을 말릴 수가 없기 때문에 모처럼 여문 것까지 썩는 형편이었다. 소작인들은 와글와글 사무실에 모여서 소작료 할인을 탄원했지만 소용이 없었다.

그들은 예상했던 대로 호밀을 판 대금에서 가차없이 소작료를 공제당했다. 내년 봄 씨앗은 고사하고 겨울 동안을 버틸 식량도 제대로 얻지 못한 농부가 많았다.

그런 와중에 닌에몬만은 호밀에 대해 사무실과 계약 파기를 했을 뿐만 아니라, 한 푼의 소작료도 내지 않았다. 깨끗이 내지 않았다. 처음에는 사무장이 여러 가지로 달래면서 얼마라도 내게 하려고 애써보았지만, 전혀 응하지 않았으므로 재산을 차압하겠다고 위협했다. 닌에몬은 태연했다. 차압하다니 무얼 차압하겠는가. 오두막집의 대금도 아직 사무실에 내지 않고 있었다. 그는 그것을 잘 알고 있었다. 사무실에서는 최후의 수단으로 다소의 손해를 보더라도 쫓아버리겠다고 몰아세웠다. 그러나 그는 완강히 버티며 움직이지 않았다. 사기를 당한 잡곡상을 비롯해서 여러 상인들은 대금의 원금은 고사하고 이자조차 받아낼 수 없었다.

7

'아직도', 이 이름은 마을에 공포를 뿌렸다. 그가 얼굴을 내미는 곳에는 사람들이 모습을 감추었다. 가와모리마저 오래전에 닌에몬의 보증을 취소하고 닌에몬을 쫓아내려는 사람이 되어 있었다. 시가지에서도 농장 안에서도 그에게 융자를 해주려는 사람은 한 명도 없었다. 사토 부부는 몇 차례나 사무실에 가서 빨리 히로오카를 쫓아내지 않으면 자기들이 나가겠다고 자청했다. 주재소 순경조차도 히로오카의 사건에 관계되는 일은 좋은 말로 회피했다. 가사이의 딸을 범한 것은 —— 아무런 증거가 없음에도 불구하고 —— 닌에몬이 틀림없을 거라고 결론 내버렸다. 마을에서 일어난 좋지 못한 모든 일은 하나도 빠짐없이 닌에몬에게 뒤집어씌워졌다.

닌에몬은 뻔뻔스럽게도 각오를 하고 있었다. 그는 자신의 꿈을 아직도 포기하려고 하지 않았다. 그가 후회하고 있는 것은 노름뿐이었다. 내년부터 노름에 손만 대지 않는다면 그리고 올해처럼 일하고 올해처럼 방도를 취하기만 한다면, 삼사 년 동안에 한 밑천 잡기는 아무 일도 아니라고 생각했다. 이제 두고 보라니까 —— 그렇게 생각하며 그는 겨울을 맞았다.

그러나 다시 생각해보면, 여러 가지 곤란한 일이 그 앞에 가로놓여 있었다. 식량은 한겨울 먹고 지내기에 충분하다 하더라도 돈은 딱할 정도로 모아두지 않았다. 말은 경마 이후 폐물이 되어 있었다. 겨울 동안에 돈벌이를 나가면, 그 부재중에 마음 약한 아내가 오두막에서 쫓겨날 것이 뻔했다. 그렇다고 오두막에 남아 있으면 아무 일도 못하고 지낼 수밖에 없는 노릇이다. 내년에 심을 종자조차 마련할 길이 없는 것은 지금 봐도 뻔했다.

모닥불을 쬐며 못쓰게 된 말의 앞발을 물끄러미 쳐다보면서도 궁리에 잠긴 채 보내는 그런 날이 며칠이고 계속되었다.

사토를 비롯해서 그가 경멸하고 있는 이 농장의 소작인들은 어리석게도 소작료를 착취당하고, 상인들에게 무거운 빚을 졌음에도 불구하고 이렇다 할 신경도 쓰지 않고 겨울을 맞이하고 있었다. 눈 방제를 하지 못하는 오두막집은 하나도 없었다. 가난한 대로 모여 앉아서 서로 술도 마시고 돕기도 했다. 닌에몬에게는 사람들이 모두 힘을 합해 자기 하나만을 적으로 돌리고 있는 것처럼 보였다.

겨울은 스스럼없이 깊어갔다. 멀리 보이는 하늘이 먼저 눈에 파묻힌 것처럼 어디나 모두 새하얀 색이 되었다. 거기에서 눈은 쉴 새 없이 내렸다. 인간의 불쌍한 패잔의 흔적을 말해주는 밭도, 승리에 취한 자연의 영토인 삼림도 모두 다 백설 아래 파묻혀갔다. 하룻밤 사이에 한 자나 두 자씩 쌓이는 날도 있었다. 오두막집과 수목들만이 하늘과 땅 사이에 있는 더러운 반점斑點이었다.

어느 날 닌에몬은 무릎까지 파묻히는 눈 속을 헤치며 사무실을 찾아갔다. 값은 얼마라도 좋으니까 말을 사달라고 부탁했다. 사무장은 다리를 쓰지 못하는 말은 돈 먹는 기계와 같은 존재라고 말하며 비웃었다. 그리고는 한 술 더 떠서 들어갈 사람이 기다리니 오두막집을 내놓으라고 압박했다. 어물어물하고 있으면 지금까지처럼 그냥 두지는 않겠다. 이 마을 순경만으로 안 된다면 굿치얀에라도 부탁해서 처분할 테니까 그렇게 알라는 말도 했다. 닌에몬은 사무장의 말을 듣자 이상하게 화가 났다. 단단히 맛을 보여줄 테니까 그렇게 알라는 말을 던지고는 오두막으로 돌아갔다.

돈을 먹는 기계 —— 틀림없이 그렇다. 닌에몬은 말이 가여워서 지금까지 살려둔 것을 후회했다. 그는 눈 속으로 말을 끌어냈다. 그동안에 다 늙어빠진 것처럼 되어버린 말은 무척이나 그리운 듯 주인의 손에 콧등을 갖다 댔다. 닌에몬은 오른손에 감춰들고 있던 도끼로 눈썹 사이를 내리칠 생각이었지만, 도저히 그럴 수는 없었다. 그는 다시 말을 끌고 오두막으로 돌아갔다.

그 다음 날, 그는 차려 입고 하코다테로 향했다. 그는 농장 주인과 한판 싸우고 가사이가 성공 못한 소작료의 감액을 실행시켜, 자기도 농장에 그냥 남아 있게 되고, 소작인들의 감정도 부드럽게 해서 조금은 스스로가 지내기에 편하게 해보려고 생각한 것이다. 그는 기차 안에서 자기가 할 말을 충분히 생각해보려고 했다. 그러나 열차 안의 많은 사람들의 얼굴은 이미 그의 마음을 불안하게 했다. 그는 적의에 찬 눈으로 한 사람 한 사람을 노려보았다.

하코다테 정거장에 도착하자 그는 벌써 건물이 엄청나게 크고 넓은 데에 기가 꺾이고 말았다. 볼품없는 2층 목조 건물에 지나지 않지만, 그 기둥 하나에도 그는 놀랄 만한 비용을 상상했다. 그는 또 눈을 치워놓은 넓은 길을 보고 놀랐다. 그러나 그의 자존심은 바로 그런 것 정도에는 지지 않겠다는 의지였다. 자칫 하다간 겁에 질려 가슴속에서 움츠러들 것 같은 마음을 다독이며, 그는 거인처럼 거만하게 어슬렁어슬렁 길을 걸었다. 사람들은 뒤돌아서, 자연 속에서 지금 막 떨어져 나온 것 같은 이 남자를 쳐다보았다.

드디어 그는 마쓰카와의 집으로 들어갔다. 농장 사무실에서 상상하던 것과는 비교도 되지 않을 만큼 넓고 큰 저택이었다. 현관에서 올라갈 때, 짚신을 벗고 난 후 자기도 모르게 허리춤에서 수건을 뽑아 발바닥을 깨끗이 닦았다. 맑은 수면 위가 아니고는 자연 속에서는 절대로 볼 수 없는 반들반들하게 윤이 나는 마루방, 그 위를 그는 기분 나쁜 싸늘함을 느끼면서 안으로 안내되어 갔다. 예쁘게 차려입은 하녀가 주인의 방 미닫이를 열자, 숨이 막힐 듯 강렬하고 불쾌한 냄새가 그의 코를 강하게 엄습했다. 그리고 방 안은 여름처럼 더웠다.

널빤지보다도 단단한 다다미 위에는 여기저기 짐승의 가죽이 깔려 있었으며, 장지문 가까운 곳에 커다란 흰곰의 모피를 깐 그 위에 두툼한 방석을 깔고 팔단직(八端織, 가로 세로로 갈색과 황색의 줄무늬가 있는 견직물로 일본의 옷과 이불 등에 쓰임)으로 만든 도테라(솜을 둔 방한용 잠옷)를 입은 농장 주인이 큰 화로의 불을 쬐며 책상다리를 하고 앉아 있었다. 닌에몬의 모습을 보자, 눈알을 부라리며 흘겨보는 눈 그대로 도코노마 쪽으로 돌려버렸다. 닌에몬은 농장 주인이 흘겨본 시선 하나에 벌써부터 기가 질렸다. 들어가지도 못하고 주저하고 있으려니, 농장 주인의 눈이 다시 도코노마 쪽에서 자기 쪽으로 돌아올 것 같았다. 닌에몬은 두 번씩이나 흘겨볼까봐 두려운 나머지, 어색한 걸음걸이로 다다미 위를 끈적끈적 소리를 내며 농장주인 코 앞까지 어슬렁어슬렁 걸어가 가능한 한 몸을 움츠리고 앉았다.

"뭐 하러 왔어!"

저력 있는 목소리에 다시 한 번 심하게 야단을 맞으며 닌에몬은 자기도 모르게 얼굴을 들었다. 농장 주인은 새까맣고 커다란 담배 같은 것을 입에 문 채 파란 연기를 시원스럽게 내뿜고 있었다. 그때부터는 숨이 막힐 듯한 불쾌한 냄새가 그의 콧구멍을 쿡쿡 자극했다.

"소작료는 한 푼도 안 내고, 무슨 얼굴로 찾아왔어? 내년부터는 생각을 바꾸라고. 그리고 인사라도 할 줄 알게 된 뒤에 다시 오고 싶거든 다시 와, 이 바보야."

그리고 방을 흔드는 듯한 큰 호통소리가 들렸다. 닌에몬이 그 자신도 이해할 수 없는 소리를 잠꼬대처럼 하는 것을 처음에는 되묻기도 하고 보완해주기도 했으나, 마침내 참을 수 없었던지 농장 주인이 이렇게 호통을 친 것이었다. 닌에몬은 큰 호통이 나올 때마다 얻어맞기라도 하는 것처럼 목을 움츠리고 있었지만, 인사도 하지 않고 멍하니 일어섰다. 그의 얼굴은 방안이 더운 데다 상기한 때문인지 김이 날 것처럼 벌겋게 달아올랐다.

닌에몬은 녹초가 되어서 작은 오두막집으로 돌아왔다. 그에게는 농장 하늘 위에까지 지주의 강건하고 커다란 손이 펼쳐져 있는 것처럼 생각되었다. 눈을 머금은 구름은 숨이 막히도록 그의 머리를 짓눌렀다. "이 바보야." 하는 소리가 툭하면 그의 귓속에서 들렸다. 얼마나 엄청난 생활의 차이인가. 얼마나 엄청난 인간의 차이인가. 지주 영감이 인간이라면 나는 인간이 아니다. 내가 인간이라면 지주 영감은 인간이 아니다. 그는 그렇게 생각했다. 그리고 그저 기가 막혀서 묵묵히 생각에 빠져버렸다.

섶나무 가지가 그을린 맞은편 자리에는 아내가 누더기에 싸여 머리를 헝클어뜨린 채, 어리석은 눈과 입을 빈 구멍처럼 벌리고 멍하니 앉아 있었다. 소복소복 눈은 쉴 새 없이 내리고 있었다. 아내의 무릎 위에는 어린애도 없었다.

그날 밤부터 날씨는 돌변해서 눈보라가 되었다. 다음 날 아침 닌에몬이 잠에서 깨자 들이친 눈이 발에서 허리까지 엷게 덮고 있었다. 날카로운 휘파람 같은 소리를 윙윙거리며 불어대는 바람은 오두막집을 삐걱삐걱 뒤흔들었다. 바람이 잔잔해지자 꺼질 듯한 고요가 화로까지 다가왔다.

닌에몬은 아침부터 술이 먹고 싶었지만 한 방울도 있을 리가 없었다. 아침에 잠에서 깰 때부터 이상하게 깊은 생각에 잠겨 있는 것 같았던 그는, 어떤 계기가 있었는지 벌떡 일어나서 도끼를 집어 들었다. 그리고 말 앞에 섰다. 말은 무척이나 그리운 듯 코끝을 내밀었다. 닌에몬은 무표정한 얼굴로 입을 우물우물거리면서 말의 눈과 눈 사이를 얌전히 쓸어내리고 있었으나, 갑자기 몸을 띄우듯이 뒤로 젖히고 도끼를 쳐들었다고 생각되는 순간, 힘껏, 그 미간을 내리쳤다. 매우 역겨운 소리가 그의 뱃속에서 응답하고, 말은 소리도 내지 않고 앞발을 꺾고 옆으로 쿵 쓰러졌다. 경련하듯 뒷발로 차는 듯한 시늉을 하고, 흠뻑 젖은 눈으로 가련하게도 무엇인가를 바라보고 있었다.

"왜 이렇게 무서운 짓을 하세요? 애처롭게."

빨래를 하고 있던 아내가 고개를 돌려 이 모습을 보고, 겁에 질린 눈으로 떨듯이 일어서며 말했다.

"조용히 해. 말하면 너도 때려죽이겠어!"

닌에몬은 살인자가 살아남은 자를 위협하는 듯한 낮고 쉰 목소리로 타일렀다.

폭풍이 갑자기 멈춘 것같이 두 사람의 마음에는 엄청난 침묵이 엄습해왔다. 닌에몬은 오른손에 도끼를 축 늘어뜨린 채, 아내는 걸레 조각처럼 더러운 헝겊 조각을 가슴에 안은 채, 꺼림칙한 표정으로 서로 마주 보며 버티고 서 있었다.

"이리 와."

잠시 후 닌에몬은 신음하듯 도끼를 잠깐 움직이며 아내를 불렀다.

그는 아내의 도움을 받으며 말의 가죽을 벗기기 시작했다. 비린내가 오두막집 안에 가득 찼다. 두꺼운 혀를 옆으로 척 내민 얼굴의 가죽만을 남기고, 말은 마침내 발가벗겨진 채 짚더미 위에 딱딱하게 뉘어졌다. 하얀 힘줄과 빨간 고기가 무시무시한 줄무늬가 되어 드러나 있었다. 닌에몬은 가죽을 막대처럼 말아서 새끼줄로 동여맸다.

그리고 아내는 닌에몬이 말한 대로 오두막 안을 치우기 시작했다. 짊어질 수 있을 만큼의 잡곡도 꾸려서 크고 작은 두 개의 짐을 만들었다. 아내는 남편의 심정을 이해했고, 다시 길고 괴로운 방랑 생활을 생각하니 울음이 터질 것 같았으나 남편의 거친 기분이 무서워 눈물을 삼켰다. 닌에몬은 오두막집 한가운데에 버티고 서서 구석구석을 측정이라도 하듯 둘러보았다. 두 사람은 말 없이 짚신을 신었다. 아내가 보자기를 머리에 쓰고 짐을 지자, 닌에몬은 뒤에서 부축해 일으켜주었다. 마침내 아내는 몸을 떨면서 울기 시작했다. 뜻밖에도 닌에몬은 꾸짖지 않았다. 그리고 자신은 커다란 짐을 가볍게 짊어지고 그 위에 말가죽을 얹었다. 두 사람은 서로 의논이라도 한 듯이 다시 한 번 오두막을 둘러보았다.

오두막집 문을 열자 얼굴을 내밀 수도 없을 만큼 눈발이 들이쳤다. 짐 때문에 무거워진 두 사람의 몸은 아직 굳지 않은 하얀 눈 속에 허리춤까지 파묻혀버렸다.

닌에몬은 일단 밖에 나가서 기다리라는 말을 하고 되돌아왔다. 짐을 맨 채로, 그는 새끼 한쪽 끝을 화로로, 또 한쪽 끝을 벽 쪽으로 가져가서 그 위에 잘게 썬 말 먹이인 짚을 뿌려 놓았다.

하늘도 땅도 하나가 되었다. 윙 하고 바람이 휘몰아친다고 생각했을 때, 쌓인 눈은 제 스스로 날아오르듯이 날아올라갔다. 그것이 옆으로 후려치는 바람에 화살보다도 빠르게 공중으로 날아갔다. 사토의 오두막집과 그 주변의 수목들이 보였다가는 사라지고 했다. 바람을 향해 가는 두 사람의 몸 반쪽은 금세 하얗게 물들었고, 가느다란 바늘로 쉴 새 없이 찌르는 듯한 자극은 두 사람의 얼굴을 새빨갛게 만들어 감각을 잃게 했다. 두 사람은 눈썹에 얼어붙은 눈을 털면서 눈 속을 헤치고 갔다.

국도로 나서자 눈길이 굳어져 있었다. 굳지 않은 깊은 곳에 빠지지 않도록 닌에몬이 앞장서서 밟아보면서 걸었다. 커다란 짐을 진

두 사람의 모습은 자주 쓰러지면서도 조금씩 움직여 갔다. 공동묘지 아래를 지날 때, 아내는 손을 모아 그쪽을 향해 절을 하면서 걸었다. ── 일부러 그러는 것처럼 들리는 높은 소리를 지르며 울면서 ── 두 사람이 이 마을에 들어왔을 때는 말 한 필을 갖고 있었다. 어린애도 한 명 있었다. 두 사람은 그들마저 자연에게 빼앗기고 만 것이다.

그 근처부터 인가는 끊어졌다. 불어대는 눈보라 때문에 꺾인 마른 나뭇가지가 마치 투창처럼 두 사람을 습격해왔다. 바람에 시달린 나무라는 나무는 모두 마녀의 머리카락처럼 미쳐 날뛰었다.

두 남녀는 무거운 짐 탓에 괴로워하면서 조금씩 굿치얀 쪽으로 움직여 갔다.

분비나무 숲이 맞은편에 보였다. 모든 나무가 다 벌거숭이가 된 속에서도 이 나무만은 울창한 암록 빛의 잎을 잃지 않았다. 곧게 뻗은 줄기가 저 멀리 보이는 곳까지 하늘을 찌르고, 성난 파도 같은 바람 소리를 담고 있었다. 두 남녀는 개미처럼 작게 그 숲으로 다가가더니 이윽고 그 속으로 삼켜지고 말았다.

: 작품 해설

카인의 후예

「카인의 후예」는 1919년 『아리시마 다케오 저작집 제3집』에 수록된 작품으로 작가의 출세작이다. 아리시마 다케오(1878~1923)는 일본의 근대 문학사에서 당시의 사회적 관심을 강하게 드러낸 사실주의 작품을 쓴 작가로 분류된다. 「카인의 후예」 역시 그런 작품에 속한다.

　주인공 히로오카 닌에몬은 처자식과 야윈 말을 데리고 시골 마을인 마쓰카와 농장의 소작농이 된다. 27세의 큰 덩치에 혈기왕성한 닌에몬은 윤리나 이치를 따르기보다 본능에 충실한 거친 삶을 살아간다. 낮에는 맹렬하게 일하지만, 밤에는 남의 아내와 정사를 벌이려는 속셈도 갖고 있다. 소작농이긴 하지만 소작 규약 같은 것은 안중에도 없다. 이웃에게 공포의 대상이었던 그는 자신의 갓난아이가 이질로 죽자 더욱 포악해진다. 불행은 꼬리를 물고 와서, 그의 말은 경마에 나갔다가 발이 부러지고 그는 농장주의 첩을 욕보인 범인으로 지목되어 고초를 겪는다.

　가을 수확기에 흉작이 들자 그는 소작 계약을 무시하고 혼자서 호밀을 시장에 내다 판다. 이런 일들이 겹쳐 농장에서 내쫓기는 처지가 되지만, 그는 소작을 계속하기 위해 시내의 농장주를 찾아가 담판을 지으려 한다. 그러나 그는 농장주의 집에 들어서는 순간부터 주눅이 들고, 정작 농장주를 대했을 때는 그가 자신과는 전혀 다른 존재라는 위화감과 절망감에 사로잡히고 만다. 결국 닌에몬은 말을 죽이고, 오두막집에 불을 지르고, 아내와 함께 눈보라 속으로 떠나간다.

카인은 『구약성서』 창세기 4장에 나오는 아담과 이브의 아들로 동생 아벨을 죽이고 인류 최초의 살인자가 된다. 이 작품에 '카인의 후예'라는 제목을 붙인 것은, 작가의 관심이 카인의 범죄 행위보다는 이들이 죄를 짓게 되는 과정과 태생의 한계, 불평등한 사회 제도와 인간의 나약함 등에 있기 때문이라고 해야 할 것이다. 무엇보다 생존을 위한 악은 윤리에 우선하는 것이 아닌가 하는 근본적인 질문과 사회적 약자에 대한 동정을 담고 있는 작품이라 할 수 있다.

鼻

코

아쿠타가와 류노스케

芥川龍之介_1892~1927

소설가. 도쿄 태생으로 도쿄대학 영문과 졸업. 생후 9개월 만에 어머니가 정신병을 앓았기
때문에, 숙부의 집에서 성장했다. 대학 졸업 후 잠시 해군기관학교에서 영어를 가르치기도
했으나, 오사카 마이니치신문의 사원이 된 1919년 이후로는 창작활동에 전념하였다. 대학
재학 중에 동인지 『신사조』에 참가하면서 창작활동을 시작했으며 「라쇼몬」에 이어 「코」가
나쓰메 소세키에게 인정을 받으며 문단에 등단했다. 아쿠타가와는 다채로운 양식과 문체
를 구사한 단편소설에 재능을 발휘한 작가로, 「갓파河童」 「지옥변地獄變」 「거미줄」 「무도
회」 「서방의 사람」 등 많은 작품을 남겼다. 건강의 악화와 프롤레타리아 문학의 대두 등 격
동하는 시대의 흐름에 불안을 느끼다, 35세에 자살로 생을 마감했다.

젠치 나이구(禪智內供, 젠치는 사람 이름이고 나이구는 스님의 관직명이다)의 코로 말하자면, 이케노오池の尾에서는 모르는 사람이 없다. 길이는 대여섯 치나 되고 윗입술 위에서부터 턱 밑까지 늘어져 있다. 모양은 위나 끝이나 한결같이 굵다. 말하자면 가늘고 긴 소시지 같은 것이 흐늘흐늘 얼굴 한가운데서부터 축 늘어져 있는 것이다.

나이 쉰을 넘긴 나이구는 옛날 사미(沙彌, 막 출가한, 수행이 미숙한 스님)에서부터 내도장공봉(內道場供奉, 벼슬의 일종)이란 벼슬에 오른 오늘날까지 항상 이 코에 대해 속앓이를 하고 있었다. 물론 겉으로는 지금도 그렇게 신경 쓰지 않는다는 듯 태연한 얼굴을 하고 있다. 이것은 오로지 전념하여 앞으로 도래할 극락정토를 동경하고 닦아야 하는 승려의 몸으로서 코에 대한 걱정을 한다는 것이 나쁘다고 생각했기 때문만은 아니다. 그보다 자기가 코에 마음을 쓴다는 사실을 스스로 남에게 알리는 것이 싫었기 때문이다. 나이구는 일상의 대화 중에 코라는 말이 나오는 것을 무엇보다도 두려워했다.

나이구가 코를 놓고 기를 못 펴는 이유는 두 가지가 있었다. 그 하나는 실제로 코가 긴 것이 불편하기 때문이었다. 무엇보다도, 밥을 먹을 때 혼자서는 먹을 수 없었다. 혼자서 밥을 먹으려면 코끝이 밥그릇 속의 밥에 닿아버렸다. 그래서 나이구는 제자 한 사람을 밥상 맞은편 자리에 앉혀 놓고, 식사를 하는 동안 넓이 한 치에 길이 두 자나 되는 판자로 코를 치켜들고 있도록 했다. 그러나 이렇게 해서 식사를 한다는 것은 판자를 들고 있는 제자에게 있어서나 나이구에게 있어서나 결코 쉬운 일이 아니었다. 한번은 이 제자를 대신한 동자가 재채기를 하는 바람에 손이 떨려서 콧물을 죽 그릇 속에 떨어뜨렸다는 이야기는 당시 교토京都까지 널리 퍼졌었다. 그렇지만 이것이 나이구에게 있어서 결코 코 때문에 마음을 앓았던 중요한 이유는 아니다. 나이구는 사실 이 코로 인해 상처 입은 자존심 때문에 괴로워했던 것이다.

이케노오 거리의 사람들은 이러한 코를 가진 젠치 나이구를 위해서는 그가 세속의 사람이 아닌 것이 행복이라고들 했다. 저 코를 보면 아내가 되고 싶어할 여자는 아무도 없을 거라고 생각했기 때문이었다. 그중에는 또 저 코 때문에 출가를 했을 거라고 평하는 사람들조차 있었다. 그러나 나이구는 자기가 중이어서 이 코 때문에 번뇌

하는 일이 다소나마 적다고 생각하지는 않았다. 나이구의 자존심은 대처帶妻냐 아니냐 하는 결과적인 사실에 좌우되기에는 너무나도 예민하게 생겼던 것이다. 그래서 나이구는 적극적으로나 소극적으로나 이 훼손된 자존심을 회복하려고 시도했다.

나이구가 가장 먼저 생각한 방법은 이 긴 코를 실제보다 짧게 보이도록 하는 것이었다. 사람이 아무도 없을 때 거울에 여러 가지 각도에서 얼굴을 비춰보면서 열심히 궁리를 했다. 어떤 때는 얼굴의 방향을 바꾸는 것만으로는 안심할 수가 없어서 볼을 짚어보기도 하고 턱을 괴어보기도 하며 끈기 있게 거울을 들여다보는 일도 있었다. 그러나 스스로 만족할 만큼 코가 짧게 보인 적은 지금까지 단 한 번도 없었다. 때에 따라서는 고심을 하면 할수록 오히려 길게 보이는 것 같은 생각조차 들었다. 이럴 경우, 나이구는 거울을 상자 속에 집어넣으며 새삼스레 한숨을 쉬고는 어쩔 수 없이 관음경을 읽기 위해서 다시 책상 앞으로 돌아갔다.

그리고 또 나이구는 끊임없이 다른 사람의 코를 관찰하기도 했다. 이케노오의 절은 종종 승공강설僧供講說 등을 거행하는 곳이다. 절 안에는 많은 승방이 즐비하게 만들어져 있고, 탕전에서는 스님들이 날마다 더운 물을 끓였다. 따라서 여기에 출입하는 승속僧俗의 수효도 무척이나 많았다. 나이구는 이러한 사람들의 얼굴을 끈기 있게 관찰했다. 한 사람이라도 자신과 같은 코를 한 사람을 발견하고 안심하고 싶었기 때문이다. 그래서 나이구의 눈에는 풀하지 않은 감색 사냥복 같은 것도, 하얀 홑저고리 같은 것도 눈에 들어오지 않았다. 더군다나 감색 모자나 엷은 먹물색의 법의法衣 같은 것은 눈에 익숙해져 있는 만큼, 눈앞에 보일지라도 없는 것과 마찬가지였다. 나이구는 사람은 보지 않고 오로지 코만 보았다. ── 그러나 매부리코는 있어도 나이구와 같은 코는 하나도 볼 수 없었다. 그렇게 찾아볼 수 없는 나날이 거듭됨에 따라, 나이구의 마음은 점점 더 불안해져갔다. 나이구가 다른 사람과 이야기를 하면서 자기도 모르게 출렁 늘어져 있는 코끝을 건드려보고는 나잇값도 못하고 얼굴을 붉혔던 것은 온전히 이 불안에서 연유한 것이다.

마지막으로 나이구는 내전외전(內典外典, 불교의 책과 불교 이외의 책) 가운데 자기와 같은 코를 지녔던 인물을 찾아내려는 그런 생각을 했던 때도 있었다. 그렇지만 어느 경전에도 목련(目連, 석가모니의 열 제자 중의 한 사람)이나 사리불舍利佛의 코가 길었다는 이야기는 쓰여 있지 않았다. 물론 용수(龍樹, 인도의 불교 지도자)나 마명(馬鳴, 인도의 불교 지도자)도 보통 사람의 코를 지녔던 보살이다. 나이구는 진단(震旦, 중국의 다른 말)의 이야기와 더불어 촉한蜀漢의 유현덕의 귀가 길었다는 말을 들었을 때, 그것이 코였더라면 자기 맘이 얼마나 떳떳했을까 하는 생각을 했다.

나이구가 이렇게 소극적인 고심을 하면서도, 한편으로는 또 적극적으로 코가 짧아지는 방법을 시험했던 것은 더 말할 필요도 없다. 나이구는 이 방면에서도 할 수 있는 일이란 거의 다 했다. 새의 발톱

을 삶아서 마신 적도 있었고, 쥐 오줌을 받아다가 코끝에 발라본 적
도 있었다. 그러나 무슨 짓을 해 보아도, 코는 여전히 대여섯 치나 되
는 길이로 입술 위에 축 늘어져 매달려 있을 뿐이었다.

그런데 어느 해 가을, 나이구의 심부름을 겸해서 도쿄로 간 제자
중이 잘 아는 의사로부터 긴 코를 짧게 만드는 방법을 배워 가지고
왔다. 그 의사란 사람은 원래 중국에서 건너온 사람으로 당시에는
죠라쿠지長樂寺라는 절의 공승供僧으로 있었다.

나이구는 평소와 마찬가지로 코 따위에는 마음을 쓰지 않는 것처
럼, 일부러 그 방법을 당장 해보겠다는 말은 하지 않고 있었다. 그렇
지만 한편으로는 가벼운 말투로, 식사 때마다 제자에게 수고를 끼치
는 일이 조금 미안하다는 식으로 말했다. 물론 마음속으로는 제자
중이 자기를 설복해서 이 방법을 시험해보자고 하기를 기다리고 있
었던 것이다. 제자 중도 나이구의 이러한 책략을 모를 리가 없었다.
그러나 거기에 대한 반응보다는 그러한 책략을 부리는 나이구의 속
내 쪽이 보다 강하게 제자 중의 동정심을 움직였을 것이다. 제자 중
은 나이구가 예상했던 대로 극구 이 방법을 시험해보자고 권유했다.
그렇게 해서 나이구 또한 자신이 바라던 대로, 결국 이 극진한 권유
에 귀를 기울였다.

그 방법이라고 하는 것은 그저 뜨거운 물로 코를 지지고, 그 코를
다른 사람에게 짓밟게 한다는 극히 간단한 치료법이었다.

뜨거운 물은 탕전에서 날마다 끓이고 있었다. 그래서 제자 중은

손가락도 넣을 수 없을 만큼 뜨거운 물을 곧장 퍼 가지고 왔다. 그러나 바로 이 함지박에 코를 넣게 된다면, 더운 김을 쐬어 얼굴에 화상을 입을 염려가 있었다. 그래서 돗자리에 구멍을 뚫어 그것을 함지 위에 덮고, 그 구멍을 통해 코를 뜨거운 물에 닿도록 했다. 코만은 이 뜨거운 물속에 담궈도 조금도 뜨겁지 않았던 것이다. 조금 지났을 때 제자 중이 말했다.

"이제, 데쳐졌을 겁니다."

나이구는 쓴웃음을 지었다. 이 말만 들어서는 아무도 코에 대한 이야기라고는 눈치 챌 수 없을 거라고 생각했기 때문이다. 코는 뜨거운 물에 데쳐져서 이가 무는 것처럼 근질근질했다.

제자 중은 나이구가 돗자리 구멍에서 코를 내어놓자, 더운 김이 무럭무럭 나는 코를 그대로 양발에 힘을 주면서 밟기 시작했다. 나이구는 누워서 코를 마룻바닥에 늘어뜨리고는 제자 중의 발이 아래위로 움직이는 것을 눈앞에서 보고 있었다. 제자 중은 밟다가 때때로 가여운 듯한 표정을 짓고는, 나이구의 대머리를 내려다보면서 이렇게 말했다.

"아프지는 않습니까? 의사는 사정 보지 말고 밟아야 한다고 했습니다만, 혹시 아프지는 않은지요?"

나이구는 고개를 흔들며 아프지 않다는 뜻을 나타내려고 했다. 그렇지만 코를 짓밟히고 있기 때문에 생각대로 목이 움직여지지 않았다. 그래서 눈을 치뜨고 제자 중의 발목이 떨어져 있는 것을 바라보

며 화가 난 것 같은 목소리로,

"아프지는 않아."

라고 대답을 했다. 사실 코는 근질근질한 데를 밟히기 때문에, 아픈 것보다 오히려 시원해서 기분이 좋은 편이었다.

조금 밟고 있으니까, 드디어 좁쌀 같은 것들이 코에서 생겨나기 시작했다. 말하자면 털을 그슬린 작은 새를 통째로 구워 놓은 것 같은 모양이다. 제자 중은 그것을 보자 발을 멈추고 혼잣말하듯 이렇게 말했다.

"이것을 족집게로 뽑아버리라는 말씀이었습니다."

나이구는 불만인 듯이 뺨을 불룩거리고 묵묵히 제자 중이 하는 대로 내버려두었다. 물론 제자 중의 친절한 마음씨를 모를 까닭이 없었다. 그것을 알고는 있지만 자기 코를 마치 물건 다루듯이 하는 것이 불쾌하게 생각되었기 때문이다. 나이구는 신뢰할 수 없는 의사의 수술을 받는 환자 같은 얼굴을 하고, 마지못해 제자 중이 코의 털구멍에서 족집게로 기름을 따내는 것을 쳐다보고 있었다. 기름은 새털 그루터기와 같은 모양을 하고 약 1.3센티미터쯤 되는 길이로 뽑혀 나오는 것이었다.

이윽고 그것을 대충 하고 나서, 제자 중은 후유 하고 한숨을 쉬는 듯한 표정으로,

"한 번 더 이것을 데치면 될 것 같습니다."

라고 말했다.

나이구는 여전히 이마에 여덟 팔八 자를 새긴 채 못마땅한 얼굴을 하고, 제자 중이 하는 대로 맡겨두고 있었다.

이렇게 두 번째로 데쳐진 코를 꺼내보았을 때, 어느 사이에 놀라울 만큼 짧아져 있었다. 보통 흔한 매부리코와 별로 다를 것이 없었다. 나이구는 그 짧아진 코를 쓰다듬으면서 제자 중이 꺼내주는 거울을 무척이나 두려운 듯 어물어물 들여다보았다.

코, 저 턱 아래까지 축 늘어져 있던 코는 거의 거짓말처럼 줄어들어서, 지금은 겨우 윗입술 위에 맥없이, 옛 모습을 찾아볼 수 없을 정도의 모양을 유지하고 있었다. 여기저기 점점이 빨갛게 된 것은 아마도 발로 짓밟았을 때의 흔적일 것이다. 이렇게 되면, 이제 분명 웃을 사람은 그 누구도 없을 것이다. —— 거울 속에 있는 나이구의 얼굴은 거울 밖에 있는 나이구의 얼굴을 보고 만족스러운 듯이 눈을 껌벅거렸다.

그러나 그날 하루는 또다시 코가 길어지지는 않을까 하는 불안이 있었다. 그래서 나이구는 불경을 외울 때도 식사를 할 때에도 틈만 나면 손을 올려 남몰래 코끝을 만져보았다. 그렇지만 코는 예의 바르게 윗입술 위에 앉아 있을 뿐, 특별히 그 위치에서 아래로 늘어지는 기색이 없었다. 그로부터 하룻밤을 지내고 다음 날 아침 일찍 눈을 뜨자 나이구는 우선 무엇보다도 제일 먼저 자기 코를 만져보았다. 코는 여전히 짧았다. 나이구는 그래서 몇 해를 두고 법화경 서사書寫의 공을 쌓았을 때와 같은 자유롭고 편안한 기분이 되었다.

그렇지만 이삼 일이 지나면서 나이구는 뜻밖의 사실을 발견했다. 그것은 때마침 용무가 있어서 이케노오의 사찰을 방문했던 무사가 전보다도 더 한층 가소롭다는 듯한 얼굴로 얘기는 제대로 하지 않고 나이구의 코만을 쳐다보고 있는 것이었다. 그뿐만이 아니라 일찍이 나이구에게 콧물을 죽그릇에 떨어뜨리게 했던 동자 녀석들은 강당 밖에서 나이구와 스쳐 지나갈 때 처음에는 고개를 숙이고 웃음을 참고 있었지만, 나중에는 참기 어려워 한꺼번에 웃음을 터뜨리고 말았다. 어떤 일을 지시받는 신분이 낮은 법사들도 얼굴을 마주하는 동안만큼은 신중히 듣고 있어도, 나이구가 등을 돌리기만 하면 금세 킬킬거리며 웃어댄 적이 한두 번이 아니었다.

나이구는 처음에는 그러한 것들이 자기의 얼굴이 달라진 탓이라고 해석했다. 그러나 아무래도 그러한 해석만으로는 충분히 설명이 되지 않는 것 같았다. —물론 동자들이나 신분 낮은 법사들이 웃는 원인은 거기에 있었음이 분명했다. 그렇지만 같은 웃음이라 하더라도 그 웃음 속에는 어딘지 모르게 코가 길었던 옛날과는 다른 이유가 있는 것 같았다. 눈에 익었던 긴 코보다 눈에 익지 않은 짧은 코쪽이 우습게 보인다고 한다면 그뿐인 것이다. 그렇지만 거기에는 항상 그렇지만도 않은 무엇인가가 있는 것 같았다.

"전에는 저렇게까지 심하게 웃지는 않았는데." 때때로 나이구는 외던 불경을 멈추고 벗어진 머리를 기울이면서 이렇게 중얼거리곤 했다. 그러한 때가 되면, 이 측은한 나이구는 반드시 옆에 걸려 있는 보현의 화상을 멍하니 바라보면서 코가 길었던 대엿새 전의 일을 떠올렸다. '이제는 거지처럼 보잘것없이 천해진 사람이 눈부시게 호사롭던 옛날을 회상하듯' 울상이 되고 마는 것이다. ── 나이구에게는 유감스럽게도 이 물음에 대답을 할 만한 총명함이 없었다.

인간의 마음에는 서로 모순된 두 개의 감정이 있다. 물론 누구라도 타인의 불행을 동정하지 않는 사람은 없다. 그렇지만 그 사람이 그 불행을 어떻게든 극복할 수 있게 되면, 이번에는 이쪽에서 왠지 부족한 듯한 마음을 가지게 된다. 조금 과장해서 말하면, 한 번 더 그 사람을 똑같은 불행에 빠뜨리고 싶은 그런 기분마저 들게 된다. 그렇게 어느 사이엔가 소극적이기는 하지만, 어떤 적의를 그 사람에 대해 품게 되는 경우가 있다. ── 나이구가 이유를 모르면서도 왠지 불쾌하게 생각한 것은 이케노오의 승속들 태도에서 분명 이 방관자의 이기주의를 넌지시 깨달았던 때문이다.

그래서 나이구는 날마다 기분이 나빠져갔다. 두 마디째에는 아무에게나 기분 나쁘게 꾸중을 퍼부었다. 나중에는 자기의 코를 치료해 준 그 제자 중에게서 "나이구는 지옥에 떨어질 벌을 받을 거야."라는, 저주하는 말까지 듣게 되었다. 특히 나이구를 화나게 한 것은 그 장난꾸러기 중동자(中童子, 절에서 중이 되기 위해 수행하는 12~13세의 소년)들이었다.

어느 날, 소란스럽게 개 짖는 소리가 들려서 나이구가 무심코 밖으로 나가보았더니, 중동자는 두 자가량 되는 나무막대를 휘두르며 털이 길고 야윈 개를 쫓아다니고 있었다. 게다가 단지 쫓아다니는 것이 아니었다. "코를 맞을래? 그래, 코를 맞자."라고 소리를 지르며 뒤쫓고 있었던 것이다. 나이구는 이 동자의 손에서 나무막대를 빼앗아 가지고 마구 그의 얼굴을 때렸다. 나무막대는 이전에 자기 코를 치켜올려주던 그 나무였던 것이다. 나이구는 애꿎게도 코가 짧아진 것이 오히려 한스러워졌다.

그러던 어느 날 밤의 일이었다. 날이 어두워지면서 갑작스레 바람이 불었던 것 같다. 탑 위의 풍경이 우는 소리가 시끄러울 만큼 베갯머리를 울렸다. 게다가 찬 기운까지 더해졌기 때문에 노령인 나이구는 잠을 자려고 해도 잠이 오지 않았다. 그래서 자리 속에서 뒤척이고 있는데, 문득 어느 겨를에 코가 몹시 근지럽다고 느꼈다. 손을 대보니 약간 물기가 오른 것같이 부풀어 있었다. 아마도 그 자리에만 열이 있는 것 같았다.

"억지로 짧게 만들었기 때문에 병이 생겼는지도 모르겠군."

나이구는 불전에 꽃향을 바칠 때와 같이 공손한 손짓으로 코를 누르면서 이렇게 중얼거렸다.

이튿날 아침, 나이구가 평소처럼 일찍 잠에서 깨보니, 절 내의 은행나무와 칠엽수가 하룻밤 사이에 잎을 떨어뜨려서 정원은 마치 황금을 뿌린 듯이 밝았다. 탑 지붕에 서리가 내린 탓일 것이다. 아직도 희뿌연 아침해에 탑 정상의 구륜九輪이 눈부시게 빛나고 있었다. 젠치 나이구는 발을 들어올린 처마 밑에 서서 긴 숨을 들이마셨다.

거의 잊혀져가던 어떤 감각이 다시 나이구에게로 돌아온 것은 바로 이때였다.

나이구는 황급히 코에 손을 가져갔다. 손에 닿은 것은 어젯밤의 짧은 코가 아니었다. 윗입술 위에서 턱 아래까지 대여섯 치 넘게 매달려 늘어져 있던 옛날의 긴 코였다. 나이구는 코가 하룻밤 사이에 원래대로 다시 길어진 것을 알았다. 그와 동시에 코가 짧아졌던 때와 마찬가지로 명랑한 마음이 어디서부터인지 모르게 돌아오는 것을 느꼈다.

"이렇게 되면 분명히 이제 웃는 사람은 아무도 없을 것이다."

나이구는 마음속으로 이렇게 자신에게 중얼거렸다. 긴 코를 새벽 무렵의 가을바람에 흔들거리면서.

코

아쿠타가와 류노스케(1892~1927)는 작품보다, 그를 기념하는 상인 아쿠타가와 상으로 친숙하게 된 작가이다. 이 상은 탁월한 순수문학 작품에 수여하는 권위 있는 상이다. 일본의 근대문학사는 아쿠타가와를 다채로운 양식과 문체를 구사한 단편소설에 재능을 발휘한 작가로 기록하고 있다.

그는 초기에 역사소설을 많이 썼는데, 옛날의 재현을 목적으로 하는 것이 아니라 역사적 현상에 근대적 해석을 덧붙여 주제를 정하고 재구성한 테마소설들이었다. 「코」도 같은 맥락으로 이해할 수 있다. 1916년 『신사조新思潮』에 발표한 이 작품은 특히 당시 문단의 거장이었던 나쓰메 소세키로부터 격찬을 받은 것으로 더 유명해졌고, 아쿠타가와가 문단에 등단하게 되는 직접적인 계기로 작용했다. 일본 근대문학의 고전 중 하나라고 해도 좋을 만큼 작품의 완성도가 높은 작품으로 평가된다.

주인공 젠치 나이구의 코는 길이가 대여섯 치나 되고 윗입술 위에서부터 턱밑까지 늘어져 있어, 주위에서 모르는 사람이 없었다. 그는 코로 인해 상처받은 자존심을 회복하려고 코를 짧아 보이게 하려는 여러 가지 궁리를 하였으나 효과는 없었다. 그러다 제자 중이 긴 코를 고치는 방법을 배우고 와서 그에게 권했고, 그 방법을 시행하자 거짓말처럼 코가 짧아졌다. 그렇지만 이제 더 이상 코 때문에 비웃음을 사지 않을 거라는 짐작은 빗나갔다. 주위의 비웃음은 더 심해졌고, 그로 인해 나이구의 심성도 점점 사나워져갔다. 그러던 어느 날 아침에 보니 나이구의 코는 원래대로 길어져 있었고, 나이구는 그제서야 안심하게 된다.

「코」는『우지슈이모노가타리』(宇治拾遺物語, 웃기는 얘기가 많고 인간적이고 일상성이 강한 내용을 주로 모은 일본의 세속 설화집)라는 책 속의 권 제2 제7「코가 긴 스님 이야기鼻長き僧のこと」를 바탕으로 하고 있다. 그러나 작가는 그 이야기의 뼈대만 취해, 주제소설로 재탄생시켰다. 작가는 작품 속에서 '방관자傍觀者의 이기주의'에 대해 언급하고 있지만, 그것을 주제로 규정해버리면 이 작품이 말하고자 하는 바가 너무 협소해질 우려가 있다.

나이구란 인물은 과잉된 자의식과 타자의 시선에 지나치게 집착한 결과 오히려 자신의 참모습 자체를 잃어버리는 근대인의 초상이라고 보아도 좋을 것이다. 자신의 코가 원래대로 돌아오자 "이제 아무도 웃는 사람은 없을 것이다."라고 중얼거리며 만족스러워하는 나이구의 모습은 희극적이다. 사실 나이구는 코로 인해 사람들의 시선을 받았던 원래 모습대로 돌아온 것이고, 따라서 그를 대하는 사람들의 반응은 전과 같을 것이기 때문이다. 변한 것은 오히려 자기의 모습을 받아들이는 나이구 자신의 인식인 것이다.

유머러스한 설화를 통하여 근대인이 갖고 있는 슬픈 자화상을 희극적으로 훌륭하게 묘사한 작품이다.

或阿の一生
어느 바보의 일생

아쿠타가와 류노스케

芥川龍之介_1892~1927

소설가. 도쿄 태생으로 도쿄대학 영문과 졸업. 생후 9개월 만에 어머니가 정신병을 앓았기 때문에, 숙부의 집에서 성장했다. 대학 졸업 후 잠시 해군기관학교에서 영어를 가르치기도 했으나, 오사카 마이니치신문의 사원이 된 1919년 이후로는 창작활동에 전념하였다. 대학 재학 중에 동인지 『신사조』에 참가하면서 창작활동을 시작했으며 「라쇼몬」에 이어 「코」가 나쓰메 소세키에게 인정을 받으며 문단에 등단했다. 아쿠타가와는 다재로운 양식과 문체를 구사한 단편소설에 재능을 발휘한 작가로, 「갓파河童」「지옥변地獄變」「거미줄」「무도회」「서방의 사람」 등 많은 작품을 남겼다. 건강의 악화와 프롤레타리아 문학의 대두 등 격동하는 시대의 흐름에 불안을 느끼다, 35세에 자살로 생을 마감했다.

나는 이 원고의 발표 여부는 물론 발표 시기와 기관도 자네에게 모두 일임할 생각을 갖고 있네.

　자네는 이 원고 속에 나오는 사람들을 대부분 알고 있을 것이야. 그러나 내가 이 원고를 발표한다고 해도 부디 색인은 달지 말았으면 하네.

　나는 지금 내 인생에서 가장 불행한 때를 살고 있네. 그러나 나는 신기하게도 이런 생활을 후회하고 있진 않네. 다만 나와 같은 최악의 남편이나 아들, 아버지를 가진 사람들을 무척이나 가엾게 여길 뿐이지. 그럼 이만 안녕. 나는 이 원고 속에서는 적어도 의식적으로나 자신을 변호할 생각은 전혀 없었네.

　마지막으로 내가 이 원고를 자네에게 맡긴 특별한 이유는 자네가 아마도 그 누구보다도 나에 대해 잘 알고 있다고 생각했기 때문이네. (내가 이 글에서 도시인이라는 껍질을 벗을 수 있다면) 부디 이 원고 속에 나오는 내 모습을 보고 웃어주지 않겠나.

– 쇼와 2년(1927) 6월 20일 아쿠타가와 류노스케

구메 마시오(久米正雄) 군에게.

1. 시대

그곳은 어느 책방의 2층이었다. 스무 살이었던 그는 서가에 걸쳐 놓은 서양식 사다리를 타고 올라가 새로운 책을 찾고 있었다. 모파상, 보들레르, 스트린드베리, 입센, 쇼, 톨스토이……

그러는 중에 날이 저물기 시작했다. 그러나 그는 열심히 책표지에 박힌 글자들을 읽기 시작했다. 거기에 배열되어 있는 것은 책이 아니라 세기말 그 자체였다. 니체, 베를렌, 공쿠르 형제, 도스토옙스키, 하웁트만, 플로베르……

그는 어슴푸레한 어둠과 싸워가면서 그들의 이름을 헤아렸다. 그렇지만 책들은 저절로 우울한 그림자 속으로 사라져가기 시작했다. 그는 마침내 참을 수가 없어서 서양식 사다리에서 내려올까 생각했다. 그러자 이마 위의 갓 없는 전등 하나에 불이 들어왔다. 그는 사다리 위에 멈추어 선 채로, 책들 사이로 움직이고 있는 점원과 손님들

의 모습을 내려다보았다. 그들은 묘할 정도로 작았다. 뿐만 아니라 무척이나 초라해 보였다.

"인생은 보들레르의 시 한 줄보다도 못하다."

사다리 위에서 그는 이런 그들의 모습을 잠시 바라보았다.

2. 어머니

광인狂人들은 모두 똑같이 쥐색 옷을 입고 있었다. 넓은 방은 그때문인지 더욱 우울하게 보이는 것 같았다. 그들 중 한 사람은 오르간 앞에 앉아서 찬송가를 계속 열심히 연주하고 있었다. 그와 동시에 그들 중 한 사람은 방 한가운데 서서 춤을 춘다기보다는 껑충껑충 뛰고 있었다.

그는 얼굴빛이 좋은 의사와 함께 이런 광경을 바라보고 있었다. 그의 어머니 역시 십 년 전에는 그들과 조금도 다르지 않았다. 조금도. ── 그는 실제로 그들의 냄새에서 어머니의 냄새를 느꼈다.

"그럼 가볼까?"

의사는 그에 앞서서 걸었다. 그리고 복도를 따라 걷다가 어떤 방으로 갔다. 그 방의 한쪽 구석에는 알코올을 가득 채운 커다란 유리항아리 속에 몇 개의 뇌수腦髓가 담겨 있었다. 그는 어떤 뇌수 위에서 희미하게 하얀 것을 발견했다. 그것은 마치 뇌수에 계란 흰자를 조금 떨어뜨린 듯한 모습에 가까웠다. 그는 의사와 마주 서서 이야기하면서 한 번 더 자기 어머니를 생각했다.

"이 뇌수를 갖고 있던 사내는 ○○전등회사의 기사였는데, 그는 자신을 언제나 검은빛을 내는 커다란 발전기라고 생각했지."

그는 의사의 눈을 피하기 위해 유리창 밖을 바라보고 있었다. 거기에는 깨진 병 조각을 꽂아 놓은 벽돌담 외에는 아무것도 없었다. 그러나 벽돌담 곳곳에는 엷은 이끼가 여기저기 얼룩져 있었다.

3. 집

그는 어느 교외의 2층 방에서 살고 있었다. 그곳은 지반이 튼튼하지 못해서 묘하게 기울어진 이층 방이었다.

그의 이모는 가끔 이층으로 올라와 그와 말다툼을 벌였다. 그때까지 그는 양부모로부터 중재를 받기보다 제재를 받는 경우가 많았다. 그러나 그는 이모에게 그 누구보다도 사랑을 느끼고 있었다. 평생 독신으로 살았던 그의 이모는 그가 스물이었을 때 이미 예순에 가까운 노인이었다.

그는 어느 교외의 이층 방에서 서로 사랑한다는 것은 서로를 괴롭히는 것이라고 몇 번이나 생각하기도 했다. 그런 생각을 하는 순간에도 왠지 기분 나쁜 이 집의 경사傾斜를 느끼면서.

4. 도쿄

미다가와隅田川는 잔뜩 흐린 날씨였다. 그는 달리는 증기선에서 창문으로 내다보이는 무코지마向島의 벚꽃을 바라보고 있었다. 흐드러진 벚꽃이 그의 눈에는 한 행렬의 누더기처럼 우울했다. 그렇지만 그는 그 벚꽃에서 —— 에도(江戶, 도쿄의 옛 이름) 이래의 무코지마 벚꽃에서 자신의 모습을 찾고 있었다.

5. 자아

그는 선배와 함께 어느 카페에 앉아 끊임없이 담배를 피우고 있었다. 그는 그다지 많은 말을 하지 않았다. 그렇지만 선배가 하는 말에는 열심히 귀를 기울였다.

"오늘은 반나절이나 자동차를 타고 다녔어."

"무슨 볼일이라도 있었나요?"

선배는 팔꿈치를 세우고 손으로 턱을 괸 채, 대수롭지 않다는 태도로 대답했다.

"뭐, 그냥 타고 싶었기 때문이지."

선배의 그 말은 그가 알지 못하는 세계로, 즉 신에 가까운 자아의 세계로 그를 해방시켜주었다. 그는 무언가 고통을 느꼈지만, 동시에 기쁨도 느꼈다.

그 카페는 아주 작았다. 그러나 판Pan이라는 신이 그려진 액자가 벽에 걸려 있었고, 그 아래에는 붉은 화분에 심긴 고무나무 하나가 두툼한 잎을 늘어뜨리고 있었다.

6. 병

그는 끊임없이 바닷바람이 불어오는 곳에서 커다란 영어사전을 펼쳐 놓고 손가락 끝으로 영어 단어를 찾고 있었다.

Talaria : 날개 달린 신발, 혹은 샌들.
Tale : 이야기.
Talipot : 동인도 지방에서 자라는 야자. 줄기는 50~100피트에 이른
　　　　다. 잎은 우산이나 부채, 모자 등에 이용된다. 칠십 년 만에
　　　　한 번 꽃이 핀다…….

그의 상상은 또렷하게 이 야자꽃을 그렸다. 그 순간 그는 목 안에서 지금까지 느껴보지 못했던 가려움증을 느꼈고, 자신도 모르게 사전 위에 가래를 떨어뜨렸다. 가래를? —— 그러나 그것은 가래가 아니었다. 그는 짧은 생명을 생각하고 다시 한번 야자꽃을 상상했다. 저 먼 바다 너머에 우뚝 솟아 있을 야자꽃을.

7. 그림

그는 갑자기 — 그것은 실제로 갑작스러운 일이었다. 그는 어느 서점 앞에 서서 고흐의 화집을 보고 있다가 돌연 그림이라는 것을 이해했다. 물론 그 화집은 사진집임에 틀림없었다. 그렇지만 그는 그런 사진집 속에서도 선명하게 떠오르는 자연을 느꼈다.

이처럼 그림에 대한 정열은 그의 시야를 새롭게 만들어주었다. 그는 언제부터인지는 모르지만 나뭇가지의 흔들림이나 여자의 풍만한 볼에 끊임없는 주의를 기울였다.

비 내리는 어느 가을날 저녁, 그는 어느 교외의 육교 아래를 지나가고 있었다. 육교 맞은편 제방 아래에는 짐마차 한 대가 멈춰 있었다. 그는 그곳을 지나가면서, 누군가가 전에 이 길을 지나간 사람이 있다는 것을 느끼기 시작했다. 누굴까? — 그건 새삼 자신에게 물을 필요도 없는 질문이었다. 스물세 살 그의 마음속에는 귀를 잘라낸 한 네덜란드인이 긴 파이프를 입에 물고 이 우울한 풍경화에 날카로운 눈길을 보내고 있었다.

8. 불꽃

그는 비에 젖은 채, 아스팔트 위를 밟으며 갔다. 비는 무척이나 거셌다. 그는 흥건한 물보라 속에서 고무를 입힌 외투 냄새를 느꼈다.

그러자 눈앞에 있는 전기선 하나에서 불꽃이 튀었다. 그는 묘한 감동을 받았다. 그의 윗도리 안주머니에는 동인지에 발표할 그의 원고가 숨겨져 있었다. 그는 빗속을 걸어가면서 다시 한 번 뒤의 전기선을 바라보았다.

전기선에서는 여전히 날카로운 불꽃이 튀고 있었다. 그는 자신의 인생을 회상해봐도 특별히 욕심이 나는 것은 없었다. 그렇지만 이 보랏빛 불꽃만은, ……처절하게 빛나는 저 허공의 불꽃만은 목숨과 바꾸더라도 잡아보고 싶었다.

9. 시체

시체는 모두 엄지손가락에 긴 철사가 달린 명찰이 매달려 있었다. 명찰에는 이름과 나이가 적혀 있었다. 그의 친구는 허리를 굽히고 능숙하게 메스를 움직여가면서 시체의 얼굴 가죽을 벗기기 시작했다. 가죽 아래 넓게 펼쳐져 있는 것은 아름다운 황색 지방이었다.

그는 그 시체를 바라보고 있었다. 그것은 그에게는 어떤 단편소설 ── 왕조시대를 배경으로 하는 어떤 단편소설을 완성시키는 데 필요한 일임에 틀림없었다. 그렇지만 썩은 살구 냄새에 가까운 시체의 역겨운 냄새는 불쾌했다. 그의 친구는 눈살을 찌푸려가며 조용히 메스를 움직여갔다.

"요즘은 시체도 부족해."

그의 친구는 이렇게 말했다. 그러자 그는 어느 순간인지는 알 수가 없으나 이미 대답을 준비하고 있었다. "시체가 부족하다면 나는 아무런 악의 없이 사람을 죽이겠지만." 그러나 물론 그의 대답은 마음속에 있었을 뿐이었다.

10. 선생님

그는 커다란 떡갈나무 아래서 선생님의 책을 읽고 있었다. 떡갈나무는 가을 햇살을 받으며 나뭇잎 하나조차 움직이지 않았다. 어딘가 먼 허공에 유리접시를 올려놓은 저울 하나가 정확히 평형 상태를 유지하고 있다. ── 그는 선생님의 책을 읽으면서 이런 광경을 느끼고 있었다.

11. 새벽

밤은 점점 밝아지고 있었다. 그는 언젠가 어느 마을 한구석에서 넓은 시장을 바라보고 있었다. 시장에 모여든 사람들이나 짐마차들이 어느 순간 장밋빛으로 물들기 시작했다.

그는 담배 한 개비에 불을 붙이고서, 조용히 시장 쪽으로 나아갔다. 그러자 비쩍 마른 검둥이 한 마리가 느닷없이 그를 보고 짖어댔다. 그렇지만 그는 놀라지 않았다. 뿐만 아니라 그 개조차도 사랑하게 되었다.

시장 한복판에는 플라타너스 한 그루가 사방으로 가지를 늘어뜨리고 있었다. 그는 나무 아래에 서서 나뭇가지 너머로 높은 하늘을 바라보았다. 하늘에는 마침 그의 머리 바로 위에 별 하나가 반짝이고 있었다.

이 날은 그가 스물다섯이 되는 날. —— 선생님을 만난 지 석 달이 되는 날이기도 했다.

12. 군항

잠수함의 내부는 약간 어두웠다. 그는 앞뒤 전후를 뒤덮은 기계장치 속에 허리를 구부리고 작은 잠망경 속을 들여다보고 있었다. 그때 잠망경에 비친 모습은 밝은 군항의 풍경이었다.

"저기 군항의 풍경이 보이지요?"

어느 해군 장교가 이렇게 그에게 말을 걸었다. 그는 사각 렌즈로 군항을 바라보면서 파슬리parsley를 생각했다. 일인분에 삼십 전인 비프스테이크 위에서 희미하게 향기를 풍기는 파슬리를.

13. 선생님의 죽음

그는 비가 그친 바람 속에서 어느 정거장의 플랫폼을 걷고 있었다. 하늘은 아직도 어두웠다. 플랫폼 맞은편에는 인부 서너 명이 일제히 곡괭이를 휘두르면서 큰 소리로 무언가 노래를 부르고 있었다.

비가 갠 뒤 부는 바람은 인부들의 노래나 그의 감정을 흩뜨려 놓았다. 그는 담배에 불도 붙이지 않고 환희에 가까운 괴로움을 느꼈다. '선생님 위독'이라는 전보를 외투 주머니에 밀어 넣은 채로. ······

맞은편 소나무 골짜기로부터 오전 여섯 시 상행선 열차가 옅은 연기를 휘날리며 구불구불 이쪽으로 다가오기 시작했다.

14. 결혼

그는 결혼한 다음 날, "오자마자 이렇게 낭비를 하면 곤란해."라고 아내에게 잔소리를 했다. 그러나 그것은 그의 잔소리라기보다 그의 이모가 '그녀에게 말하라'고 한 잔소리였다. 아내는 그에게는 물론이고 그의 이모에게도 자신의 잘못을 말하고 있었다. 그녀가 그를 위해 사 가지고 온 노란색 수선화 화분을 앞에 둔 채로. ······

15. 그들

그들은 평화롭게 생활했다. 커다란 파초 잎이 펼쳐진 그늘에서. ── 그들의 집은 도쿄에서 기차로도 한 시간은 충분히 걸리는 어느 해안가 마을에 있었으니까.

16. 베개

그는 장미 이파리 냄새가 나는 회의주의자를 베개 삼아 아나톨 프랑스의 책을 읽고 있었다. 그렇지만 언제부터인지 그 베개 속에도 반신반마신(半身半馬神, 그리스 신화의 켄타우로스. 말의 신으로 허리 위는 인간의 모습을 하고 있는 괴물)이 있다는 것을 알아채지 못했다.

17. 나비

해조류 냄새가 그득한 바람 속에서 나비 한 마리가 날개를 팔랑대고 있었다. 그는 순간적으로 그의 마른 입술 위에 이 나비의 날개가 스치고 지나감을 느꼈다. 그렇지만 그의 입술 위에는 언젠가 어느 틈엔가 칠하고 간 나비 날개 가루만이 몇 년 후인 아직까지도 반짝이고 있었다.

18. 달

그는 어느 호텔의 계단에서 우연히 그녀와 마주쳤다. 그녀의 얼굴은 이런 대낮에도 달빛 속에 있는 것 같았다. 그는 그녀를 배웅하면서(그들은 그때까지 일면식도 없는 사이였다) 지금까지 알지 못했던 외로움을 느꼈다. ……

19. 인공의 날개

그는 관심 영역을 아나톨 프랑스에서 18세기 철학자들로 옮겨갔다. 그렇지만 루소에게는 가까이 가지 않았다. 그는 어쩌면 그 자신의 일면 —— 열정에 사로잡히기 쉬운 자신의 성격이 루소와 가깝기 때문인지도 몰랐다. 그는 그 자신의 다른 일면 —— 차가운 이지理智가 풍부한 일면에 가까운『캉디드』[1759, 프랑스의 계몽 사상가이자 대학자인 볼테르(1694~1778)의 철학 소설로 그의 대표작]의 저자에게 다가갔다.

스물아홉 그의 인생은 조금도 밝지 않았다. 그렇지만 볼테르는 이렇게 말하는 그에게 인공의 날개를 제공했다.

그는 이 인공의 날개를 펴고 쉽사리 하늘로 날아올랐다. 동시에 이지의 빛을 받은 인생의 기쁨이나 슬픔은 그의 문 아래로 잠겨갔다. 그는 보잘것없는 마을들 위로 반어와 미소를 떨어뜨리면서 막힘없는 공중을 통과하여 곧장 태양을 향해 올라갔다. 인공의 날개를 달고 하늘로 올라가다가 태양열에 타버렸기 때문에 마침내 바다로 떨어져 죽은 그 옛날의 그리스인(그리스 신화에 나오는 이카루스를 가리킨다)도 잊은 것처럼. ……

20. 족쇄

그들 부부는 양부모와 한 집에서 살게 되었다. 그것은 그가 어느 신문사에 입사하게 되었기 때문이었다. 그는 노란 종이에 적은 한 장의 계약서를 자랑스럽게 생각했다. 그러나 나중에 보니 그 계약서는 신문사는 아무런 의무도 지지 않고 그만 의무를 지는 문서였다.

21. 광인의 딸

두 대의 인력거가 인기척이 없는 시골길을 달려갔다. 그 길이 바닷가로 향하고 있다는 것은 바람이 오는 것만으로도 쉽게 알 수 있었다. 뒤쪽의 인력거에 타고 있던 그는 이런 만남에 흥미가 없다는 것을 알면서도 자신이 이곳까지 이끌려오게 된 이유가 무엇인지를 생각하고 있었다. 그것은 결코 연애는 아니었다. 만일 연애가 아니라면……. 그는 이 대답을 피하기 위해 '어쨌든 우리들은 대등하다'고 생각할 수밖에 없었다.

앞서 가는 인력거에 타고 있는 사람은 어느 미친 사람의 딸이었다. 뿐만 아니라 그녀의 여동생은 질투 때문에 자살한 상황이었다.

'이제 어쩔 방도가 없어.'

그는 이제 이 광인의 딸 —— 동물적 본능만이 강한 그녀에게 증오감마저 느끼고 있었다.

두 대의 인력거는 그 사이 바다 냄새 풍기는 묘지 밖으로 지나갔다. 굴 껍데기가 붙어 있는 울타리 안에는 검은 빛을 띤 석탑이 몇 개나 있었다. 그는 그 석탑들 너머로 희미하게 반짝이는 바다를 바라보며 그녀의 남편 —— 그녀의 마음을 붙잡지 못하는 그녀의 남편을 경멸하기 시작했다.……

22. 어느 화가

그것은 어느 잡지의 삽화였다. 그렇지만 묵화로 그린 한 마리 수탉이 두드러진 개성을 드러내고 있었다. 그는 어느 친구에게 이 화가에 관해 물어보았다.

일주일쯤 지났을 때 이 화가가 그를 방문했다. 이 일은 그의 일생에서도 특별히 두드러진 사건이었다. 그는 이 화가의 모습 속에서 아무도 몰랐던 시를 발견했다. 뿐만 아니라 그 자신도 모르고 있었던 자신의 영혼을 발견했다.

어느 추운 가을날 저녁, 그는 수수나무 한 그루를 보고 갑자기 이 화가를 생각했다. 키가 큰 수수나무는 거친 잎을 드러낸 채, 흙 위에 신경처럼 가느다란 뿌리를 드러내고 있었다. 그것은 말할 것도 없이 상처받기 쉬운 그의 자화상임에 틀림없었다. 그러나 이런 발견은 그를 우울하게 할 뿐이었다.

"이미 늦었어. 그러나 만일 특별한 일이라도 일어날 때는……."

23. 그녀

어떤 광장 앞에 어둠이 밀려오고 있었다. 그는 열이 조금 있는 몸으로 광장을 걸어갔다. 커다란 빌딩은 몇 곳에서 은빛의 맑은 허공에 희미하게 창문 전등을 밝히고 있었다.

그는 길가에 서서 그녀가 오기를 기다리기로 했다. 5분쯤 지났을 무렵 그녀는 조금 피곤한 듯한 모습으로 그에게 다가왔다. 그렇지만 그녀는 그의 얼굴을 보자, "피곤해요"라고 말하면서도 얼굴 가득 환한 미소를 지었다. 그들은 어깨를 나란히 하고 어슴푸레한 광장을 걸었다. 오늘 일은 그들에게는 처음 있는 일이었다. 그는 그녀와 함께 있기 위해서는 모든 것을 버려도 좋다는 생각을 했다.

그들이 자동차를 탄 후, 여자는 물끄러미 남자의 얼굴을 바라보며, "당신은 후회하시지 않나요?"라고 물었다. 그는 단호히 "후회하지 않는다."고 대답했다. 그녀는 그의 손을 잡고, "저야 후회하지 않지만요." 하고 말했다. 그녀의 얼굴은 이런 순간에도 달빛 속에 있는 것 같았다.

24. 출산

그는 미닫이 쪽에 멈추어 선 채로, 흰 수술복을 입은 산파 한 사람이 갓난아기를 씻기고 있는 모습을 내려다보고 있었다. 갓난아기는 비눗물이 눈에 스며들 때마다 가엾게 얼굴 찌푸리는 모습을 되풀이했다. 뿐만 아니라 큰소리로 계속 울어댔다. 그는 뭔가 쥐새끼에 가까운 갓 태어난 아기의 냄새를 맡으면서 이런 생각에 빠져들지 않을 수 없었다.

'이 녀석은 무엇을 위해 태어난 것일까? 고통으로 가득한 이 괴로운 사바세계에. ── 무엇 때문에 또 이 녀석은 나 같은 사람을 아버지로 두는 운명을 짊어진 것일까?'

더군다나 그 아이는 그의 아내가 처음 출산한 사내아이였다.

25. 스트린드베리

그는 방 입구에 서서, 석류꽃이 활짝 핀 달빛 속에서 초라한 중국인 몇 명이 마작을 하고 있는 모습을 바라보고 있었다. 그리고 그의 방으로 돌아와 낮은 램프 불 아래에서 『바보의 고백』을 읽기 시작했다. 그렇지만 두 쪽도 읽기 전에 그는 그만 쓴웃음을 지었다. ── 스트린드베리도 역시 그의 애인이었던 백작부인에게 보내는 편지에서 그가 자주 하는 거짓말을 적어 놓고 있었다. ……

26. 고대

채색이 벗겨진 불상들과 천인天人과 말 그리고 연꽃 등은 거의 그를 압도해버렸다. 그는 그것들을 올려다보며 모든 것을 잊고 있었다. 광인의 딸의 손아귀에서 벗어난 자신의 행운조차도. ……

27. 스파르타식 훈련

그는 친구들과 함께 어느 뒷골목을 걷고 있었다. 포장을 한 인력거 한 대가 곧장 맞은편에서 그가 있는 곳으로 다가왔다. 더구나 그 인력거에 타고 있는 사람은 뜻밖에도 어젯밤 바로 그녀였다. 그녀의 얼굴은 이런 대낮에도 달빛 속에 있는 것 같았다. 그들은 그의 친구들이 보는 앞에서 인사조차 나누지 않았다.

"미인이로군."

그의 친구가 이렇게 말했다. 그는 길 막다른 곳에 있는 산을 바라보면서 조금도 주저 없이 대답했다.

"응, 굉장한 미인이네."

28. 살인

시골길은 햇볕 속에 쇠똥 냄새를 더욱 진하게 풍겨내고 있었다. 그는 땀을 닦으면서 비탈진 언덕길을 올라갔다. 길 양편에 다 익은 보리들이 향기로운 냄새를 풍기고 있었다.

"죽여라! 죽여라!"

그는 혼잣말로 이런 말을 되풀이하고 있었다. 누구를? ─ 그에게는 분명했다. 그는 매우 비굴해 보이는 짧은 머리의 사내를 떠올리고 있었다.

그러자 누렇게 물든 보리밭 너머로 로마 가톨릭 성당 하나가 어느 사이엔가 지붕을 드러내기 시작했다.

29. 모습

그것은 쇠로 만든 술병이었다. 그는 가는 선이 새겨진 이 술병에서 '형태'의 아름다움을 배우고 있었다.

30. 비

그는 큰 침대 위에서 그녀와 여러 가지 이야기를 나누고 있었다. 침실 창문 밖에는 비가 내렸다. 문주란 꽃은 이 빗속에서 언젠가 썩어갈 것 같았다. 그녀의 얼굴은 여전히 달빛 속에 있는 것 같았다. 그러나 그녀와 이야기하고 있다는 사실은 이제 따분했다. 그는 엎드린 채로 조용히 담배 한 개비에 불을 붙이고, 그녀와 함께 지내게 된 지도 7년이 되었다는 것을 회상했다.

'나는 이 여자를 사랑하고 있을까?'

그는 자신에게 이렇게 물었다. 이 대답은 그 자신을 늘 지켜보아온 그 자신에게도 뜻밖이었다.

'나는 아직도 그녀를 사랑하고 있다.'

31. 대지진

그것은 어딘가 잘 익은 살구 냄새에 가깝다. 그는 불탄 폐허를 걸으면서 살짝 풍겨오는 이 냄새를 느꼈다. 그리고 찌는 듯한 더위 속에서 풍겨오는 시체 썩은 냄새도 뜻밖에 나쁘지 않다는 생각도 했다. 그렇지만 시체들이 포개진 연못 앞에 서보니, '처참하다'는 말도 감각적으로 결코 과장된 것이 아니라는 것을 발견했다. 특히 그를 움직이게 만든 것은 열두서너 살짜리 어린아이의 시체였다. 그는 이 시체를 바라보면서 무언가 부러움에 가까운 감정을 느꼈다. "신에게 사랑을 받는 대상은 요절한다." 이런 말도 생각났다. 그의 누이나 배다른 형제들은 모두 집이 불타버린 상태였다. 그러나 누이의 남편은 위증죄를 범했기 때문에 현재 집행유예 중인 몸이었다.

'너나없이 죽어버리는 게 좋겠어.'

그는 불탄 자리에 잠시 우두커니 서서 이런 생각에 빠져들었다.

32. 싸움

그는 그의 배다른 형제들과 싸움을 했다. 그의 남동생은 그 때문에 틀림없이 불편을 겪고 있었다. 동시에 그 또한 동생들 때문에 자유를 잃고 있었다. 그의 친척들은 그의 동생에게 "그를 본받아라."라고 줄곧 말해왔다. 그러나 그것은 그의 손발을 묶는 일이나 마찬가지였다. 그들은 서로 엉켜 붙은 채로 툇마루 아래로 굴러 떨어졌다. 툇마루가 있는 정원에는 백일홍 한 그루가 —— 그는 아직도 기억하고 있다 —— 비를 머금은 하늘 아래서 붉은 꽃을 피우고 있었다.

33. 영웅

그는 볼테르의 집 창문에서 높은 산을 올려다보고 있었다. 빙하가 원시상태 그대로의 위용을 자랑하고 있는 산 위에는 독수리의 그림자조차 보이지 않았다. 그렇지만 키가 작은 러시아인(러시아의 혁명가 레닌을 말한다) 한 사람이 집요하게 산길을 줄곧 올라오고 있었다.

볼테르의 집 역시 밤이 된 후, 그는 밝은 램프 불빛 아래에서 이런 경향시傾向詩를 쓰기도 했다. 저 산길을 올라간 러시아인의 모습을 떠올리면서. ……

누구보다도 십계十戒를 지킨 그대는
누구보다도 십계를 파괴한 그대다.

누구보다도 민중을 사랑한 그대는

누구보다도 민중을 경멸한 그대다.

누구보다도 이상에 불타올랐던 그대는
누구보다도 현실을 알고 있는 그대다.

그대는 우리 동양이 낳은
화초 냄새나는 전기 기관차다.

34. 색채

서른 살이 된 그는 어느 사이엔가 어떤 빈 공간을 사랑하고 있었
다. 거기에는 단지 이끼가 끼고 그 위에 벽돌이나 기와 조각 같은 것
이 몇 개 흩어져 있을 뿐이었다. 그렇지만 그의 눈에는 이 공간이 폴
세잔의 풍경화와 다를 바 없었다.

그는 문득 7, 8년 전의 자신의 정열적인 모습을 떠올렸다. 동시에
그 7, 8년 전에는 색채를 알지 못했다는 것을 발견했다.

35. 어릿광대 인형

그는 언제 죽어도 후회하지 않을 정도로 치열한 삶을 살아갈 작정
이었다. 그렇지만 그의 양부모님이나 이모에게는 변함없이 어리광

을 부리는 생활을 계속하고 있었다. 그것은 그의 생활에 확실한 명암을 만들어냈다. 그는 어느 양복점 안에 어릿광대 인형이 늘어선 모습을 보고, 그 자신도 역시 어릿광대와 비슷하지 않을까 하는 생각을 하기도 했다. 그렇지만 이러한 의식 밖의 그 자신은 — 말하자면 제2의 그 자신은 이미 이러한 심리 상태를 어느 단편에 담아내고 있었다.

36. 권태

그는 어느 대학생과 함께 억새풀이 우거진 들판을 거닐고 있었다.

"자네들은 아직도 왕성한 삶의 의욕을 가지고 있겠지?"

"물론. 당신도 역시 마찬가지 아닐까요?"

"그런데 나는 그런 욕구를 가지고 있지 않아. 창작 욕구는 갖고 있지만 말이야……."

이 말은 그의 진심이었다. 그는 실제로 언제부터인가 생활에 흥미를 잃고 있었다.

"창작 욕구라 해도 역시 삶의 욕구겠지요."

그는 아무런 대답도 하지 않았다. 억새풀이 우거진 들판은 어느 사이에 붉은 분화산을 드러내고 있었다. 그는 이 분화산에서 무엇인가 부러움에 가까운 감정을 느꼈다. 그러나 무엇을 부러워하는지는 그 자신도 알 수가 없었다.

37. 더 훌륭한 사람

그는 자신과 능력 면에서 견줄 만한 여자와 우연히 만났다. 그렇지만 「더 훌륭한 사람」 등의 서정시를 지어서 겨우 이 위기에서 탈출했다. 그것은 무언가 나무줄기에 얼어붙은 눈을 떨구어 내는 것처럼 안타깝고 견딜 수 없는 기분이었다.

　　바람에 춤추는 사초로 만든 삿갓
　　길에 떨어지지 않는 것은 무엇인가
　　내 이름을 어찌 안타까워하랴
　　안타까운 것은 그대 이름뿐이어라.

38. 복수

그것은 나무의 싹이 자라고 있는 어느 호텔의 발코니였다. 그는 거기에서 그림을 그리면서 한 소년과 놀고 있었다. 아이는 7년 전에 인연을 끊은 광인의 딸, 그녀의 외아들이었다.

광인의 딸은 담배에 불을 붙이며 그들이 노는 모습을 바라보고 있었다. 그는 답답한 기분으로 기차와 비행기를 줄곧 그렸다. 소년은 다행히도 그의 아들이 아니었다. 그렇지만 소년이 그를 '아저씨'라고 부르는 것이 그에게는 무엇보다 괴로웠다.

소년이 어디론가 사라진 후, 광인의 딸은 담배를 피우면서 아양을 떨듯이 그에게 말을 걸어왔다.

"저 아이는 당신을 닮지 않았나요?"

"닮지 않았어요. 우선……."

"그러나 태교라는 것도 있지요?"

그는 아무 말 없이 눈을 돌렸다. 그러나 그의 마음속에 이런 여자를 죽이고 싶은 잔혹한 욕망마저 없는 것은 아니었다.

39. 거울

그는 어느 카페 구석에 앉아 친구와 이야기를 나누고 있었다. 그의 친구는 구운 사과를 먹으면서 요즘의 무서운 이야기를 들려주었다. 그는 친구의 이야기를 들으면서 왠지 모순이 느껴졌다.

"자네는 아직 독신이었어?"

"아니야. 다음 달에 결혼해."

그는 자기도 모르게 입을 다물어버렸다. 카페 벽에 붙어 있는 거울은 무수하게 그 자신을 비추고 있었다. 차갑게, 그리고 무엇인가 위협이라도 하듯이.

40. 문답

왜 자네는 현대의 사회제도를 공격하지?

자본주의가 낳은 악을 보고 있기 때문이지.

악을? 나는 자네가 선악의 차이를 인정하고 있지 않다고 생각했어. 그렇다면 자네의 생활은?

── 그는 천사와 이런 문답을 나누었다. 그 누구에게도 부끄러워할 것 없는 실크 모자를 쓴 천사와. ……

41. 병

그는 불면증에 시달리기 시작했다. 뿐만 아니라 체력도 약해지기 시작했다. 몇 명의 의사들은 그의 병에 대해 각각 두세 가지 진단을 내렸다. 위산과다, 위이완증, 건성늑막염, 신경쇠약, 만성결막염, 뇌피로증…….

그러나 그는 자기 병의 원인을 알고 있었다. 그것은 그 자신을 부끄럽게도 만들었고 동시에 두렵게도 만들었다. 그들을 ── 그가 경멸하고 있던 사회를!

눈이 내릴 것 같은 어느 흐린 날 오후였다. 그는 어느 카페 구석자리에서 시가에 불을 붙인 채, 맞은편 축음기에서 흘러나오는 음악에 귀를 기울이고 있었다. 그 음악은 그의 마음에 묘하게 다가오는 감동이었다. 그는 그 음악이 끝나기를 기다렸다가 축음기 앞으로 다가가서 레코드에 붙여진 종이를 살펴보았다.

Magic Flute(마술피리) ── 모차르트.

그는 순간적으로 모든 걸 이해했다. 모차르트 역시 십계를 깨뜨리고 괴로워했음에 틀림없다. 그러나 설마 그처럼, ……그는 머리를 숙인 채 조용히 자기 자리로 돌아갔다.

42. 신들의 웃음소리

서른다섯 살의 그는 어느 봄날 양지바른 소나무 숲 속을 걷고 있었다. 이삼 년 전, 그 자신이 쓴 '신들은 불행하게도 우리처럼 자살할 수가 없다'는 말을 머릿속에 떠올리면서. ……

43. 밤

밤이 한 번 더 찾아왔다. 거친 모양의 바다는 끊임없이 물보라를 일으키고 있었다. 그는 이런 하늘 아래서 아내와 두 번째 결혼을 했다. 그것은 그들에게 기쁨이었다. 그렇지만 그것은 동시에 괴로움이었다. 세 아이는 그들과 함께 바다에서 치는 번개를 바라보고 있었다. 그의 아내는 한 아이를 안고서 눈물을 참고 있는 것 같았다.

"저기에 배가 한 척 보이나요?"

"예."

"돛이 둘로 갈라진 배예요."

44. 죽음

　그는 혼자서 잠을 자는 것을 다행으로 여겼으며, 창문에 허리띠를 걸고 목을 매 죽으려고 했다. 그렇지만 허리띠에 목을 감고 보니, 갑자기 죽음이 두려워지기 시작했다. 그것은 죽는 찰나의 공포 때문에 두려운 것이 아니었다. 두 번째는 회중시계를 들고, 시험 삼아 목매 죽을 때까지의 시간을 재기로 했다. 그러자 잠시 괴로움을 맛본 후, 모든 것이 멍해지기 시작했다. 그 시점을 한 번 통과하기만 하면, 틀림없이 죽음의 세계에 들어가게 될 것이었다. 그는 시곗바늘을 살펴보았다. 그가 괴로움을 느낀 것은 일 분 이십 몇 초인가였다는 것을 알았다. 창문 밖은 캄캄했다. 그러나 그 어둠 속에서 거친 닭울음 소리가 들려왔다.

45. Divan

　『Divan』(괴테의 유명한 시집 『서동시집』, 1819. 아라비아 시인들의 영향과 마리 안느와의 연애 등이 주된 소재)은 한 번 더 그의 마음에 새로운 힘을 주고자 했다. 그것은 그가 알지 못하고 있던 '동양적인 괴테'였다. 그는 모든 선악의 피안에 유유히 서 있는 괴테를 바라보며, 절망에 가까운 부러움을 느꼈다. 시인 괴테는 그의 눈에는 시인 그리스도보다 위대했다. 이 시인의 마음속에는 아크로폴리스나 골고다 이외에 아라비아의 장미마저 꽃을 피우고 있었다. 만일 이 시인의 발자취를 더듬어 갈 다소의 힘을 갖고 있었다면 —— 그는 『Divan』을 다 읽고 가공할 감동이 가라앉은 후 일상적 환관宦官으로 태어난 그 자신을 절실하게 경멸하지 않을 수 없었을 것이다.

46. 거짓말

자형의 자살은 그를 갑작스레 커다란 어려움에 빠뜨렸다. 그는 앞으로 누나 가족들의 생활도 돌봐야만 했다. 그의 장래는 적어도 자신에게는 마치 해가 진 것처럼 어두웠다. 그는 자신의 정신적 파산에 냉소에 가까운 감정을 느끼면서, (그는 자신의 악덕이나 약점을 빠짐없이 모두 알고 있었다) 여전히 많은 책을 줄곧 읽었다. 그러나 루소의 『참회록』조차도 영웅적인 거짓말로 가득 차 있었다. 특히 『신생』(시마자키 도손島崎藤村의 장편소설. 1918~1919년 아사히신문에 연재)에 이르러서는. —— 그는 『신생』의 주인공만큼 정도가 아주 심한 위선자를 만난 적이 없었다. 하지만 프랑수아 비용(15세기 프랑스의 유랑시인. 절도, 싸움, 살인 등으로 옥살이를 했으며, 파리에서 추방되어 유랑하다 실종되었다)의 작품만은 그에게 감동을 주었다. 그는 몇 편의 시 속에서 '아름다운 수컷'을 발견했다.

교수형을 기다리고 있는 비용의 모습이 그의 꿈속에 나타나기도 했다. 그는 몇 번이나 비용처럼 생의 나락으로 떨어지려고 했다. 그렇지만 그의 형편이나 육체적 에너지는 이런 것을 허용하는 법이 없었다. 그는 점점 쇠약해져갔다. 그 옛날 조너선 스위프트(Jonathan Swift, 1667~1745, 영국의 풍자 작가이자 성직자. 『걸리버 여행기』를 썼다)가 본, 나뭇가지 끝에서부터 시들어가는 나무처럼. ……

47. 불장난

그녀는 번들거리는 얼굴이었다. 마치 아침 햇살이 살얼음에 비치고 있는 모습이었다. 그는 그녀에게 호감을 갖고 있었다. 그러나 연애 감정은 갖고 있지 않았다. 뿐만 아니라 그녀의 몸에는 손가락 하나 대지 않았다.

"죽고 싶으시다면서요?"

"네. ……죽고 싶다기보다는 왠지 살아간다는 것에 싫증을 느끼고 있습니다."

그들은 이런 대화를 나눈 후에 함께 죽기로 약속했다.

"플라토닉 슈어사이드(정신적 자살이군요)."

"더블 플라토닉 슈어사이드(정신적인 동반자살)."

그는 자신이 정신적으로 안정되어 있다는 사실에 의아하지 않을 수 없었다.

48. 죽음

그는 그녀와는 죽지 않았다. 다만 아직까지 그녀의 몸에 손가락 하나 대지 않고 있다는 사실이 그에게는 왠지 만족스러웠다. 그녀는 아무 일도 없었던 것처럼 때때로 그와 얘기를 나누기도 했다. 뿐만 아니라 그녀가 갖고 있던 청산가리 한 병을 그에게 건네주며, "이것만 있으면 서로 힘이 되겠죠?"라고 말하기도 했다.

그런 행동은 실제로 그의 마음을 든든하게 하고 있음에 틀림없었다. 그는 혼자 의자에 앉아 밤나무 어린잎을 바라보면서 죽음이 가끔씩 그에게 가져다줄 평화를 생각하지 않을 수 없었다.

49. 박제된 백조

그는 마지막 힘을 다해 자서전을 써보려고 했다. 그렇지만 그에게는 뜻밖에도 쉬운 일이 아니었다. 그 이유는 자존심과 회의주의, 이해타산이 아직도 남아 있기 때문이었다. 그는 이러한 자신을 경멸하지 않을 수 없었다. 그러나 또 한편으로는 '누구라도 한 꺼풀 벗기고 보면 모두 마찬가지'라는 말을 생각하지 않을 수 없었다. 그에게는 『시와 진실』(『내 생활로부터』라는 제목의 괴테 자서전의 부제副題. 노년의 괴테가 청춘시절을 묘사한 것으로, 자서전의 전형으로 꼽힌다)이라는 책 제목은 모두 자서전의 제목처럼 생각되었다. 뿐만 아니라 문예작품에 모든 사람이 감동하지는 않는다는 사실을 그는 분명히 알고 있었다. 그의 작품이 호소할 수 있는 대상은 그와 비슷한 생애를 보낸 가까운 사람들 외에 있을 리가 없다. — 이런 생각도 그는 갖고 있었다. 그는 그 때문에 짤막하게 「시와 진실」을 써보기로 했다.

그는 「어느 바보의 일생」을 쓰고 난 후, 우연히 어느 고물상 앞에서 박제된 백조가 있는 것을 발견했다. 백조는 고개를 들고 서 있었지만, 누런 날개는 이미 벌레가 파먹은 상태였다. 그는 자신의 인생을 생각하면서 눈물과 냉소가 치밀어 오르는 느낌을 받았다. 그의 앞에 있는 것은 단순한 발광이냐 그렇지 않으면 자살이냐 하는 것뿐이었다. 그는 해질 무렵 혼자서 거리를 걸으며 자신을 서서히 파멸시키기 위해 다가올 운명을 기다리기로 결심했다.

50. 사로잡힌 사람

그의 친구 한 명이 발광했다. 그는 그 친구에게 언제나 어떤 친밀감을 느끼고 있었다. 그것은 그가 그 친구의 고독 — 경쾌한 가면 밑에 있는 쓰라린 고독을 누구보다도 잘 알고 있었기 때문이다. 그는 그 친구가 발광한 뒤, 두세 번 그를 방문했다.

"자네나 나는 모두 악귀의 공격을 받고 있는 거야. 세기말의 악귀라는 녀석에게 말이야."

그 친구는 낮은 목소리로 그에게 그렇게까지 말했었다. 그런데 그 친구는 그로부터 이삼 일 후에는 어느 온천여관으로 가는 도중 장미 꽃까지 먹었다는 말을 하는 것이었다. 그는 그 친구가 병원에 입원한 후, 언젠가 그 친구에게 선물했던 테라코타 반신상 생각이 났다. 그 반신상은 그 친구가 사랑한 『검찰관』(檢察官, 러시아 소설가 고골리의 희곡. 사회풍자 희곡의 걸작)을 쓴 작가의 반신상이었다. 그는 고골리 역시 미쳐서 죽었음을 기억했다. 그리고 무언가 그들을 지배하고 있는 힘을 느끼지 않을 수 없었다.

그는 완전히 기진맥진한 끝에, 문득 라디게(Raymond Radiguet, 프랑스의 소설가, 1903~1923)가 임종할 때 했던 말을 읊었다. 그리고 한 번 더 신들의 웃음소리를 느꼈다. 그것은 '신들의 병졸이 나를 잡으러 온다'는 말이었다. 그는 자신의 미신이나 감상주의와 싸우려고 했다. 그러나 어떠한 싸움도 육체적으로 그에게는 불가능했다. '세기말의 악귀'는 실제로 분명히 그를 괴롭히고 있었다. 그는 신에게 철저하게 의지하던 중세의 사람들에게 부러움을 느꼈다. 그러나 신을 믿는다는 것은……. 신의 사랑을 믿는다는 것은 그에게는 도저히 불가능했다. 저 콕토(Jean Cocteau, 프랑스의 시인·소설가, 1889~1963)마저 믿었던 신을!

51. 패배

그는 펜을 잡은 손까지 떨기 시작했다. 뿐만 아니라 침마저 흘렸다. 그의 머리는 수면제를 복용했다. 깨어난 순간 말고는 한번도 맑았던 적이 없었다. 게다가 머리가 맑았던 순간도 반 시간이나 한 시간에 지나지 않았다. 그는 단지 어슴푸레한 어둠 속에서 하루살이 생활을 하고 있었다. 말하자면 이 빠진 무딘 칼을 지팡이 삼아서.

어느 바보의 일생

이 작품은 1927년에 쓰인 아쿠타가와의 유고작이다. '어느 바보의 일생'이라는 제목처럼 자신의 일생, 즉 스무 살부터 최근의 삶까지를 51개의 테마로 적고 있다.

작가의 자서전이라고 할 수 있는 이 작품은, 그를 에워싸고 있는 사람들, 즉 이모, 양부모, 아내, 광인의 딸, 선생님, 정신이상이 된 친구들과의 관계, 볼테르, 고흐, 괴테 등 예술가와 사상가에 대한 동경과 절망, 그리고 대지진의 참사, 헤어날 수 없는 집안 문제, 유지해야 할 결혼생활, 불면증, 세기말의 권태, 죽음에의 유혹 등 자신의 의지와는 상관없이 일어나는 상황 등이 뒤얽힌 삶을 감각적, 입체적으로 그리고 있다.

작가는 '언제 죽어도 후회하지 않는 치열한 삶을 살아갈 작정'이었지만, 상황에 얽매여 우유부단하게 살아가는 자신을 어릿광대와 비슷하다고 여긴다. 전후 시대의 피폐와 정신적 공황, 육체적 병마에 시달리면서 하루하루를 힘겹게 살아가던 작가는 결국 죽음이 주는 평화를 생각하게 되고, 마지막 장에 가서는 인생의 '패배'를 예감한다.

이 작품은 아쿠타가와에게 있어서 '자기를 말하는 것이 얼마나 어려운 일인가를 새삼스럽게 생각하게 하는 것'처럼 느껴진다. 그래서 뛰어난 자연주의 소설가이자 문명비평가였던 시마자키 도손은 "아쿠타가와가 헤집고 들어간 길, 그 길이 어슴푸레한 길이었음을 알기 위해 이 작품보다 더 나은 것은 없을 것이다"라고 평가하고 있다.

齒車
톱니바퀴

아쿠타가와 류노스케

芥川龍之介_1892～1927

소설가. 도쿄 태생으로 도쿄대학 영문과 졸업. 생후 9개월 만에 어머니가 정신병을 앓았기 때문에, 숙부의 집에서 성장했다. 대학 졸업 후 잠시 해군기관학교에서 영어를 가르치기도 했으나, 오사카 마이니치신문의 사원이 된 1919년 이후로는 창작활동에 전념하였다. 대학 재학 중에 동인지 『신사조』에 참가하면서 창작활동을 시작했으며 「라쇼몬」에 이어 「코」가 나쓰메 소세키에게 인정을 받으며 문단에 등단했다. 아쿠타가와는 다채로운 양식과 문체를 구사한 단편소설에 재능을 발휘한 작가로, 「갓파河童」 「지옥변地獄變」 「거미줄」 「무도회」 「서방의 사람」 등 많은 작품을 남겼다. 건강의 악화와 프롤레타리아 문학의 대두 등 격동하는 시대의 흐름에 불안을 느끼다, 35세에 자살로 생을 마감했다.

1. 레인코트

    나는 어느 지인의 결혼 피로연에 참석하기 위해 가방 하나를 든 채 도카이도東海道의 어느 정거장으로 가고자 그 안쪽 피서지에서 자동차를 돌렸다. 자동차가 달리는 길 양쪽은 거의 소나무만이 무성했다.

    상행 열차 시간에 맞출 수 있을지 그렇지 않을지는 무척이나 의심스러웠다. 자동차에는 마침 나 외에 어느 이발소 주인도 같이 타고 있었다. 그는 대추처럼 토실토실 살쪘고 짧은 턱수염을 기르고 있었다. 나는 시간을 걱정하면서 가끔 그와 이야기를 했다.

    "이상한 일도 다 있어요. ○○씨의 집에는 대낮에도 귀신이 나온답니다."

"대낮에도 말입니까?"

나는 겨울 석양을 받는 건너편 소나무 산을 바라보면서 적당히 말을 나누고 있었다.

"그것도 날씨 좋은 날에는 나오질 않는답니다. 가장 많은 날은 비가 오는 날이라고 합니다만."

"비 오는 날에 비 맞으러 오는 거 아닌가요?"

"천만의 말씀이죠. ……하지만, 레인코트를 입은 귀신이라든가 하더군요."

자동차는 경적을 울리면서, 어느 정거장 앞에 멈춰 섰다. 나는 어느 이발소 주인과 헤어져 정거장 안으로 들어갔다. 그랬더니 상행 열차는 이삼 분 전에 막 출발을 한 상태였다. 대합실 벤치에는 레인코트를 입은 한 남자가 멍하니 밖을 바라보고 있었다. 나는 방금 들었던 귀신 이야기가 생각났다. 그렇지만 조금 쓴웃음을 지었을 뿐, 이내 다음 열차를 기다리기 위해 역 앞의 카페에 들어가기로 했다.

그것은 카페라는 이름을 붙여주기에는 좀 생각할 여지가 있음직한 카페였다. 나는 구석 테이블에 앉아서 코코아를 한 잔 주문했다. 테이블을 덮은 오일클로스(Oilcloth, 면플란넬, 펠트 따위의 두꺼운 피륙에 에나멜을 입히고 무늬를 넣은 천. 책상보 따위로 쓰인다)는 흰색 바탕에 가느다란 청색 선을 거칠게 죽죽 짜 넣은 것이었다. 그러나 이미 구석 자리에는 때 묻은 캔버스를 드러내고 있었다. 나는 아교풀 냄새가 코를 찌르는 코코아를 마시면서 인기척이 없는 카페 안을 둘러보았다. 먼지

낀 카페의 벽에는 '계란덮밥'이니 '카레라이스'니 하는 종이 조각들이 몇 장이나 붙어 있었다.

"이 고장에서 난 계란으로 요리한 오믈렛."

나는 이런 종이 조각에서 도카이도에 가까운 시골을 느꼈다. 그것은 보리밭과 양배추밭 사이를 전기 기관차가 지나가는 시골이었다.

다음 상행 열차를 탄 것은 어느덧 해가 저무는 시각이 가까울 때였다. 나는 평소 이등을 탔지만, 사정이 있어서 그날은 삼등을 타기로 했다.

기차 안은 상당히 붐볐다. 게다가 내 앞뒤에 있는 것은 오이소大磯인가 어딘가로 소풍을 다녀오는 것 같은 초등학교 여학생들뿐이었다. 나는 담배에 불을 붙이면서 그러한 여학생들 무리를 쳐다보고 있었다. 그들은 모두가 쾌활했다. 뿐만 아니라 연신 떠들고 있었다.

"사진사 아저씨, 러브신이 뭐죠?"

역시 소풍에 따라온 것 같은 내 앞에 있던 '사진사 아저씨'는 뭐라고 얼버무려 넘기고 있었다. 그러나 열너덧 살짜리 한 여학생은 계속 여러 가지 질문을 던지고 있었다. 문득 그 여학생의 코가 축농증인 것을 느끼고, 왠지 미소를 짓지 않을 수 없었다. 그리고 또 내 옆에 있던 열두세 살짜리 한 여학생은 젊은 여선생의 무릎 위에 앉아서, 한쪽 손으로 여교사의 목을 껴안으면서 한쪽 손으로 여교사의 볼을 어루만지고 있었다. 게다가 누군가와 이야기를 나누는 틈틈이 여선생에게 말을 걸고 있었다.

"귀여워요, 선생님은 귀여운 눈을 갖고 계세요."

내가 보기에 그들은 초등학교 여학생들이라기보다 제법 어른스러운 여자라는 느낌을 주었다. 사과를 껍질째 씹고 있거나 캐러멜 종이를 벗기거나 하는 일들을 제외하면, ……그래도 가장 나이가 들어 보이는 한 여학생은 내 곁을 지나갈 때, 누군가의 발을 밟은 듯 "죄송합니다." 하고 말을 건넸다. 그 여학생만은 다른 학생들보다 조숙한 것이 오히려 나에게는 여학생답게 보였다. 나는 담배를 문 채, 이 모순을 깨달은 나 자신을 냉소하지 않을 수 없었다.

어느새 전등을 켠 기차는 이윽고 어느 교외의 정거장에 도착했다. 나는 싸늘한 플랫폼에 내려 일단 육교 하나를 건너고 나서 다음 성선전차(省線電車, 현재의 국철)가 들어오기를 기다리기로 했다. 그때 마침 우연히 얼굴을 마주친 것은 어느 회사에 있는 T군이었다. 우리는 전차를 기다리는 동안 불경기에 대한 얘기 등을 나누었다. T군은 물론 나보다도 그런 문제에 정통한 사람이었다. 그렇지만 늠름한 그의 손가락은 불경기와는 그다지 인연이 없는 터키석으로 된 반지도 끼고 있었다.

"대단한 걸 끼고 있네."

"이거? 이건 하얼빈으로 장사하러 갔던 친구의 반지였는데 나 보고 사라고 해서 산 거야. 그 친구도 지금은 곤란해 하고 있어. 협동조합과 거래를 못하게 돼서 말이야."

우리들이 탄 성선전차는 다행히도 기차처럼 붐비지 않았다. 우리들은 나란히 걸터앉아서 여러 가지 이야기를 하고 있었다. T군은 바로 올봄에 파리에 있는 근무처에서 도쿄로 돌아온 지 얼마 되지 않은 때였다. 따라서 우리들은 자연스럽게 파리에 관한 얘기를 많이 했다. 카요 부인(카요Caillaux는 프랑스의 총리를 역임한 정치가. 〈르피가로〉의 편집장인 G. 칼메트가 그의 사생활을 공개하려고 하자, 당시에는 카요의 정부였던 부인이 칼메트에게 치명적인 총상을 입힌 사건이 있었다)의 이야기, 게 요리에 관한 이야기, 외유 중인 어느 백작의 이야기. ⋯⋯

"프랑스는 상상 외로 어렵지는 않아. 단지 원래가 프랑스 사람이라고 하는 놈들은 세금을 내기 싫어하는 국민이기 때문에, 내각은 늘 쓰러지지만 말이야⋯⋯."

"그렇지만, 프랑은 폭락이야."

"그건 신문이나 읽고 있으면 그렇지. 하지만 그쪽엘 가봐. 신문지상의 일본이란 나라는 끊임없이 대지진과 대홍수가 있는 나라라니까."

그러자 레인코트를 입은 남자 한 사람이 우리 맞은편으로 와서 걸터앉았다. 나는 잠시 마음이 언짢아졌다. 왠지 전에 들었던 귀신 이야기를 T군에게 말하고 싶은 기분까지 느꼈다. 그렇지만 T군은 그전에 단장 손잡이를 빙그르르 왼쪽으로 돌리고, 얼굴은 앞을 향한 채 나직이 나에게 말을 걸어왔다.

"저기 여자가 하나 있지? 쥐색 모직 숄을 한, ⋯⋯."

"저 서양식으로 머리 묶은 여자 말이야?"

"응, 보자기를 안고 있는 여자. 저 여자가 올 여름에는 가루이자와輕井澤에 있었어. 조금 사치스런 양장 같은 걸 하고 말이지."

그러나 그녀는 분명 누가 봐도 초라한 옷차림을 하고 있었다. 나는 T군과 얘기하면서 슬쩍 그 여자를 보았다. 그 여자는 어쩐지 미간이 정신 이상자 같은 느낌을 주는 얼굴을 하고 있었다. 게다가 또 그 보자기 속에서 표범을 닮은 스폰지가 삐죽이 나와 있었다.

"가루이자와에 있었을 때는 젊은 미국 사람과 춤을 추기도 하고 그러던걸. 모던……뭐라던가."

레인코트를 입은 남자는 나와 T군이 헤어질 때에는 어느 새 그 자리에 보이지 않았다. 나는 성선전차의 어느 정류장에서 역시 가방을 늘어뜨린 채, 어느 호텔로 걸어갔다. 길 양쪽에서 서 있는 것은 대부분 커다란 빌딩이었다. 나는 그 길을 걸어가다가 갑자기 솔밭을 생각했다. 뿐만 아니라, 내 시야 속에서 이상한 것을 발견하기 시작했다. 이상한 것?……이라고 하는 것은 끊임없이 돌아가고 있는 반투명의 톱니바퀴齒車였다. 나는 이런 경험을 전에도 몇 번인가 한 적이 있었다. 톱니바퀴는 차츰 그 수를 늘려서 내 시야를 절반이나 가려버린다. 하지만 그것도 오래 가지는 못한다. 잠시 후에는 사라져버리는 대신 이번에는 두통이 느껴지기 시작한다. ──그것은 언제나 마찬가지였다. 안과의사는 이 착각(?) 때문에 몇 번이나 나에게 담배를 줄일 것을 명했다. 그러나 이러한 톱니바퀴는 내가 담배를 피울 줄 몰랐던 20년 전에도 보이지 않았던 적이 없었다. 나는 또 시작이 됐구나 생각하고는 왼쪽 눈의 시력을 시험하기 위해서 한 손으로 오른쪽을 가려보았다. 왼쪽 눈은 과연 아무 일도 없었다. 그러나 오른쪽 눈, 눈꺼풀 뒤에는 톱니바퀴가 여러 개 돌고 있었다. 나는 오른쪽 빌딩이 점점 사라져가는 것을 보면서 빠른 걸음으로 길을 걸어갔다.

호텔 현관에 들어섰을 때에는 톱니바퀴도 이미 사라져버렸다. 그렇지만 두통은 아직 남아 있었다. 나는 외투와 모자를 맡기는 김에 방을 하나 예약하기로 했다. 그리고는 잡지사에 전화를 걸어 돈에 관한 상담을 했다.

결혼 피로연의 만찬은 이미 시작된 것 같았다. 나는 식탁 한쪽 구석에 앉아서 나이프와 포크를 움직이기 시작했다. 정면의 신랑 신부를 비롯해서 하얀 요凹자 모양으로 된 식탁에 둘러앉은 쉰 명 남짓한 사람들은 물론 모두가 밝은 얼굴이었다. 그렇지만 내 기분은 밝은 전등빛 아래서 점점 우울해질 뿐이었다. 나는 이 기분에서 벗어나기 위해 옆에 있던 손님에게 말을 걸었다. 그는 마치 사자처럼, 볼에 흰 수염을 기른 노인이었다. 뿐만 아니라, 나도 이름을 알고 있던 어느 고매한 한학자였다. 따라서 또 우리의 이야기는 어느 사이엔가 고전 쪽으로 빠져갔다.

"그러니까 기린은 외뿔 짐승이 아닙니까? 그리고 봉황도 피닉스(이집트 신화에 나오는 신성한 새로, 불사영생不死永生을 상징한다)라고 하는 새의……"

이 고매한 한학자는 이렇게 말하는 내 이야기에도 흥미를 느끼고 있는 것 같았다. 나는 기계적으로 지껄이는 동안에 점점 병적인 파괴욕을 느꼈다. 요순堯舜을 가공의 인물로 설정하고, 『춘추』의 저자도 훨씬 뒤인 한대의 사람이었다고 이야기했다. 그랬더니 이 한학자는 노골적으로 불쾌한 표정을 보이며, 내 얼굴을 전혀 보지 않고 거의 호랑이가 으르렁거리는 것처럼 내 이야기를 가로막아버렸다.

"만일 요순이 없었다고 한다면, 공자는 거짓말을 하셨다는 말이 됩니다. 성현이 거짓말을 하실 리 없습니다."

나는 물론 아무런 말을 하지 않았다. 그리고 또 접시 위의 고기에 나이프와 포크를 갖다 놓으려 했다. 그러자 작은 구더기 한 마리가 가만히 고기 언저리에서 꼬물거리고 있었다. 구더기는 내 머릿속에 'Worm'이라고 하는 영어를 떠올리게 했다. 그것은 또 기린이나 봉황 같이 어떤 전설적 동물을 뜻하고 있는 말임에 틀림없었다. 나는 나이프와 포크를 놓고, 어느새 내 술잔에 샴페인이 부어지는 것을 바라보고 있었다.

이윽고 만찬이 끝난 다음, 나는 앞서 예약해 두었던 내 방에 틀어박히기 위해 인기척 없는 복도를 걸어갔다. 복도는 내게는 호텔이라기보다 감옥과 같은 느낌을 주었다. 그러나 다행히도 두통만은 어느 사이엔가 덜해지고 있었다.

내 방에는 가방은 물론 모자와 외투도 갖다 놓은 상태였다. 나는 벽에 걸린 외투에서 나 자신이 서 있는 모습이 느껴져서, 서둘러 그것을 방 한구석에 있는 양복장 안으로 집어 던졌다. 그리고는 거울 앞으로 가서, 물끄러미 내 얼굴을 비춰 보았다. 거울에 비친 내 얼굴은 피부 밑의 골격이 드러나 있었다. 구더기가 이러한 내 기억에 금세 선명하게 떠올랐다.

나는 문을 열고 복도로 나가, 어디로 간다는 목적도 없이 걸었다. 그러자 로비로 나가는 구석에 초록색 갓을 덮은 높다란 스탠드 전등 하나가 유리문에 선명히 비치고 있었다. 그것은 어쩐지 내 마음에 평화스러운 느낌을 주는 것이었다. 나는 그 앞 의자에 앉아서 이런저런 생각을 하고 있었다. 그렇지만 거기에도 5분 이상을 앉아 있을 까닭이 없었다. 레인코트는 이번에도 역시 내 옆에 있던 소파 등에 아무렇게나 벗어 던진 모양으로 축 늘어져 있었다.

"더군다나 지금은 한겨울인데."

나는 이런 생각을 하면서 다시 한 번 복도로 되돌아갔다. 복도 끝 사환실에는 단 한 명의 사환도 보이지 않았다. 그러나 그들의 이야기 소리는 잠깐 내 귀를 스치고 지나갔다. 그것은 누가 묻는 말에 대답을 한 것이었다. 'All right'이라는 영어였다. '올 라잇'? —— 나는 어느새 이 대화의 의미를 정확하게 파악하려고 초조해하고 있었다. 올 라잇? 올 라잇? 도대체 무엇이 '올 라잇'이라는 것일까?

내 방은 물론 조용했다. 그렇지만 문을 열고 들어가는 일은 묘하게 나에게는 범상치 않은 일이었다. 나는 잠시 주저했지만, 용기를 내 방 안으로 들어갔다. 그리고는 거울을 보지 않으려고 하며, 테이블 앞 의자에 앉았다. 의자는 도마뱀 가죽에 가까운, 청색 마록 가죽

(염소의 가죽을 무두질한 양질의 가죽)의 안락의자였다. 나는 가방을 열고 원고지를 꺼내, 어떤 단편을 계속하려고 했다. 그렇지만 잉크 찍은 펜은 언제까지고 움직이지 않았다. 뿐만 아니라 겨우 움직였다고 생각했지만 똑같은 말만 계속 적고 있었다. All right……All right……All right sir……All right…….

이때, 갑자기 울리기 시작한 것은 침대 곁에 있는 전화였다. 나는 깜짝 놀라 일어나서 수화기를 귀에다 대고 대꾸를 했다.

"누구세요?"

"접니다, 저……."

상대방은 내 누님의 딸이었다.

"뭐야? 왜 그래?"

"예, 저어, 큰일이 생겼어요. 그러니까…… 큰일이 생겼으니까요, 지금 외숙모님께도 전화를 걸었어요."

"큰일이라고?"

"네, 그러니까 곧장 와주세요, 곧장 말이에요."

전화는 거기서 끊겨버렸다. 나는 원래대로 수화기를 내려놓고 반사적으로 벨 버튼을 눌렀다. 그러나 내 손이 떨리고 있다는 것은 분명히 의식하고 있었다. 사환은 쉽사리 오지 않았다. 나는 초조함보다 더 고통스러움을 느꼈다. 몇 번이나 벨 버튼을 눌렀다. 겨우 운명이 나에게 가르쳐 준 '올 라잇'이라는 말을 이해하면서.

내 자형은 그날 오후 도쿄에서 얼마 떨어지지 않은 어느 시골에서 교통사고로 죽었다. 더구나 계절과는 무관한 레인코트를 걸치고 있었다. 나는 지금도 그 호텔방에서 전에 쓰다 만 단편을 계속해서 쓰고 있다. 한밤중의 복도에는 아무도 다니지 않는다. 그렇지만 때때로 문 밖에 날갯소리가 들리는 경우도 있다. 어딘가에서 새라도 기르고 있는지도 모른다.

2. 복수

나는 이 호텔 방에서 오전 8시께 눈을 떴다. 그렇지만 침대에서 일어서려고 하자, 슬리퍼가 이상스럽게도 한 짝밖에 없었다. 그것은 최근 12년간, 언제나 나에게 공포나 불안 같은 것을 주는 현상이었다. 뿐만 아니라, 샌들을 한쪽 발에만 신고 있는 그리스 신화 속의 왕자를 떠올리게 하는 현상이었다. 나는 벨을 눌러 사환을 불러서, 슬리퍼 한 짝을 찾아달라고 했다. 사환은 의아한 표정을 지으면서 좁은 방 안을 이리저리 찾아다녔다.

"여기 있네요, 이 화장실 안에."

"어떻게 또 그런 데 가 있었을까?"

"글쎄요, 쥐가 그랬는지도 모르죠."

나는 사환이 돌아간 뒤에, 우유를 넣지 않은 커피를 마시고 앞의 소설을 끝내려고 했다. 응회암凝灰巖으로 네모나게 짠 창문은 눈이 내린 정원을 향해 있었다. 나는 펜을 멈출 때마다 멍하니 눈을 바라보거나 했다. 봉오리가 있는 서향(瑞香, 팥꽃나뭇과의 상록 관목) 아래 내려앉은 눈은 도시의 매연으로 더러워져 있었다. 그것은 무언가 내 마음에 상처를 주는 풍경이었다. 나는 담배를 피우면서, 어느 사이엔가 펜을 움직이지 않은 채 여러 가지 일들을 생각하고 있었다. 아내에 관한 일을, 아이들의 일을, 나아가 자형의 일을. ……

자형은 자살하기 전에 방화 혐의를 받고 있었다. 게다가 또한 실제로도 어찌할 도리가 없었다. 그는 집이 불타기 전에 집 값의 두 배나 되는 화재보험에 들어 있었다. 게다가 위증죄를 범했기 때문에 집행유예 중인 몸이었다. 그렇지만 나를 불안하게 했던 것은 그의 자살보다도 내가 도쿄로 돌아갈 때마다 반드시 화재가 난 것을 본 일이었다. 혹은 기차 속에서 산을 태우고 있는 불을 보거나, 혹은 자동차 속에서(그때는 아내와 아이도 함께였다) 도끼와바시常磐橋 근방의 화재를 보기도 했다. 그것은 그의 집에 불이 나기 전에도 나에게 화재가 있을 것이라는 예감을 주지 않을 수 없었다.

"올해는 집에 불이 날지도 몰라."

"그런 운 나쁜 일을……. 그래도 불이 나면 큰일이지요. 보험에도 제대로 들지 못하고……."

우리는 그런 이야기를 서로 주고 받았다. 그러나 내 집은 타지 않고, ……나는 애써 망상을 뿌리치고, 한 번 더 펜을 움직이려고 했다. 그렇지만 펜은 아무리 해도 단 한 줄도 제대로 움직이지 않았다. 나는 마침내 책상 앞을 떠나, 침대 위에 몸을 던진 채, 톨스토이의『폴

리쿠시카』를 읽기 시작했다. 이 소설의 주인공은 허영심과 병적 경향과 명예심으로 뒤섞인 복잡한 성격의 소유자였다. 게다가 그의 일생의 희비극은 약간의 수정을 가한다고 하면, 내 일생의 캐리커처였다. 특히 그의 희비극 가운데 운명의 냉소를 느끼는 것은 점차로 나를 자극했다. 나는 한 시간도 채 지나기 전에 침대 위에서 벌떡 일어서며 커튼을 드리운 방 한구석에다 힘껏 책을 내동댕이쳤다.

"썩어버려라."

그러자 커다란 쥐 한 마리가 커튼 밑에서 화장실이 있는 방을 향해 마룻바닥 위를 비스듬히 달려갔다. 나는 껑충 뛰어 화장실이 있는 방으로 가서, 문을 열고 안을 살펴보았다. 그렇지만 하얀 욕조 뒤에도 쥐 같은 것은 보이지 않았다. 나는 갑자기 기분이 꺼림칙해서 황급히 슬리퍼를 구두로 바꿔 신고서 인기척이 없는 복도를 걸어갔다.

복도는 오늘도 변함없이 감옥처럼 우울했다. 나는 머리를 숙인 채 계단을 올라갔다 내려갔다 하는 사이에 조리실로 들어갔다. 조리실은 의외로 밝았다. 그렇지만 한쪽으로 줄 선 아궁이들은 몇 개나 불길을 올리고 있었다. 나는 그 앞을 지나가면서, 흰 모자를 쓴 요리사들이 차가운 시선으로 나를 보고 있음을 느꼈다. 동시에 또 내가 떨어진 지옥을 느꼈다. "신이여, 나를 벌하여 주소서, 노하지 마옵소서. 아마 나는 죽으리다." —— 이 순간에는 이런 기도까지 저절로 내 입술에서 나오지 않을 수 없었다.

나는 이 호텔 밖으로 나가, 푸른 하늘이 내리비친 눈 녹은 길을 달려 누님 집으로 걸어갔다. 길가로 이어진 공원의 나무들은 모두 나뭇가지와 잎이 매연이나 먼지로 더러워져 있었다. 뿐만 아니라 어느 것을 보나 한 그루마다, 마치 우리들 인간과 같이 앞뒤를 갖추고 있었다. 그 또한 나에게는 불쾌함보다도 공포에 가까운 것을 실어 왔다. 나는 단테의 지옥 속에 나오는, 나무가 된 영혼을 생각했고, 빌딩만이 늘어선 전찻길 건너편을 걷기로 했다. 그러나 거기도 100미터 정도도 무사히 걸을 수가 없었다.

"잠깐 지나는 길에 실례합니다만, ……."

그는 금빛 단추를 단 제복을 입은 스물두 세 살 된 청년이었다. 나는 묵묵히 이 청년을 지켜보다, 그의 코 왼쪽 옆에 검은 점이 있는 것을 발견했다. 그는 모자를 벗은 채, 조심조심 나에게 말을 건넸다.

"A선생님이 아니십니까?"

"그렇습니다."

"아무래도 그런 것 같아서요……."

"뭔가 용건이라도?"

"예, 그저 한번 뵙고 싶었을 뿐입니다. 저도 선생님의 애독자인……."

나는 모자를 잠깐 벗었을 뿐, 그때는 이미 그를 지나친 채 걷고 있었다. 선생님, A선생님, 그것은 요즈음 내게 가장 불쾌한 말이었다. 나는 모든 죄를 저지르고 있다는 것을 믿고 있었다. 게다가 그들은 어떤 기회에 나를 선생님이라고 계속 부르고 있었다. 나는 거기에서 나를 비웃는 무엇인가를 느끼지 않을 수 없었다. 무엇인가를? 그러나 나의 물질주의는 신비주의를 거절하지 않을 수 없었다. 나는 2, 3개월 전에도 어느 작은 동인지에 이런 글을 발표한 적이 있었다. ——"나는, 예술적 양심을 비롯해 어떠한 양심도 갖고 있지 않다. 내가 갖고 있는 것은 신경뿐이다……."

누님은 어린 세 아이와 함께 골목 안의 가건물에 피난해 있었다. 갈색 종이를 바른 가건물 안은 바깥보다도 추위가 더 심했다. 우리들은 화로에 손을 녹이면서, 이런저런 이야기를 서로 나누었다. 몸이 건장하던 자형은 보통 사람보다 곱절이나 말라빠진 나를 본능적으로 경멸하고 있었다. 뿐만 아니라, 내 작품이 부도덕하다는 말을 공공연히 하고 있었다. 나는 언제나 냉소하듯 그렇게 말하는 그를 내려다본 채로, 한 번도 마음을 터놓고 이야기해본 적이 없었다. 그러나 누님과 얘기하고 있는 동안에 점점 그도 나처럼 지옥으로 빠져들고 있었다는 것을 깨닫기 시작했다. 그는 지금 침대차 안에서 귀신을 보았다는 등의 말을 했다. 그렇지만 나는 담배에 불을 붙이며, 애써 돈에 관한 이야기만을 계속했다.

"어찌 됐건, 지금 있는 것은 모조리 다 팔아버릴까 생각하고 있어."

"그건 그래요. 타이프라이터 같은 건 얼마쯤 될까."

"그리고 그림 같은 것도 있고."

"파는 김에 N양반(자형)의 초상화도 팔까? 그러나 그건……."

나는 가건물 벽에 걸려 있는 액자 없는 한 장의 콘테화(콘테는 크레용의 일종)를 보고서 경솔하게 농담도 할 수 없다는 것을 느꼈다. 차에 치어 죽은 그는 얼굴도 완전히 고기 덩어리가 되어서, 겨우 콧수염 정도만 남아 있었다고 했다. 이 이야기는 물론 그 자체가 분명 소름 끼치는 일이었다. 그러나 그의 초상화는 모든 부분이 완전히 그려져 있기는 하지만, 콧수염만은 웬일인지 어렴풋했다. 나는 빛의 가감 때문인가 해서, 이 한 장의 콘테화를 여러 다른 위치에 놓고 바라보기로 했다.

"뭐 하는 거야?"

"아무것도 아닙니다. ……그냥 저 초상화는 입 주위가…….'

누님은 잠깐 뒤돌아보면서, 아무것도 느끼지 못한 것처럼 대답했다.

"콧수염만 이상하게도 희미한 것 같아."

내가 본 것은 착각이 아니었다. 그러나 착각이 아니라면……. 나는 점심을 신세 지기 전에 누님 집을 나서기로 했다.

"뭐, 일이 있어?"

"내일 다시……오늘은 아오야마青山까지 외출하니까."

"아, 거기? 아직 컨디션이 나빠?"

"줄곧 약만 먹고 있어. 수면제만 해도 큰일이야. 베로날, 노이로날, 트리오날, 누마알……."

3분쯤 지난 뒤, 나는 어느 빌딩으로 들어가서 엘리베이터를 타고

3층으로 올라갔다. 그리고는 어느 레스토랑 유리문을 열고 들어가려고 했다. 그렇지만 유리문은 움직이지 않았다. 뿐만 아니라 거기에는 '정기휴일'이라고 쓴 칠기漆器 안내판도 매달려 있었다. 나는 더욱더 불쾌해져서 유리문 맞은편의 테이블 위에 담겨 있는 사과와 바나나를 본 후, 한 번 더 거리로 나가기로 했다. 그러자 회사원 같은 남자 두 사람이 무언가 쾌활하게 얘기를 하면서 이 빌딩으로 들어오려고 내 어깨를 스치고 갔다. 그들 중 한 사람은 그 순간에, "속이 울렁울렁거리네."라고 말하는 것 같았다.

나는 거리에 선 채 택시가 오기를 기다리고 있었다. 택시는 쉽사리 오지 않았다. 뿐만 아니라 간혹 지나가는 것은 노란 차였다. 이 노란 택시는 왠지 나에게 교통사고의 원인을 안겨줄 것 같았다. 그러는 동안에 나는 운수 좋은 초록색 차를 발견하고, 어쨌거나 아오야마의 묘지 가까이의 정신병원으로 가기로 했다.

"울렁울렁한다. —— Tantalizing Tantalos —— Inferno……."

탄탈로스는 실제로 유리문 건너로 과일을 바라본 나 자신이었다. 나는 두 번이나 내 눈에 떠오른 단테의 지옥을 저주하면서, 지그시 운전수의 등을 쳐다보고 있었다. 그러는 사이에 또 모든 것이 거짓이라는 것을 느끼기 시작했다. 정치·사업·예술·과학 그 모두가 이런 나에게는 이 무서운 인생을 감춘 잡색의 에나멜임에 분명했다. 나는 점점 숨이 갑갑함을 느껴 택시의 창을 열기도 했다. 그렇지만 어쩐지 심장을 쥐어뜯는 것 같은 느낌은 사라지지 않았다.

초록빛 택시는 이윽고 신궁 앞으로 달려갔다. 거기에는 어떤 정신병원으로 돌아가는 골목이 하나 있어야 한다. 그러나 그것도 오늘만은 어찌된 것인지 나로서는 알 수가 없었다. 나는 전차 노선을 따라, 몇 번이나 택시를 왕복시킨 다음, 결국은 포기하고 내리기로 했다.

나는 겨우 그 골목을 찾아 질퍽거리는 길을 돌아갔다. 그러자 어느 사이엔가 길을 잘못 들고, 아오야마 묘지에 딸린 장례식장 앞으로 나와버렸다. 그것은 한 십 년 전에 있었던 나쓰메 소세키 선생의 고별식 이후, 한 번도 문 앞으로 지나가본 일이 없는 건물이었다. 십 년 전에도 나는 행복하지 않았다. 그러나 적어도 평화로웠다. 나는 자갈 깔린 문 안을 바라보면서, 소세키산방漱石山房의 파초를 떠올리며 무언가 내 일생도 일단락지어졌음을 느끼지 않을 수 없었다. 뿐만 아니라 십 년째 이 묘지 앞으로 나를 데리고 온 무엇인가를 느끼지 않을 수 없었다.

어느 정신병원의 문을 나온 후, 나는 또 자동차를 타고 아까의 그 호텔로 돌아가기로 했다. 그렇지만 이 호텔 현관에 내리자, 레인코트를 입은 한 남자가, 사환과 싸움을 하고 있었다. 사환과? ──아니, 그는 사환이 아니다. 녹색 옷을 입은 자동차 담당자였다. 나는 이 호텔로 들어가는 데 무언가 불길한 예감을 느껴, 빠른 걸음으로 왔던 길을 되돌아갔다.

내가 긴자銀座 거리로 나갔을 때에는 그럭저럭 해가 저무는 시각이 가까워지고 있었다. 나는 양쪽에 늘어선 상점과 눈이 팽팽 돌 정도로 사람들이 다니는 거리를 보고 한층 더 우울해지지 않을 수 없었다. 특히 오가는 사람들이 죄 같은 것은 알지 못한다는 듯, 경쾌하게 걷고 있는 것이 불쾌했다. 나는 채 어둡지 않은 외광外光에 전등빛이 섞인 공간 속을 어디까지고 북쪽으로 걸어갔다. 그러는 동안에 내 눈을 사로잡은 것은 잡지들을 쌓아올린 책방이었다. 나는 그 책방 안으로 들어가서 멍하니 몇 단이나 되는 책꽂이를 올려다보았다. 그리고는 『그리스 신화』라고 하는 책을 훑어보기로 했다. 노란 표지를 한 『그리스 신화』는 어린이를 위해서 쓰인 것 같았다. 그렇지만 우연히 내가 읽은 한 줄은 금세 나를 짓눌러댔다.

"가장 위대한 조이스의 신이라도 복수의 신에는 견디지 못합니다……."

나는 이 책방을 뒤로하고 인파 속을 걸어갔다. 언젠가 구부러지기 시작한 내 등에 끊임없이 붙어 다니며 노리고 있는 복수의 신을 느끼면서. ……

3. 밤

나는 마루젠(丸善, 도쿄의 츄오쿠中央區에 있는 유명한 서점)의 2층 책꽂이에서 스트린드베리의 『전설』을 발견하고, 두세 페이지씩 훑어보았다. 그것은 내 경험과 크게 차이가 없는 것을 쓴 것이었다. 뿐만 아니라 노란색 표지로 되어 있었다. 나는 『전설』을 책꽂이에 다시 꽂고,

이번에는 그저 손이 가는 대로 두툼한 책 한 권을 뽑아 들었다. 그러나 이 책도 한 장의 삽화에 우리들 인간과 다름이 없는, 눈과 코가 있는 톱니바퀴만을 늘어놓고 있었다. 그것은 어느 독일 사람이 모은 정신병자의 화집이었다. 나는 어느 사이엔가 우울 속에서 반항심이 일어나는 것을 느껴, 될 대로 되라는 식으로 도박광처럼 여러 가지 책들을 펼쳐갔다. 그렇지만 웬일인지 어느 책이나 반드시 문장이나 삽화 속에 조금씩 바늘을 감추고 있었다. 어느 책을 보아도? —— 나는 몇 번이나 읽어본 『보바리 부인』을 펼쳐 들었을 때조차도, 필경 나 자신도 중산계급의 보바리라는 것을 느꼈다.

저물녘에 가까운 마루젠의 2층에는 나 이외에 손님도 없는 것 같았다. 나는 전등빛 아래 책꽂이 사이를 헤맸다. 그리고는 '종교'라는 패쪽이 걸린 책꽂이 앞에 발을 멈추고, 초록색 표지의 책 한 권에 눈길을 주었다. 이 책은 목차 중 몇 장인가에 '무서운 네 가지의 적 —— 의혹, 공포, 오만, 관능적 욕망'이라는 말이 있었다. 나는 그런 말을 보자마자 한층 더 반항심이 일어나는 것을 느꼈다. 그들이 적이라고 부르는 것들은 적어도 나에게는 감수성과 이지理智임에 분명했다. 그러나 전통적 정신도 역시 근대적 정신처럼 또한 나를 불행하게 만드는 데는 나는 정말 참을 수 없었다. 나는 이 책을 손에 쥔 채, 문득 언젠가 필명으로 사용한 쥬료요시(壽陵余子, 쥬료는 중국의 전국시대의 연나라의 지명이며, 요시는 20세가 되지 않은 소년을 말함)라는 말을 생각해냈다. 그것은 '한단(邯鄲, 중국 전국시대 조趙나라의 수도)'의 걸음을 배우기 전에 쥬료의 걸음을 잊어버리고, 사행포복(蛇行匍腹, 기어 돌아다닌다는 뜻)하여 고향으로 돌아왔다고 하는 『한비자韓非子』 속의 청년이었다. 현재의 나는 누구의 눈에도 '쥬료요시'임에 틀림없었다. 그러나 아직 지옥에 떨어지지 않은 나도 이 필명을 사용하고 있었던 것은……. 나는 커다란 책꽂이를 등지고, 애써 망상을 떨쳐버리듯 하며 바로 내 맞은편에 있던 포스터 전시장으로 들어갔다. 그렇지만 거기에도 한 장의 포스터 속에서 성 조지(Saint George, 2세기 경 전사한 전설적 용사로, 영국의 수호성인으로 추앙받는 인물) 같은 기사 하나가 날개 있는 용을 찔러 죽이고 있었다. 게다가 그 기사는 투구 아래에 내 적 중 한 사람과 가까운 우악스러운 얼굴을 반쯤 드러내고 있었다. 나는 또 『한비자』 속의 '도룡屠龍의 재주'(도룡은 용을 죽인다는 뜻이며, 애써서 배운 좋은 기술이지만 그것이 시대에 아무런 쓰임새가 없다는 비유)에 관한 이야기를 생각해내고, 전시장으로 통하지 않고 폭넓은 계단으로 내려갔다.

나는 이미 밤이 된 니혼바시日本橋 거리를 걸으면서, '도룡(屠龍의 한 자로 미루어 자신의 이름 아쿠타가와 류노스케의 한자 류노스케龍之介를 연상하게 한다)'이라는 말을 계속 생각하고 있었다. 그것은 또 내가 갖고 있는 벼루에 새긴 이름과도 다르지 않았다. 이 벼루를 나에게 준 사람은 어느 젊은 사업가였다. 그는 여러 사업에 실패한 나머지, 마침내 지난해 연말에 파산을 하고 말았다. 나는 높은 하늘을 쳐다보며 무수한 별빛 속에 얼마나 이 지구가 작은 것인가 하는 것을, ── 따라서 얼마나 나 자신이 작은 것인가를 생각하려고 했다. 그러나 낮에는 청명했던 하늘도 어느 사이엔가 잔뜩 흐려 있었다. 나는 갑자기 무엇인가가 나에게 적의를 품고 있다는 것을 느껴, 전차선로 건너편에 있는 어느 카페로 피난하기로 했다.

그것은 '피난'임에 분명했다. 나는 이 카페의 장밋빛 벽에서 무언가 평화에 가까운 것을 느끼고, 가장 안쪽에 있는 테이블 앞에서 겨우 즐겁게 자리를 잡았다. 거기에는 다행히, 나 외에 두 세 명의 손님이 있을 뿐이었다. 나는 한 잔의 코코아를 마시며, 여느 때처럼 담배를 피우기 시작했다. 담배 연기는 장밋빛 벽에 희미하게 파란 연기를 올리며 번지고 있었다.

이 부드러운 색깔의 조화도 역시 나에게는 즐거웠다. 그렇지만 나는 잠시 후, 내 왼쪽 벽에 걸려 있는 나폴레옹의 초상화를 발견하고, 슬슬 또 불안을 느끼기 시작했다. 나폴레옹은 아직 학생이었을 때, 자기의 지리 노트 맨 끝에 '세인트 헬레나, 작은 섬'이라고 적고 있었다. 그것은 혹시 우리들이 말하는 것처럼 우연이었는지도 모르겠다. 그러나 나폴레옹 자신에게조차 공포를 불러일으킨 것은 확실했다.

나는 나폴레옹을 지켜본 채, 나 자신의 작품을 생각하기 시작했다. 그러자 먼저 기억에 떠오른 것은 '주유侏儒의 말' 중의 아포리즘이었다. (특히 '인생은 지옥보다도 지옥적이다'라는 말이었다. 그리고 '지옥의 변地獄之變'의 주인공, 요시히데良秀라고 하는 화가의 운명이었다.) 그리고 나는 담배를 피우면서, 이러한 회상을 피하기 위해 카페 안을 둘러보았다. 내가 이곳으로 피난한 것은 채 5분도 되지 않았다. 그러나 이 카페는 짧은 사이에 완전히 모양을 달리하고 있었다. 그 가운데서도 나를 불쾌하게 한 것은 마호가니(전단과의 열대식물로, 그 목재는 적흑색을 띠고, 견고하기 때문에 가구 등에 사용된다)처럼 꾸민 의자와 테이블로, 주위의 장밋빛 벽과 조금도 조화를 이루지 못하고 있다는 사실이었다. 나는 다시 한번 남의 눈에 보이지 않는 괴로움 속으로 빠져들어가는 것이 두려웠고, 은전 한 닢을 집어던지기가 무섭게 총총히 그 카페를 나서고자 했다.

"여보세요. 20전입니다만……."

내가 내던진 돈은 동전이었다.

나는 굴욕을 느끼면서, 혼자 거리를 거닐고 있는 동안에 갑자기 먼 솔 숲 사이에 있는 내 집이 생각났다. 그것은 어느 교외에 있는 내 양부모의 집이 아닌, 단지 나를 중심으로 한 가족을 위해 빌린 집이었다. 나는 그럭저럭 십 년 전에도 이런 집에 살고 있었다. 그러나 어떤 사정 때문에 경솔하게도 부모와 같이 살기 시작했다. 동시에 또 노예로 폭군으로 힘없는 이기주의자로 변해갔다. ……

처음의 그 호텔로 돌아간 것은 벌써 그럭저럭 열 시가 되어서였다. 줄곧 오랫동안 먼 길을 걸어온 나는 내 방으로 돌아갈 힘을 잃고, 굵은 장작에 불을 지핀 화덕 앞 의자에 가서 걸터앉았다. 그리고는 내가 계획하고 있던 장편에 대한 생각을 하기 시작했다. 그것은 스이코 천황(推古天皇, 593~628) 시대부터 메이지(明治, 1868~1912) 시대에 이르는 각 시대의 백성을 주인공으로 해서, 대략 서른 편 남짓한 단편을 시대 순으로 연결하는 장편이었다. 나는 불꽃이 튀어오르는 것을 보면서, 문득 궁정 앞에 있는 어느 동상을 생각해냈다. 이 동상은 갑옷을 입고, 마치 충의심 그 자체처럼 우뚝 말 위에 올라타 있었다. 그러나 그의 적이었던 것은 —

"거짓말!"

나는 또 먼 과거로부터 가까운 현대로 미끄러져 내려왔다. 그때 찾아온 사람은 다행히도 어느 선배 조각가였다. 그는 전과 다름없이 벨벳 양복을 입고, 턱 밑에 난 짧은 염소수염을 뒤로 젖히고 있었다. 나는 의자에서 일어나 그가 내민 손을 잡았다. (그것은 내 습관이 아니다. 파리나 베를린에서 반평생을 보낸 그의 습관을 따른 것이었다.) 그렇지만 그의 손은 이상하게도 파충류의 피부처럼 젖어 있었다.

"자네 여기 묵고 있었나?"

"예, ……."

"일 하려고?"

"예, 일도 하고 있습니다."

그는 지그시 내 얼굴을 응시했다. 나는 그의 눈 속에서 탐정에 가까운 표정을 느꼈다.

"어떻습니까? 제 방으로 얘기하러 오시는 건?"

나는 도발적으로 말을 건넸다. (이렇게 용기도 갖지 못한 주제에 대뜸 도전적 태도를 취하는 것은 나의 좋지 못한 버릇 중 하나였다.) 그러자 그는 미소를 지으며, "어디야, 자네 방은?" 하고 물었다.

우리는 친구처럼 어깨를 나란히 하고, 조용히 얘기하고 있는 외국인들 사이를 지나 내 방으로 갔다. 그는 내 방으로 오자, 거울을 등지고 걸터앉았다. 그리고는 여러 가지 것들을 이야기하기 시작했다. 여러 가지 것들? ── 그러나 대개는 여자 이야기였다. 나는 죄를 범했기 때문에 지옥으로 떨어진 한 인간임에 틀림이 없었다. 그렇지만 그런만큼 악덕 얘기는 더욱더 나를 우울하게 했다. 나는 일시적인 청교도가 되어, 그들 여자들을 조소하기 시작했다.

"S씨의 입술을 봐요. 그건 몇 명이나 되는 사람들의 키스 때문에……."

나는 갑자기 입을 다물고, 거울 속으로 그의 뒷모습을 바라보았다. 그는 바로 귀 밑에 누런 고약을 붙이고 있었다.

"몇 명이나 되는 사람들의 키스 때문에?"

"그런 사람처럼 생각됩니다만."

그는 미소를 지으며 고개를 끄덕이고 있었다. 나는 그가 내심으로는 내 비밀을 알아내기 위해 끊임없이 나를 주목하고 있다는 걸 느꼈다. 그렇지만 역시 우리 이야기는 여자 얘기에서 벗어나지 못했다. 나는 그를 미워하기보다는 내 마음이 약한 것이 부끄럽게 생각돼 점점 더 우울해지지 않을 수 없었다.

겨우 그가 돌아간 다음, 나는 침대에서 뒹굴며 『암야행로暗夜行路』를 읽기 시작했다. 주인공의 정신적 투쟁 하나하나가나에게는 통절했다. 나는 이 주인공과 비교하면 내가 얼마나 바보였는가를 깨닫고, 나도 모르게 눈물을 흘렸다. 동시에 또 눈물은 나도 모르게 내 마음속에 평화를 주고 있었다. 그렇지만 그것도 오래 가지는 않았다. 내 오른쪽 눈은 다시 한번 반투명의 톱니바퀴를 느끼기 시작했다. 톱니바퀴는 역시 돌아가면서 점점 그 수를 늘려 갔다. 나는 두통이 시작될 것을 무서워해, 베갯맡에 책을 내려놓은 채, 0.8그램의 베로날을 먹은 다음, 어쨌건 잠을 푹 자기로 했다.

그렇지만 나는 꿈속에서 어떤 풀장을 바라보고 있었다. 거기에는 또 남녀 어린이들 여럿이 헤엄치거나 자맥질하거나 했다. 나는 이 풀장을 뒤로 하고 건너편 솔숲으로 걸어갔다. 그러자 누군가 뒤에서 "아버지" 하고 내게 소리를 질렀다. 나는 잠깐 고개를 돌려 풀장 앞에 서 있는 아내를 발견했다. 동시에 또 격렬한 후회를 느꼈다.

"아버지, 타월은?"

"타월은 필요 없어. 어린아이들에게 주의를 하고 있는 거야."

나는 계속 걷기 시작했다. 그러나 내가 걸어가고 있는 것은 어느새 플랫폼으로 변해 있었다. 그것은 시골 정거장처럼 보였다. 기다란 산울타리가 있는 플랫폼이었다. 거기에는 또 H라고 하는 대학생이랑 나이 먹은 여자도 웅크리고 있었다. 그들은 내 얼굴을 보더니, 내 앞으로 걸어와서, 저마다 나에게 이야기를 걸어왔다.

"큰 불이었어요."

"나는 겨우 도망쳐 왔어요."

나는 이 나이 먹은 여자가 왠지 본 기억이 있는 것처럼 느껴졌다.

뿐만 아니라 그 여자와 이야기를 주고 받을 때마다 어떤 유쾌한 흥분을 느꼈다. 거기에 기차는 연기를 뿜으면서, 조용히 플랫폼에 멎었다. 나는 혼자 이 기차를 타고, 양쪽에 흰 천을 드리운 침대 사이를 걸어갔다. 그러자 어느 침대 위에 미라에 가까운 나체 여자 한 사람이 이쪽을 향해서 누워 있었다. 그것은 또 나의 복수의 신 —— 어느 미친 사람의 딸임에 틀림없었다.

나는 눈을 뜨자마자 엉겁결에 침대에서 뛰어내리고 있었다. 내 방은 여전히 전등빛으로 밝았다. 그러나 어디선가 날갯소리와 쥐가 바스락거리는 소리도 들리고 있었다. 나는 문을 열고 복도로 나가, 아까 그 화덕 앞으로 서둘러 갔다. 그리고는 의자에 걸터앉은 채, 꺼지고 있는 불길을 바라보기 시작했다. 거기에 흰 옷을 입은 사환 하나가 장작을 더 넣으려고 가까이 다가왔다.

"몇 시?"

"세 시 반쯤입니다."

그러나 건너편 로비 구석에는 미국 사람으로 보이는 여자 한 명이 무언가 책을 계속 읽고 있었다. 그 여자가 입고 있는 것은 멀리서 봐도 초록색 드레스임에 틀림없었다. 나는 왠지 구원을 받은 것 같은 느낌이 들어, 묵묵히 날이 밝기를 기다리기로 했다. 여러 해 동안 병고에 시달린 나머지 조용히 죽음을 기다리고 있는 노인처럼…….

4. 아직?

나는 이 호텔 방에서 겨우 앞에서 말한 단편을 끝내고 나서 어느 잡지사에 보내기로 했다. 내 원고료는 고작 일주일 간의 체재비에도 모자란 것이었다. 그래도 나는 내 일을 마무리했다는 사실에 만족하고, 뭔가 정신적 강장제를 구하기 위해 긴자의 어느 서점으로 나가 보기로 했다.

겨울 햇볕을 받은 아스팔트 위에는 적지 않은 휴지 조각들이 나뒹굴고 있었다. 이들 휴지 조각들은 빛 때문인지 어느 것이나 장미꽃을 속 빼닮았다. 나는 어떤 호의를 느꼈고, 그 서점으로 들어갔다. 거기도 역시 평소 때보다 깔끔했다. 단지 안경을 낀 한 소녀가 뭔가 점원과 이야기하고 있었던 것이 나에게는 다소 신경이 쓰였다. 그렇지만 나는 거리에 떨어진 휴지 장미꽃을 생각하고, 『아나톨 프랑스의 대화집』과 『메리메 서간집』을 사기로 했다.

나는 책 두 권을 안고 어느 카페로 들어갔다. 그리고는 가장 안쪽 테이블 앞에서 커피가 나오기를 기다리기로 했다. 내 맞은편에는 모자로 보이는 남녀가 두 사람 앉아 있었다. 그 아들은 나보다도 젊었지만, 나와 거의 비슷한 용모를 하고 있었다. 뿐만 아니라 그들은 연인들같이 얼굴을 바싹 붙이고 서로 얘기를 나누고 있었다. 나는 그들을 보고 있는 동안에, 적어도 아들은 성적性的으로도 어머니에게 위안을 안겨주고 있다는 것을 의식하고 있다는 것을 눈치채기 시작했다. 그것은 내 기억에도 있는 친화력의 한 사례임에 틀림없었다. 동시에 또 현세를 지옥으로 만드는 어떤 의지의 일례임에도 틀림이 없었다. 그러나 —— 나는 또 고통 속으로 빠져드는 것이 두려워, 때마침 커피가 온 것을 다행으로 생각하며 『메리메 서간집』을 읽기 시작했다. 메리메는 이 서간집에서도 그의 소설에 있는 것처럼 날카로운 아포리즘을 번뜩이고 있었다. 이들의 아포리즘은 내 마음을 어느 사인엔가 쇠붙이처럼 견고한 것으로 만들었다. (이렇게 영향을 받기 쉬운 것도 내 약점의 하나였다.) 나는 커피 한 잔을 다 마신 후 '뭐든지 와라' 하는 기분이 되어 서둘러 이 카페를 뒤로 하고 밖으로 나왔다.

나는 거리를 걸으면서 여러 가지로 장식된 창문을 들여다보며 갔다. 어느 액자집의 진열창은 베토벤의 초상화를 걸어 놓고 있었다. 그것은 머리카락을 곤두세운 천재 그 자체의 모습 같은 초상화였다. 나는 이 베토벤을 해학적으로 느끼지 않을 수 없었다. ……

그러는 동안에 우연히 만난 사람은 고등학교 시절 이후 오랜만에 만난 옛 친구였다. 이 응용화학과 대학교수는 큼직한 서류 가방을 옆에 끼고, 한쪽 눈만 시뻘겋게 피를 흘리고 있었다.

"어떻게 된 거야? 자네 눈은?"

"이거 말이야? 이거 단순한 결막염이야."

나는 문득 14, 5년 이후 언제나 친화력을 느낄 때마다 내 눈도 그의 눈처럼 결막염을 일으키던 일을 생각해냈다. 그렇지만 아무 말도 꺼내지 않았다. 그는 내 어깨를 두드리며, 우리 친구에 대한 이야기를 시작했다. 그리고는 이야기를 계속하며 어느 카페로 나를 데리고 갔다.

"오래간만이야. 슈순스이(朱舜水, 1600~1682, 중국 명나라의 유학자로 일본에 귀화한 인물) 기념비 제막식 이후 처음이지?"

그는 담배에 불을 붙인 후, 대리석 테이블 너머로 이렇게 말을 걸었다.

"그래, 그 슈순스이……."

나는 왠지 슈순스이라는 말을 정확하게 발음할 수 없었다. 그것은 일본어였던 만큼 조금 나를 불안하게 했다. 그러나 나는 마구 여러 가지 일들을 이야기해갔다. K라는 소설가의 일을, 그가 산 불독 얘기를, 류이사이트라는 독가스 얘기를…….

"자네는 전혀 작품을 안 쓰는 것 같아.『점귀부點鬼簿』라는 건 읽었지만, …… 그건 자네의 자서전이지?"

"응, 내 자서전이야."

"그건 좀 병적이었어. 요즘 몸은 괜찮아?"

"여전히 약만 먹고 있는 형편이야."

"나도 요즘은 불면증이야."

"나도? …… 자네는 왜 '나도'라고 하는 거야?"

"자네도 불면증이라고 말하질 않았나? 불면증은 위험해……."

그는 왼쪽만 충혈된 눈에 미소에 가까운 기운을 띠고 있었다. 나는 대답을 하기 전에 불면증의 '증' 발음을 정확하게 할 수 없음을 느끼기 시작했다.

"정신병자의 아들에겐 당연한 거야."

나는 10분도 지나기 전에 혼자서 다시 거리를 걸어갔다. 아스팔트 위에 떨어진 휴지들은 때때로 우리들 인간의 얼굴처럼 보이기도 했다. 그러자 맞은편에서 단발머리 여자 한 사람이 지나갔다. 멀리서 본 그녀는 아름다웠지만, 눈앞에서 보니 잔주름이 있는 데다가 추한 얼굴을 하고 있었다. 뿐만 아니라 임신을 한 것 같았다. 나는 엉겁결에 얼굴을 돌리고 넓은 옆 골목으로 돌아갔다. 그러나 잠시 걷고 있는 사이에 치질의 아픔이 느껴지기 시작했다. 그것은 나로서는 좌욕 외에는 고칠 방도가 없는 아픔이었다.

'좌욕, ─ 베토벤도 역시 좌욕을 했었다.……'

좌욕에 쓰는 유황 냄새는 금세 내 코를 공격했다. 하지만 물론 거리에는 어디에도 유황은 보이지 않았다. 나는 한 번 더 휴지 장미꽃을 생각하면서 애써 씩씩하게 걸어갔다.

한 시간쯤 지난 후에 나는 내 방에 틀어박힌 채, 창문 앞 책상과 마주 앉아 새로운 소설을 쓰기 시작했다. 펜은 내게도 이상스러울 만큼 술술 원고지 위를 달려갔다. 그러나 그것도 두세 시간 뒤에는 누군가 내 눈에 보이지 않는 무엇에 의해 짓눌러버린 듯 정지되고 말았다. 나는 어쩔 수 없이 책상 앞을 벗어나 여기저기 방 안을 걸어다녔다. 내 과대망상은 이런 때에 가장 현저했다. 나는 원초적인 환희

속에서, 나에게는 부모도 없고 처자도 없는, 단지 내 펜으로부터 흘러나온 목숨만 있다고 하는 기분으로 바뀌고 있었다.

그렇지만 나는 4, 5분 후, 전화기로 향하지 않으면 안 되었다. 전화는 몇 번 대답을 해도, 그저 무슨 소리인지 알 수 없는 애매한 말을 되풀이하며 들릴 뿐이었다. 그렇지만 그것은 아무튼 '몰'이라고 들리는 것이 분명했다. 나는 마침내 전화기에서 벗어나 다시 한 번 방 안을 걸어다녔다. 그러나 '몰'이라고 하는 말만은 이상하게도 신경이 쓰였다.

"몰, Mole……."

몰은 두더지라는 영어였다. 이 연상도 나에게는 유쾌하지 않았다. 그렇지만 나는 2, 3초 후, Mole을 la mort로 고쳐서 썼다. 라 모르 ── 죽음이라는 뜻의 이 불어는 금세 나를 불안하게 했다. 죽음은 자형에게 덤벼들었던 것처럼 나에게도 덤벼들고 있는 것 같았다. 그렇지만 나는 불안한 가운데서도 무언가 이상함을 느끼고 있었다. 뿐만 아니라 어쩐지 미소 짓게 하고 있었다. 이 이상함은 무엇 때문에 일어날까? ── 그것은 나 자신도 알 수 없었다. 나는 오래간만에 거울 앞에 서서 곧바로 내 그림자와 마주했다. 내 그림자도 역시 미소 짓고 있었다. 나는 이 그림자를 바라보고 있는 동안에 제2의 나를 생각했다. 제2의 나 ── 독일인이 말하는 소위 도플갱어(Doppelgaenger, '이중으로 돌아다니는 사람'이라는 뜻으로, 자신과 똑같은 모습의 분신 혹은 환영을 일컫는다. 오늘날에는 정신적으로 큰 충격을 받거나 자신을 제대로 제어하지 못할 경우에 생기는 일종의 정신질환으로 보고 있다)는 다행히도 나 자신에게 보인 적은 없었다. 그러나 미국의 영화배우가 된 K군의 부인은 제2의 나를 제국극장(帝國劇場, 천황이 사는 황거 앞 거리에 있는 1911년 건립된 일본 최초의 서양식 극장) 복도에서 보았었다. (나는 돌연 K군의 부인으로부터 '지난번에는 그만 인사도 못하고 말았어요' 하는 말을 듣고 당황했던 걸 기억하고 있다.) 그리고는 이미 고인이 된 어느 외다리 번역가도 역시 긴자의 어느 담배가게에서 제2의 나를 보았었다. 죽음은 혹시 나보다도 제2의 나에게 오는 것인지도 몰랐다. 만약 또 나에게 온다고 하더라도 ── 나는 거울에 등을 대고, 창문 앞 책상으로 되돌아갔다.

응회암으로 짠 사각형 창문은 마른 잔디와 연못을 바라보게 만들어져 있었다. 나는 이 정원을 바라보면서, 먼 솔숲 가운데에 태워버린 몇 권의 노트와 미완성의 희곡을 생각했다. 그리고는 펜을 들어 다시 한 번 새로운 소설을 쓰기 시작했다.

5. 붉은빛

햇볕은 나를 괴롭히기 시작했다. 나는 사실 두더지처럼 창문 앞에 커튼을 치고, 대낮에도 전등을 켜 놓은 채 열심히 앞에 말한 그 소설을 계속해갔다. 그리고는 일에 피로해지면, 텐의 『영국문학사』를 펼쳐 놓고 시인들의 생애를 훑어보았다. 그들은 모두가 불행했다. 엘리자베스 시대의 거인들조차 ── 당대의 학자였던 벤 존슨조차도 그의 엄지발가락 위에서 로마와 카르세지 군대의 전투가 시작되는 것을 바라보았을 만큼 신경적 피로에 빠져 있었다. 나는 이러한 그들의 불행에 잔혹한 악의에 가득 찬 환희를 느끼지 않을 수 없었다.

동풍이 강하게 불던 어느 날 밤, (그것은 나에게는 좋은 징조였다.) 나는 지하실을 빠져나와 어느 노인을 찾아가기로 했었다. 그는 어느 성서 회사의 지붕 밑에서 독신으로 사환 일을 하면서, 기도와 독서에 정진하고 있었다. 우리들은 화로에 손을 얹고서, 벽에 걸린 십자가 아래서 여러 가지 일들을 이야기했다. 왜 내 어머니는 발광했을까? 왜 내 아버지의 사업은 실패했을까? 왜 나는 또 벌을 받아야 했을까? ── 그러한 일들의 비밀을 알고 있는 그는 묘하게 엄숙한 미소를 띠며, 언제까지고 상대해주었다. 뿐만 아니라 틈틈이 짤막한 말로 인생의 캐리커처를 그려 보이기도 했다. 나는 이 지붕 밑의 은자를 존중하지 않을 수 없었다. 그런데 그와 이야기를 주고 받는 사이에 그도 역시 친화력 때문에 마음이 움직이고 있다는 것을 발견했다.

"그 정원사의 딸이라는 애는 얼굴도 예쁘고 마음씨도 좋고 ── 그 애가 나에게는 다정하게 해줍니다."

"몇 살이죠?"

"올해 열여덟입니다."

그것은 그에게는 아버지와 같은 사랑인지도 몰랐다. 그러나 나는 그의 눈 속에서 정열을 느끼지 않을 수 없었다. 뿐만 아니라 그가 권

하는 사과가 어느 틈엔가 누르스름한 껍질 위에, 외뿔 짐승 모습을 나타내고 있었다. (나는 나뭇결이나 커피 잔의 틈 속에서 이따금 신화적 동물을 발견하고 있었다.) 외뿔 짐승은 기린임에 틀림없었다. 나는 어떤 적의를 품은 비평가인 나를, '1910년대의 기린아'라고 불렀던 것을 기억하고, 이 십자가가 걸린 지붕 밑도 안전지대가 아니라는 것을 느꼈다.

"어떻습니까, 요즘은?"

"여전히 신경만 초조합니다."

"그건, 약으로는 안됩니다. 신자가 될 생각은 없으십니까?"

"만약 나 같은 사람도 그렇게 될 수만 있다면……."

"조금도 어려운 일이 아닙니다. 오직 하나님을 믿고, 하나님의 아들인 그리스도를 믿고, 그리스도가 행한 기적을 믿기만 한다면……."

"악마를 믿을 수는 있습니다만……."

"그럼 왜 하나님을 믿지 않습니까? 만약 그림자를 믿는다면, 빛도 믿지 않을 수 없겠지요?"

"그러나 빛 없는 어둠도 있지요?"

"빛 없는 어둠이란?"

나는 침묵할 수밖에 없었다. 그도 역시 나처럼 어둠 속을 걷고 있었다. 그렇지만 어둠이 있는 이상은 빛도 있다고 믿고 있었다. 우리들의 논리가 다른 것은 단지 이러한 한 가지뿐이었다. 그러나 그것은 적어도 나에게는 건너갈 수 없는 강임에 틀림이 없었다. ……

"그렇지만 빛은 반드시 있습니다. 그 증거로는 기적이 있으니까요. …… 기적이라는 것은 지금도 때때로 일어나고 있습니다."

"그럼 악마가 행하는 기적은……."

"왜 또 악마 같은 걸 얘기합니까?"

나는 지난 한두 해 동안 내 자신이 경험한 일을 그에게 말하고 싶은 유혹을 느꼈다. 그렇지만 그가 그 이야기를 아내와 아이들에게 전해서, 나 또한 어머니처럼 정신병원으로 들어가는 걸 두려워하지 않을 수 없었다.

"저기 있는 것은?"

이 씩씩한 노인은 낡은 책꽂이를 돌아보며, 뭔가 하나님 같은 표정을 보였다.

"도스토옙스키 전집입니다. 『죄와 벌』은 읽으셨습니까?"

나는 물론 10년 전에도 네댓 권의 도스토옙스키에 친숙해 있었다. 그렇지만 우연히(?) 그가 말한 『죄와 벌』이라는 말에 감동해서, 이 책을 빌린 다음, 전의 그 호텔로 돌아가기로 했다. 전등불에 빛났던 사람의 왕래가 많았던 거리는 역시 나에게는 불쾌했다. 특히 아는 사람을 만나는 건 도저히 견디기 어려운 일임에 분명했다. 나는 애써 어두운 거리를 골라서 도둑처럼 걸어갔다.

그러나 잠시 후, 나는 어쩐지 위가 아픈 것을 느끼기 시작했다. 이 통증을 멈추게 하는 데는, 한 잔의 위스키가 있을 뿐이었다. 나는 어느 바를 발견하고 문을 열고 들어가려고 했다. 그렇지만 좁은 바 안은 담배 연기로 자욱했고, 그 속에 예술가 비슷한 청년들 몇 명이 모여 술을 마시고 있었다. 뿐만 아니라 그들 중에는 귀밑까지 머리를 덮어 감춘 최신 스타일의 한 여자가 열심히 만돌린을 켜고 있었다. 나는 그만 당혹감을 느껴, 문 안으로 들어가지 않고 발길을 돌렸다. 그러자 갑자기 내 그림자가 좌우로 흔들리고 있는 것을 발견했다.

게다가 나를 비추고 있는 것은 기분 나쁘게도 붉은빛이었다. 나는 길에 멈춰 서버렸다. 그렇지만 내 그림자는 아까처럼 끊임없이 좌우로 움직이고 있었다. 나는 조심조심 겁에 질려 뒤를 돌아다보며, 겨우 이 바의 처마 밑에 달린 색유리 랜턴을 발견했다. 랜턴은 격렬한 바람 때문에 서서히 공중에서 흔들거리고 있었다. ……

내가 다음으로 들어간 곳은 어느 지하 레스토랑이었다. 나는 그곳 바 앞에 서서 위스키를 한 잔 주문했다.

"위스키? '블랙 앤드 화이트'밖에 없습니다만……."

나는 소다수에 위스키를 타서 묵묵히 한 모금씩 마시기 시작했다. 내 옆에는 신문기자인 듯한 서른 전후의 남자 둘이서 무언가 낮은 소리로 얘기하고 있었다. 뿐만 아니라 프랑스 말을 쓰고 있었다. 나는 그들과 등을 진 채, 온몸에 그들의 시선을 느꼈다. 그것은 실제로 전파처럼 내 몸에 전해져 왔다. 그들은 확실히 내 이름을 알고, 내 소문을 얘기하고 있는 것 같았다.

"Bien……tres mauvais……pourquoi?……."

"Pourquoi?……le diable est mort?……."

"Oui oui……d'enfer……."

나는 은전 한 닢을 집어던지고(그것은 내가 갖고 있던 마지막 한 닢의 은전이었다.) 이 지하실 밖으로 도망가기로 했다. 밤바람이 불어대는 거리는 약간 위통이 덜해진 내 정신을 튼튼하게 해주었다. 나는 라스콜리니코프를 생각하고, 무슨 일이든지 참회하고 싶은 욕망을 느꼈다. 그렇지만 그것은 나 자신 이외에도 아니, 내 가족 이외에도 비극을 낳게 하는 것임에 틀림이 없었다. 뿐만 아니라 이 욕망조차 진실인지 아닌지를 의심하게 했다. 만약 내 신경조차 보통 사람처럼 튼튼해진다면, —— 그렇지만 나는 그러기 위해서는 어딘가로 가지 않으면 안 되었다. 마드리드로, 리오로, 사마르칸트로…….

그러는 동안에 어느 상점 처마에 매달린 하얀색 소형 간판이 갑자기 나를 불안하게 했다. 그것은 자동차 타이어에 날개가 있는 상표를 그린 것이었다. 나는 이 상표를 보고 인공 날개에 의지했던 고대 그리스인을 생각했다. 그는 공중으로 날아 올라간 끝에 태양열을 받아 날개를 불태우고, 마침내 바다 가운데 빠져 죽었던 것이다. 마드리드로, 리오로, 사마르칸트로……. 나는 이런 내 꿈을 비웃지 않을 수 없었다. 동시에 또 복수의 신에게 쫓겼던 오레스테스를 생각하지 않을 수가 없었다.

나는 운하를 따라 어두운 거리를 걸어갔다. 그러는 동안 어느 교외에 있는 양부모의 집을 생각했다. 양부모는 물론 내가 돌아오기를 기다리며 살았을 것임에 틀림없었다. 아마 내 자식들도……. 그러나 내가 그곳으로 돌아가면, 스스로 나를 속박해버리고 마는 어떤 힘을 두려워하지 않을 수 없었다. 파도치는 운하의 물결 위에는 일본식 화물선 한 척이 정박하고 있었다. 그 화물선은 배 바닥에서 희미한 광선을 뿜어내고 있었다. 거기에서도 몇 명의 남녀 가족이 생활하고 있음에 틀림없었다. 역시 서로 사랑하기 때문에 미워하면서……. 나는 다시 한번 전투적인 정신을 불러일으켜 위스키의 취기를 느낀 채로 호텔로 돌아가기로 했다.

나는 다시 책상에 앉아 『메리메 서간집』을 계속 읽었다. 그것은 또 어느 사이엔가 나에게 생활력을 주고 있었다. 그러나 나는 만년의 메리메가 신교도가 되어 있다는 것을 알고, 별안간 가면의 그늘에 있는 메리메의 얼굴을 느끼기 시작했다. 그 또한 마찬가지로 우리들처럼 어둠 속을 걷고 있는 사람 중 하나였다. 어둠 속을? ── 『암야행로』는 이러한 나에게는 무서운 책으로 변하기 시작했다. 나는 우울함을 잊기 위해서 『아나톨 프랑스의 대화집』을 읽기 시작했다. 그렇지만 이 근대의 하나님도 역시 십자가를 지고 있었다. ……

한 시간쯤 지난 뒤, 사환은 나에게 한 다발이나 되는 우편물을 건네려고 얼굴을 내밀었다. 그들 중 하나는 라이프찌히의 서점에서 나에게 '근대 일본 여자'라고 하는 소논문을 써 달라는 요청이었다. 왜 그들은 특별히 나에게 이런 소논문을 써달라고 하는 것일까? 뿐만 아니라 이 영문 편지는 "우리들은 마치 일본 그림처럼 검은색과 흰

색 외에 색채가 없는 여자의 초상화로도 만족한다"고 하는 친필 추신을 덧붙이고 있었다. 나는 이 한 줄에서 '블랙 앤 화이트'라는 위스키 이름을 생각하고, 이 편지를 갈기갈기 찢어버렸다. 그리고는 이번에는 손 닿는 대로 한 통의 편지를 뜯어 노란 편지지를 훑어보았다. 이 편지를 쓴 사람은 내가 모르는 청년이었다. 그러나 두세 줄도 채 읽기 전에 "당신의 『지옥의 변』은……"이라는 말은 나를 초조하게 하지 않을 수 없었다. 세 번째로 봉투를 뜯은 편지는 내 조카에게서 온 것이었다. 나는 겨우 한숨을 돌리고 집안일들을 읽어갔다. 그렇지만 그것조차도 마지막에 가서는 갑자기 나를 후려쳤다.

"가집歌集 『붉은빛』의 재판을 보내니……."

붉은빛! 나는 어떤 냉소를 느끼며, 내 방 밖으로 피난 가기로 했다. 복도에는 아무런 인기척도 없었다. 나는 한 손으로 벽을 짚으며 겨우 로비로 걸어갔다. 그리고는 의자에 걸터앉아, 어쨌거나 담배에 불을 붙이기로 했다. 담배는 웬일인지 〈에어십〉이었다. (나는 이 호텔에 정착하고 나서, 언제나 〈스타〉만 피우기로 했었다.) 인공 날개는 다시 한 번 내 눈앞에 떠올랐다. 나는 건너편에 있는 사환을 불러서 〈스타〉 두 갑을 받기로 했다. 그러나 사환의 말을 믿는다면 〈스타〉만 공교롭게 품절이었다.

"〈에어십〉이라면 있습니다만……."

나는 고개를 옆으로 저으며 넓은 로비를 둘러보았다. 내 맞은편에는 외국인 네댓 명이 테이블에 둘러앉아서 얘기를 하고 있었다. 게

다가 그들 중 한 사람, 빨간 원피스를 입은 여자는 낮은 목소리로 그들과 이야기하면서 때때로 나를 보는 것 같았다.

"Mrs. Tounshead……."

무언지 내 눈에 보이지 않는 것이 이렇게 나에게 속삭이고 지나갔다. 미시즈 타운즈헤드라는 이름은 물론 나는 모르는 사람이었다. 아무리 맞은편에 있는 여자의 이름이라고 해도……. 나는 또 의자에서 일어나 발광할 것을 두려워하면서 내 방으로 돌아가기로 했다.

나는 내 방으로 들어오자, 곧장 어느 정신병원에 전화를 걸 작정이었다. 그러나 거기에 들어가는 것은 내게는 죽는 것과 다름이 없었다. 나는 어지간히 주저한 다음, 이 공포를 잊어버리기 위해『죄와 벌』을 읽기 시작했다. 그러나 우연히 펼친 페이지는『카라마조프가의 형제들』의 한 구절이었다. 나는 책을 잘못 잡았는가 싶어 책 표지로 눈을 돌렸다.『죄와 벌』── 책은『죄와 벌』이 분명했다. 나는 이 제본소가 잘못 제본을 하고, 또 그 잘못 제본한 페이지를 펼친 일에 운명의 손가락이 움직이고 있다는 것을 느끼고 어쩔 수 없이 그 부분을 읽어갔다. 그렇지만 단 한 페이지도 읽기 전에 온몸이 떨리는 것을 느끼기 시작했다. 그것은 악마에게 고통 받는 이반을 묘사한 대목이었다. 이반을, 스트린드베리를, 모파상을, 혹은 이 방 안에 있는 나 자신을…….

이런 나를 구원할 것은 오로지 잠뿐이었다. 그러나 수면제는 어느 사이엔가 한 알도 남지 않고 없어져버렸다. 나는 잠들지 않고는 계속되는 고통을 도저히 견딜 수 없었다. 그러나 절망적인 용기를 내 커피를 가져오게 한 다음, 죽을 듯한 광기로 펜을 움직이기로 했다. 두 장, 다섯 장, 일곱 장 ─ 원고는 잠깐 사이에 쌓여 갔다. 나는 이 소설의 세계를 초자연의 동물로 채우고 있었다. 뿐만 아니라 그 동물 중 한 마리에 나의 초상화를 그리고 있었다. 그렇지만 피로는 서서히 내 머리를 흐려 놓기 시작했다. 나는 마침내 책상 앞을 벗어나 침대 위에 벌렁 누웠다. 그리고는 4, 50 분간은 잠들었던 것 같다. 그러나 또 누군가 내 귀에다 대고 이런 말을 속삭이는 것을 느껴, 얼른 눈을 뜨고 일어났다.

"Le diable est mort."

응회암으로 만든 창문 밖은 어느새 싸늘하게 밝아오고 있었다. 나는 바로 문 앞에 멈춰 서서 아무도 없는 방 안을 둘러보았다. 그러자 건너편 유리창은 얼룩으로 흐려진 데다가 작은 풍경을 드러내고 있었다. 그것은 누렇게 된 솔숲 저편에 바다가 있는 풍경임에 틀림이 없었다. 나는 조심조심 창 앞으로 가까이 다가가서, 이 풍경을 만들고 있는 것은 사실은 정원의 마른 잔디와 연못이란 사실을 발견했다. 그렇지만 내 착각은 어느 사이엔가 내 집에 대한 향수에 가까운 것을 불러일으키고 있었다.

나는 아홉 시가 되는 대로 어느 잡지사에 전화를 걸어 어떻게든 돈을 마련한 다음, 내 집으로 돌아갈 결심을 했다. 책상에 놓아둔 가방 속에 책이며 원고들을 챙겨 넣으면서.

6. 비행기

　나는 도카이도센의 어느 정거장에서 그 안쪽의 어느 피서지로 자동차를 달렸다. 운전수는 왠지 이 추위에 낡은 레인코트를 걸치고 있었다. 나는 이 뜻밖의 일치를 심상치 않게 생각해, 애써 그를 보지 않으려고 창밖으로 눈길을 돌리기로 했다. 그러자 나지막한 소나무가 자라고 있는 건너편에 —— 아마 오래된 길에 한 상여 행렬이 지나가는 것을 보았다. 흰 창호지를 두른 제등과 용을 그린 등잔은 그 속에 없는 것 같았다. 그렇지만 금빛 은빛으로 만든 연꽃 조화는 조용히 상여의 앞뒤로 흔들리며 갔다. ……

　겨우 내 집으로 돌아온 후, 나는 아내와 아이와 함께 수면제의 힘으로 2, 3일 동안은 꽤 편안하게 보냈다. 내 2층은 솔숲 위로 희미하게 바다를 바라볼 수 있었다. 나는 이 2층 책상에 마주 앉아 비둘기 소리를 들으면서, 오전에만 일을 하기로 했다. 새는 비둘기와 까마귀 외에 참새도 툇마루 주위로 날아들곤 했다. '희작(喜鵲, 까치를 말함)이 집으로 들어간다' —— 나는 펜을 잡은 채, 그럴 때마다 이 말을 생각했다.

　어느 뜨뜻미지근한 구름이 낀 오후, 나는 어느 잡화점으로 잉크를 사러 나갔다. 그랬더니 그 상점에 진열되어 있는 것은 세피아 색 잉크뿐이었다. 세피아 색 잉크는 그 어느 잉크보다 늘 나를 불쾌하게 했다. 나는 어쩔 수 없이 그 상점을 나와, 인적이 드문 거리를 혼자서 한가로이 걸어갔다. 거기 맞은편에서 근시안으로 보이는 마흔 전후의 외국인 한 사람이 어깨를 으쓱거리며 지나갔다. 그는 여기에 살고 있는 피해망상증에 걸린 스웨덴 사람이었다. 더구나 그의 이름은 스트린드베리였다. 나는 그와 스쳐 지나치려 할 때, 육체적으로 무언가 강하고 싫은 기운이 덮치는 느낌을 받았다.

　이 거리는 불과 2, 3백 미터 정도이다. 그렇지만 그 2, 3백 미터 정도를 지나가는 동안에 꼭 절반만 색이 검은 개가 네 번이나 내 곁을 지나갔다. 나는 옆 골목으로 돌아가면서, 블랙 앤 화이트 위스키를 생각했다. 뿐만 아니라 방금 그 스트린드베리의 넥타이도 흑과 백이었음을 생각했다. 그것은 내게는 아무래도 우연이라고는 생각되지 않았다. 만약 우연이 아니라고 한다면, 나는 머리만이 걸어가는 것처럼 느껴져 잠시 길 위에 멈춰 서 있었다. 길가에는 철사로 된 울타리 속에 희미한 무지갯빛을 띤 유리 화분이 하나 버려져 있었다. 이 화분은 바닥 둘레에 날개 비슷한 모양의 무늬가 올려져 있었다. 거기에 소나무 우듬지에서 참새가 몇 마리나 춤추며 날아왔다. 그렇지만 이 화분 가까이에 오자, 어느 참새나 서로 얘기라도 한 것처럼 모두 한꺼번에 공중으로 도망쳐 올라갔다. ······

　나는 아내의 친정으로 가서, 마당 앞 등나무의자에 걸터앉았다. 마당 한쪽 구석 철망 속에는 흰색 레그혼 종류의 닭이 몇 마리나 조용히 걷고 있었다. 그리고 또 내 발부리에는 검은 개도 한 마리 누워 있었다. 나는 아무도 알 수 없는 의문을 풀어보려고 마음을 조아리면서, 어쨌든 겉모양만큼은 냉정하게 장모와 처제들과 세상 돌아가는 이야기들을 했다.

"조용하군요. 여기 오면."

"그거야 아직 도쿄보다는."

"여기서 이제 시끄러운 일이 있겠습니까?"

"그렇지만 여기도 세상이니까."

장모는 이렇게 말하며 웃고 있었다. 실제로 이 피서지도 역시 '이 세상'임에는 틀림이 없었다. 나는 겨우 1년 정도 사이에, 여기서도 얼마만큼 죄악과 비극이 벌어졌던가를 익히 알고 있었다. 환자를 서서히 독살시키려고 했던 의사, 양자 부부의 집에다 불을 지른 노파, 여동생의 재산을 빼앗으려 했던 변호사, ——그런 사람들의 집을 보는 일이란 나에게는 언제나, 인생 속 지옥을 보는 것과 다름없었다.

"이 거리에는 정신병자가 한 사람 있어요."

"H라는 애 말이죠. 그 애는 정신이상이 아니에요. 바보가 돼버린 거죠."

"조발성早發性 치매라든가 하는 거에 걸린 녀석이지요. 나는 그 녀석을 볼 때마다 기분이 나빠서 견딜 수가 없어요. 그 녀석은 일전에도 무슨 생각인지 마두관세음馬頭觀世音 앞에서 절을 하고 있었어요."

"기분이 언짢으시다니, ……좀 더 강해지지 않으면 안 돼요."

"형님은, 우리들보다도 심장이 강하지만……."

수염이 자라도 깎지 않는 처남도 침대 위에 일어나 앉은 채로, 평소처럼 조심스럽게 우리들 이야기에 참견을 했다.

"강한 가운데 약한 면도 있으니까……."

"저런저런, 그건 곤란하지요."

나는 이렇게 말하는 장모를 보고, 쓴웃음을 짓지 않을 수 없었다. 그러자 처남도 미소를 지으면서, 멀리 담장 밖의 솔숲을 바라보고, 뭔가에 심취된 듯 이야기를 계속했다. (병을 앓고 난 이 젊은 동생은 나에게는 때때로 육체를 벗어난 정신 바로 그 자체처럼 보이는 것이었다.)

"이상스럽게도 초탈한 면을 보이는가 하면, 인간적 욕망도 대단히 열렬하고……."

"선인인가 하면, 악인이기도 하고 말이지?"

"아니야, 선악이라고 하기보다도, 뭔가 아주 상반된 것이……."

"그럼, 어른 속에 어린아이도 있겠네?"

"그렇지도 않아요. 나는 또렷하게 말할 수가 없지만, ……전기의 양극을 닮았다고나 할까. 아무튼 상반된 것을 같이 갖고 있어요."

여기서 우리들을 놀라게 한 것은 격렬한 비행기 소리였다. 나는 엉겁결에 하늘을 쳐다보고 소나무 우듬지에 스칠 듯이 날아 올라가는 비행기를 발견했다. 그것은 날개를 노란빛으로 칠한, 보기 드문 한쪽 날개 비행기였다. 닭이나 개는 이 소리에 놀라서 제각각 사방팔방으로 도망갔다. 특히 개는 짖어대면서 꼬리를 말고서 툇마루 밑으로 들어가버렸다.

"저 비행기는 떨어지지 않을까?"

"괜찮아. ……형님은 비행기 병이라는 병을 알고 있어요?"

나는 담배에 불을 붙이면서, '아니'라고 하는 대신 고개를 저었다.

"저런 비행기에 타고 있는 사람은 높은 하늘의 공기만 마시고 있기 때문에, 점점 이 지면상의 공기에 견딜 수 없게 되어버린다고요……."

장모의 집을 뒤로 한 다음, 나는 나뭇가지 하나도 움직이지 않는 솔숲 사이를 걸으면서, 초조해지고 우울해지기 시작했다. 왜 저 비행기는 다른 곳으로 가지 않고 내 머리 위를 지나간 것일까? 어째서 또 저 호텔은 담배를 〈에어십〉만 팔고 있었을까? 나는 여러 가지 의문에 괴로워하며, 인기척 없는 길을 골라 가며 걸었다.

바다는 낮은 모래산 맞은편 가득히 잿빛으로 흐려져 있었다. 또 그 모래산에도 그네 없는 그네틀을 하나가 우뚝 솟아 있었다. 나는 이 그네틀을 바라보며, 갑자기 교수대를 생각했다. 실제로 또 그네틀 위에는 까마귀가 두세 마리 앉아 있었다. 까마귀는 모두 나를 보고도 날아갈 기색조차 보이지 않았다. 뿐만 아니라 맨가운데 앉아 있던 까마귀는 커다란 주둥이를 허공으로 든 채로 확실히 네 번을 울었다.

나는 마른 잔디가 덮인 모래 둑을 따라, 별장이 많은 작은 길을 돌아가기로 했다. 이 좁은 길 우측에는 역시 키 큰 소나무 사이에 2층으로 된 서양식 목조 건물 한 채가 하얗게 서 있었다. (내 친구는 이 집을 '봄이 있는 집'이라 부르고 있었다.) 그렇지만 이 집 앞을 지나가자, 거기에는 콘크리트로 된 토대 위에 욕조가 하나 있을 뿐이었다. 화재 —— 나는 곧장 이렇게 생각하고, 그쪽을 보지 않도록 하며 걸어갔다. 그러자 자동차를 탄 남자 한 명이 곧장 맞은편에서 가까이 다가오기 시작했다. 그는 챙 달린 세피아 색 납작한 모자를 쓰고 묘하게 지그시 눈을 내리뜬 채, 핸들 위에 몸을 엎드리고 있었다. 나는 문득 그의 얼굴에서 자형의 얼굴을 느껴, 그가 내 눈앞에 오기 전에 옆의 작은 골목으로 들어가기로 했다. 그러나 이 작은 길 한복판에도 썩은 두더지의 시체가 배를 위로 하고 구르고 있었다.

무엇인가가 나를 노리고 있다는 것은 한 발자국 뗄 때마다 나를 불안하게 하기 시작했다. 거기에 반투명의 톱니바퀴도 한 개씩 내 시야를 가로막기 시작했다. 나는 마침내 마지막 시간이 다가오고 있음을 두려워하면서, 목을 곧게 바로 세우고 걸어갔다. 톱니바퀴는 그 수가 늘어남에 따라, 점점 급히 돌아가기 시작했다. 동시에 또 오른쪽 솔숲은 몰래 가지들을 엇갈리게 한 채, 마치 가느다란 유리를 통해서 보는 것처럼 보이기 시작했다. 나는 심장이 두근거려오는 것을 느껴, 몇 번이나 길가에 멈춰 설까 했다. 그렇지만 누군가에게 떠밀리는 것처럼 그 자리에 멈춰 서 있기조차 쉬운 일이 아니었다. ……

30분쯤 지난 후, 나는 내 집 2층에 반듯하게 누워서 지그시 눈을 감은 채, 격렬한 두통을 참고 있었다. 그러자 내 감은 눈 안에 은빛

털을 비늘처럼 접은 날개 하나가 보이기 시작했다. 그것은 실제로 망막 위에 또렷이 비치고 있는 것이었다. 나는 눈을 떠서 천장을 올려다보고, 물론 천장에는 그런 것이 없다는 것을 확인한 다음, 다시 한번 눈을 감기로 했다. 그러나 역시 은빛 날개는 확실하게 어둠 속에서 비치고 있었다. 나는 문득 일전에 탔던 자동차의 라디에이터 캡에도 날개가 달려 있었다는 것을 생각했다. ……

거기에 누군가가 계단을 분주히 올라오는가 싶더니 금세 또 후닥닥 내려갔다. 나는 그 누군가가 아내였음을 알고, 놀라 몸을 일으키자마자 바로 층층다리 앞에 있는 어슴푸레한 식당 쪽으로 얼굴을 내밀었다. 그러자 아내는 엎드린 채로, 숨을 죽이고 있는 듯 보였고, 끊임없이 어깨를 꿈틀거리고 있었다.

"어떻게 된 거야?"

"아니, 아무 일도 없어요."

아내는 겨우 얼굴을 들고, 억지웃음을 지으며 말을 계속했다.

"뭐가 어떻게 됐다는 건 아니지만, 그저 어찌된 일인지 아빠가 돌아가실 것만 같은 기분이 들어서 말이지요."

그것은 내 평생을 통해 가장 무서운 경험이었다. ── 나는 더 이상 계속해서 말할 힘을 갖고 있지 않다. 이런 기분으로 살고 있는 것은 무어라 말할 수 없는 고통이다. 누가 내가 잠든 사이에, 살며시 목을 졸라 죽여줄 사람은 없을까?

톱니바퀴

'이 작품은 아쿠타가와가 스스로 '정신적 파산'이라고 말했던 1927년의 심경을 훌륭하게 형상화해 내고 있다. 그가 죽던 해인 1927년 작품이다. 자살을 눈앞에 둔 아쿠타가와가 현실과 상상과 환영이 뒤얽혀 있는 자신의 심상풍경心象風景을 묘사한 것이다. 그가 그려내는 심상의 풍경은 기괴하면서도 한편으로는 구체적 이미지들과 맞물려 있다.

신경쇠약으로 '지옥보다도 더 지옥 같은' 인생을 살아가는 '나'는 머릿속에서 몇 개의 톱니바퀴를 본다. '나'는 지인의 결혼 피로연에 참석하려고 했으나 그곳으로 가는 도중에 이상한 레인코트 입은 사람을 목격하고 두려움을 느낀다.

그는 한 호텔에 틀어박혀 원고를 쓰는 데 정성을 다하지만, 자신이 지옥에 빠진 것처럼 느껴지고, 복수의 신이 자신을 노리고 있다는 강박감을 느낀다. 친구를 만나 이야기를 나누고 책을 읽기도 하면서 그 생각에서 벗어나려고 하지만 잘 되지 않는다. 기독교 신자인 노인에게 신앙을 권유 받는 그는 어둠은 인정할 수 있지만 빛에 대한 확신이 없어 기독교의 도움도 받지 못한다.

겨우 작품을 마무리하고 가족들 곁으로 돌아가, 처가 식구들과 함께하는 시간을 갖기도 하지만 결국은 죽음의 그늘만 점점 짙어질 뿐이다. 결국 자신뿐 아니라 아내마저도 그와 비슷한 예감을 갖고 있다는 것을 확인하는 순간 그는 공포에 떨며 자기 생을 자포자기해버린다.

작품 속의 '나'는 용해된 현실 속을 그저 공허하게 떠다닐 뿐이지만, 그 배후에는 뭐라 한 마디로 표현하기 어려운 원인들이 얽혀 있다. 불안정하고 그 무엇도 확신할 수 없는 세기말적 공포를 표현한, 작자의 최고 걸작이라는 평가도 있지만, 서술한 정황들로 볼 때 일인칭 시점을 그대로 받아들여 작자 자신의 상황으로 환원해서 이해해도 무방할 것이다.

夢十夜
열흘 밤의 꿈

나쓰메 소세키

夏目漱石_1867~1916

소설가. 도쿄 태생으로 도쿄대학 영문과 졸업. 고령인 부모와 많은 형제 중 막내였던 탓에 태어나자마자 수양아들로 보내지는 등 불우한 소년기를 보냈으나, 후에 이런 배경은 그의 사상과 문학에 커다란 영향을 주었다. 34세에 영어 연구를 위해 영국 유학을 떠났으나, 신경쇠약으로 36세인 1903년 귀국하여 도쿄대학에서 문학론을 강의하였다. 1905년「나는 고양이로소이다」를 시작으로「도련님」「풀베개」「우미인초」「산시로」「그 후」등 많은 작품을 남겼으며, 지금까지도 일본인의 존경을 받는 작가로 자리매김하고 있다. 『행인』을 연재하면서 신경쇠약과 위궤양이 재발하였으며, 아사히신문에「명암」을 연재하던 1916년 위궤양 내출혈로 사망하였다.

첫째 밤

이런 꿈을 꾸었다.

팔짱을 끼고 베갯머리에 앉아 있으니, 반듯하게 누워 있던 여인이, 나지막한 목소리로, '이제 죽습니다'라는 말을 한다. 여인은 긴 머리를 베개에 늘어뜨리고서, 오똑한 코에 희고 갸름한 윤곽의 부드러운 얼굴을 그 속에 묻고 있다. 새하얀 뺨에는 따뜻한 혈색이 유난히 발그레하다. 입술색은 물론 빨갛다. 도저히 죽을 사람 같지 않다. 그러나 여자는 조용한 목소리로 '이제 죽습니다'라고 또렷이 말했다. 나도, 이건 분명 죽는다고 생각했다. 그래서, 그래, 이제 죽는다고? 하며 위에서 들여다보듯 물어보았다. '죽고 말고요' 하고 말하면서 여인은 눈을 크게 떴다. 크고 젖은 눈이었다. 긴 속눈썹에 감싸인 눈 속은 온통 새까만 색이었다. 그 새까만 눈동자 저 깊숙한 곳에 내 모습이 선명하게 떠올라 있다. 나는 투명할 정도로 깊어 보이는 이 검은 눈동자의 반짝임을 바라보며, 이런데도 죽는 걸까 하고 생각했다. 그래서 베갯머리에 입을 바짝 갖다 댄 채, 죽는 거 아니지, 괜찮겠지? 하고 또 되물어보았다. 그러자 여인은 까만 눈을 졸린 듯 크게 뜬 채, 역시 나지막한 목소리로, 그렇지만 죽습니다, 어쩔 수 없어요 라고 말했다.

그럼, 내 얼굴이 보여? 하고 열심히 묻자, 보여라니? 아, 거기 비치고 있지 않아요 하고 말하며 빙긋이 웃어 보였다. 나는 아무 말 없이 베개에서 얼굴을 들었다. 팔짱을 끼며, 뭐라 해도 죽고 마는 걸까 하고 생각했다.

잠시 후 여자가 또 이렇게 말했다.

"죽으면 묻어주세요. 큰 진주조개로 구멍을 파세요. 그런 뒤 하늘에서 떨어져 내리는 별 조각을 묘비에 놓아주세요. 그리고는 묘 옆에서 기다리고 있어 주세요. 또 만나러 올 테니까요."

나는 언제 만나러 오겠냐고 물었다.

"해가 뜨지요. 그리고 해가 지지요. 그리고 또 뜨지요. 그리고 나서 또 지지요. ——붉은 해가 동에서 서로, 동에서 서로 떨어져 갈 동안에 ——당신, 기다릴 수 있겠어요?"

나는 아무 말 없이 고개를 끄덕였다. 여인은 조용한 태도를 버리

열흘 밤의 꿈

215

고 갑자기 소리를 내며,

"백 년 동안 기다려주세요." 하고 단호한 목소리로 말했다.

"백 년간, 제 묘 옆에 앉아서 기다려주세요. 꼭 만나러 올 테니까요."

나는 그저 기다리고 있겠다고 대답했다. 그러자 검은 눈동자 속에 선명하게 보였던 내 모습이 뿌옇게 무너져갔다. 잔잔한 물이 움직여서 물 위에 비치던 그림자를 흩뜨리듯 흘러내렸다고 생각하자, 여자의 눈이 확 감겼다. 긴 속눈썹 사이에서 눈물이 뺨 위로 떨어졌다. ──이미 죽어 있었다.

나는 그 후 뜰로 내려가 진주조개로 구멍을 팠다. 진주조개는 크고 매끈매끈했다. 또한 가장자리가 날카로웠다. 흙을 퍼올릴 때마다 조개 속으로 달빛이 비추며 반짝거렸다. 습한 땅 냄새도 났다. 구멍은 얼마 후에 파졌다. 여자를 그 속에 넣었다. 그리고는 부드러운 흙을 위에서 살짝 뿌렸다. 뿌릴 때마다 진주조개 속으로 달빛이 스며들었다.

그 후 별 조각이 떨어진 것을 주워 와 살며시 흙 위에 얹었다. 별 조각은 둥근 모양이었다. 오랫동안 넓은 하늘에서 떨어져 내리는 동안에 귀퉁이가 매끈매끈하게 닳아졌으리라는 생각을 했다. 보듬어 안고 흙 위에 놓는 동안에 내 가슴과 손이 조금씩 따뜻해졌다.

나는 이끼 위에 앉았다. 이제부터 백 년 동안 이렇게 앉아 기다려야 하는구나 하는 생각을 하면서, 팔짱을 끼고 둥근 묘석을 바라보앉다. 그동안에 여자가 말한 대로 해가 동쪽에서 떠올랐다. 크고 붉은 해였다. 그것이 또 여자가 말한 대로, 이윽고 서쪽으로 떨어졌다. 붉은 그대로 쑥 떨어져갔다. '하나' 하고 나는 헤아렸다.

조금 있자 또 진홍색 해가 느릿느릿 올라왔다. 그리고는 말 없이 가라앉아버렸다. '둘' 하고 또 세었다.

내가 이런 식으로 하나, 둘 헤아려 가는 동안 붉은 해를 몇 개나 보았는지 알 수 없다. 계산을 해보아도, 해보아도 다 헤아릴 수 없을 만큼 많은 붉은 해가 머리 위를 스쳐 지나갔다. 그래도 백 년은 아직 오지 않는다. 마지막에는 이끼 낀 둥근 돌을 바라보며, 혹 내가 여자에게 속은 것은 아닐까 하는 생각을 하기 시작했다.

그러자 돌 밑에서 비스듬히 파란 줄기가 내 쪽을 향해 뻗어왔다. 보고 있는 동안에 길어지더니 바로 내 가슴에까지 와서 멎었다. 그리고는 흔들흔들 흔들리는 줄기 끝에 살포시 고개를 기울이고 있던 가늘고 긴 한 송이의 꽃봉오리가 몽실몽실 꽃잎을 열었다. 새하얀 백합이 코앞에서 뼛속을 뚫을 만큼의 향기를 풍겼다. 거기에 아득히 먼 위에서 이슬 한 방울이 똑 떨어졌을까, 꽃은 자기 무게에 파르르 움직였다. 나는 앞으로 고개를 내밀고, 차가운 이슬이 물방울을 맺은 그 하얀 꽃잎에 입 맞추었다. 나는 백합에서 얼굴을 떼며 무심코 먼 하늘을 바라보았다. 그러자 새벽별이 오직 제 혼자서 깜박이고 있었다.

"백 년은 벌써 와 있었네."라고, 이때 비로소 나는 느꼈다.

둘째 밤

　이런 꿈을 꾸었다.

　주지의 방을 나와 복도를 따라 내 방으로 돌아오자 등잔불이 희미하게 켜져 있다. 한쪽 무릎을 방석 위에 세우고 심지를 돋웠을 때, 꽃 같은 심지 찌꺼기가 툭 등잔 밑으로 떨어졌다. 동시에 방이 확 밝아졌다.

　미닫이에 그려진 그림은 부손(蕪村, 에도시대에 활약했던 하이쿠 시인이자 화가)의 작품이다. 까만 버드나무를 진하고 엷게 원근으로 그렸다. 추위 보이는 듯한 어부가 삿갓을 비스듬히 쓴 채 둑 위를 지나간다. 도코노마에는 해중문주海中文珠 족자가 걸려 있다. 타다 남은 향이 어두운 쪽에서 아직도 냄새를 풍기고 있다. 넓은 절이라 그런지 무척이나 조용하다. 인기척이 없다. 검은 천장에 비친 둥근 등잔의 둥근 그림자가 고개를 젖혀 위를 보는 순간에 마치 살아 있는 것처럼 보였다.

　무릎을 세운 채 왼손으로 방석을 젖힌 뒤 오른손을 넣어보려고 생각했던 곳에 바로 그놈이 있었다. 있으면 안심이므로 방석을 본래대로 해놓고 그 위에 털썩 주저앉았다.

　너는 무사다. 무사라면 깨닫지 못할 리가 없을 거라고 스님이 말했다. 그렇게 언제까지나 깨닫지 못하는 걸 보니, 너는 무사가 아니네라는 말을 했다. 인간 쓰레기네라는 말을 했다. 그리고는 화가 났구나 하며 웃었다. 분하다면 깨달은 증거를 가지고 다시 오라고 하며 홱 고개를 돌렸다. 괘씸하다.

옆의 큰방에 자리 잡고 있는 벽시계가 다음 시각을 칠 때까지는 꼭 깨달음을 보여주겠다. 깨달은 다음 오늘 밤 다시 입실하는 거다. 그렇게 스님의 목과 깨달음을 맞바꾸겠다. 깨닫지 못하면 스님의 목숨을 뺏을 수 없다. 무슨 수를 써서라도 반드시 깨달아야 한다. 나는 무사다.

만약 깨닫지 못한다면 자진自盡하리라. 무사가 수모를 당하고서야 살아 있을 수 없다. 깨끗이 죽고 말겠다.

이렇게 생각했을 때 내 손은 또다시 나도 모르게 방석 밑으로 기어들어갔다. 그리고는 붉은 칼집에서 단도를 끄집어냈다. 칼자루를 꽉 움켜쥐고 붉은 칼집을 쓱 빼들자, 차가운 칼날이 일시에 어두운 방에서 빛을 냈다. 엄청난 놈이 손끝에서 슬슬 도망쳐 가는 것이 느껴진다. 그렇게 모든 것이 칼끝에 모여들어 한 곳에 살기를 담고 있다. 나는 이 예리한 칼날이 원통하게도 바늘귀처럼 오므라들어, 거의 칼끝 앞에까지 와서 어쩔 수 없이 날카로워져 있는 것을 보고서, 당장 푹 찌르고 싶어졌다. 몸의 피가 오른손 손목 쪽으로 흘러나와서, 움켜쥔 칼자루가 끈적끈적하다. 입술이 떨렸다.

단도를 칼집에 집어넣고 오른쪽 겨드랑이에 바싹 끌어당겨 놓은 다음 가부좌를 틀었다. 조주(趙州, 778년 무無를 창조하여 임재종을 일으킨 중국의 선승을 말하며, 이 이야기는 『무문관無門關』이라는 선문답집에 나오는 말이다) 가라

사대 무無라고 했다. 무란 무엇인가. 땡중이라고 하며 이를 갈았다.

어금니를 너무 세게 문 탓일까 코에서 뜨거운 김이 거칠게 나온다. 관자놀이가 당겨 아프다. 눈은 평상시보다 두 배나 크게 떴다.

족자가 보인다. 등잔불이 보인다. 다다미가 보인다. 스님의 주전자 대머리가 또렷이 보인다. 큼지막한 입을 벌리고 비웃는 웃음소리까지 들린다. 괘씸한 중이다. 어떻게든 그 대머리를 없애야 한다. 깨달아야 한다. '무다, 무'라고 혀끝으로 곱씹는다. 무라고 하는데 역시 향 냄새가 났다. 뭐야 고작 향 주제에.

나는 갑자기 주먹을 불끈 쥐고 내 머리를 사정없이 후려쳤다.

그리고는 어금니를 부드득 갈았다. 양쪽 겨드랑이에서 땀이 흐른다. 등 허리가 막대기같이 뻣뻣해졌다. 무릎 관절이 갑자기 아파졌다. 무릎이 부서진다 해도 어찌할 도리가 없다는 생각을 했다. 그렇지만 아프다. 쓰리다. 무는 좀처럼 찾아와 주지 않는다. 찾아온다고 생각하면 금방 아파진다. 화가 난다. 원통해진다. 몹시 분해진다. 소리 없이 눈물이 난다. 당장 몸을 큰 바위 위에 던져 뼈도 살도 엉망진창으로 짓뭉개버리고 싶어진다.

그래도 참고 꼼짝 않고 앉아 있었다. 참기 어려운 안타까운 그 무엇을 가슴에 담고서 꾹꾹 견디고 있었다. 그 안타까운 것이 온몸의 근육을 밑에서 들어올렸다. 땀구멍을 타고 밖으로 나올 것처럼 안달을 하지만 그 어디나 막혀버려 마치 출구가 없는 듯한 그야말로 잔혹한 상태였다.

그러는 동안에 머리가 이상해졌다. 등잔불도, 부손의 그림도, 다다미도, 선반도 있으면서 없는 듯, 없으면서 있는 듯 보였다. 그래도 무는 전혀 눈앞에 나타나지 않는다. 그저 적당히 앉아 있었던 것 같다. 그때 갑자기 옆 방 벽시계가 땡 하고 울리기 시작했다.

정신이 번쩍 들었다. 오른손을 얼른 단도에 댔다. 시계가 두 번째 종을 땡 하고 쳤다.

셋째 밤

이런 꿈을 꾸었다.

여섯 살 된 아이를 업고 있다. 분명히 내 아이다. 다만 이상한 것은 어느새 눈이 찌그러져 있고 까까머리를 한 중이다. 내가 네 눈은 언제 찌그러졌느냐고 묻자, 뭐 옛날부터지 하고 대답한다. 목소리는 어린애임에 틀림없지만, 말하는 것은 흡사 어른이다. 게다가 대등하다.

좌우는 푸른 논이다. 길은 좁다. 해오라기 그림자가 때때로 어둠 속에 비친다.

"논에 접어들었군." 하고 등 뒤에서 말했다.

"어떻게 알아?" 하고 얼굴을 뒤로 돌리듯 하며 물어보자,

"그야 쉽지. 해오라기가 울잖아." 하고 아이가 대답했다.

그러자 과연 해오라기가 두 번 정도 울었다.

나는 내 아이지만 조금 무서워졌다. 이런 녀석을 업고 있어서야 앞길이 어떻게 될지 모른다. 어딘가 내버릴 곳이 없을까 하고 맞은편 쪽을 두리번거리니 어둠 속에 커다란 숲이 보였다. 저곳이라면 하고 생각하는 순간 등 뒤에서,

"후후." 하는 웃음소리가 났다.

"왜 웃는 거야?"

아이는 대답하지 않았다. 그저,

"아버지, 무거워?" 하고 물었다.

"무겁지 않아." 하고 대답하자,

"곧 무겁게 돼." 했다.

나는 숲을 향해 잠자코 걸어갔다. 논두렁길이 제멋대로 구불구불해져서인지 좀체 생각처럼 나갈 수가 없다. 얼마 후 두 갈래 길이 나왔다. 나는 갈림길에 서서 잠시 쉬었다.

"돌이 서 있을 텐데." 하고 아이가 말했다.

과연 여덟 자쯤 되는 모난 돌이 허리 높이 정도로 서 있다. 바깥에는 왼쪽 히게쿠보日ヶ窪, 오른쪽 홋타하라堀田原라고 씌어 있다. 어둠 속인데도 붉은 글씨가 또렷이 보였다. 붉은 글씨는 마치 도롱뇽의 배와 같은 색이었다.

"왼쪽이 좋을 거야." 아이가 명령했다. 왼쪽을 보자 조금 전의 숲이 어두운 그림자를 높은 하늘 위에서 자신들의 머리 위로 던지고 있었다. 나는 잠깐 멈칫 했다.

"사양하지 않아도 돼." 하고 아이가 또 말했다. 나는 할 수 없이 숲 쪽으로 걷기 시작했다. 마음속으로는 장님 주제에 무엇이든 잘 알고 있구나 하는 생각을 하며 외길을 걸어 숲 가까이 가자, 등 뒤에서 "아무래도 장님은 부자유스럽고 해서 안 되겠어." 하는 소리가 났다.

"그래서 업어주니까 좋잖아."

"업혀서 미안하지만, 아무래도 남한테 바보 취급당해서 안 되겠어. 부모에게 바보 취급당하니까 안 되겠어."

어쩐지 싫어졌다. 빨리 숲에 가서 내버려야겠다는 생각으로 서둘렀다.

"이제 조금 더 가면 알아. 때마침 이런 밤이었지." 하고 등 뒤에서 혼잣말처럼 하고 있다. "뭐가?" 하고 다급한 목소리로 물었다.

"뭐라니? 알고 있잖아." 아이가 조롱하듯 대답했다. 그러자 뭔가 알고 있는 것처럼 느껴졌다. 그렇지만 확실히는 모르겠다. 그저 이런 밤이었던 것으로 생각된다. 그렇게 조금만 더 가면 알 것 같은 생각도 들었다. 알면 큰일 나니까 알지 못할 때 내다버리고 안심하지 않으면 안 될 것 같은 생각이 든다. 나는 걸음을 재촉했다.

비는 아까부터 내리고 있다. 길은 점점 어두워진다. 거의 정신이 없다. 다만 등 뒤에 작은 아이가 착 달라붙어 있어 그 아이가 내 과거와 현재와 미래를 모조리 비추며 한 치의 사실도 흘리지 않는 거울처럼 번뜩이고 있다. 게다가 그 녀석이 내 아이다. 게다가 장님이다. 나는 견딜 수 없어졌다.

"여기야, 여기. 바로 그 삼나무 뿌리가 있는 데야."

빗속에서 아이의 목소리가 또렷하게 들렸다. 나는 나도 모르게 걸음을 멈췄다. 어느덧 숲속에 들어와 있었다. 1.8미터 정도 앞에 있는 검은 것은 분명 아이가 말한 대로 삼나무처럼 보였다.

"아버지, 그 삼나무 뿌리 있는 데였지?"

"응, 그래." 하고 엉겁결에 대답해버렸다.

"분카文化 5년(1808년) 진년辰年일 거야."

과연 분카 5년 진년이었던 것처럼 생각되었다.

"네가 나를 죽인 것은 지금으로부터 꼭 백 년 전이지."

나는 이 말을 듣자마자, 지금으로부터 백 년 전, 분카 5년 진년의 이런 어두운 밤에 이 삼나무 뿌리 있는 데서 장님 한 명을 죽였다는 자각이 홀연히 머리에 떠올랐다. 나는 살인자였구나! 하고 처음으로 깨닫는 순간에, 등 위의 아이가 갑자기 돌부처마냥 무거워졌다.

넷째 밤

넓은 봉당 한가운데에 평상 같은 것이 하나 놓여 있다. 그 주위에 작은 걸상이 나란히 자리하고 있다. 평상은 검은 윤기로 빛나고 있다. 한쪽 구석에는 네모난 상을 앞에 하고 할아버지가 술을 마시고 있다. 안주는 야채조림인 듯하다.

할아버지는 술을 마신 탓인지 적잖이 빨개 있다. 게다가 얼굴은 윤기가 있다. 주름살이라고 할 만한 게 어디에도 보이지 않는다. 다만 있는 대로 흰 수염을 기르고 있으니까 노인이라는 것만은 알 수 있다. 나는 아이이면서, 이 할아버지는 몇 살이나 되었을까 하고 생각했다. 그때 뒤쪽의 물통에서 물을 길어온 주인 여자가 행주치마에 손을 훔치며,

"할아버지는 몇 살입니까?" 하고 물었다. 할아버지는 볼 가득 넣은 야채조림을 삼키며,

"몇 살인지 잊어버렸어." 하고 시치미를 뚝 뗐다. 주인 여자는 닦은 손을 좁은 허리띠 사이에 찔러 넣고 옆에서 할아버지의 얼굴을 보며 서 있었다. 할아버지는 사발 같은 커다란 것으로 술을 쭉 들이켰다. 그리고는 '후유' 하고 긴 한숨을 흰 수염 사이로 뱉어냈다. 그러자 주인 여자가,

"할아버지 집은 어딥니까?" 하고 물었다. 할아버지는 긴 숨을 도중에 끊은 뒤,

"배꼽 속이지." 하고 말했다. 주인 여자는 손을 좁은 허리띠 사이에 찔러 넣은 채,

"어디로 가세요?" 하고 또 물었다. 그러자 할아버지는 사발 같은 큰 그릇으로 뜨거운 술을 쭉 들이켜고는 또다시 앞서와 같이 한숨을 후유 하고 내쉬고,

"저기 가지." 했다.

"똑바로 말입니까?" 하고 주인 여자가 물었을 때, 후유 하고 내뿜

은 할아버지의 숨이 장지문을 뚫고 버드나무 아래를 지나 강가 쪽으로 곧장 갔다.

할아버지가 밖으로 나갔다. 나도 뒤따라갔다. 할아버지의 허리에는 작은 호리병 하나가 늘어뜨려져 있다. 어깨에 멘 네모난 상자를 겨드랑이 밑에까지 늘어뜨리고 있다. 연노랑 잠방이에 소매 없는 연노랑 저고리를 입고 있다. 버선만이 노랗다. 어쩐지 가죽으로 만든 버선처럼 보였다.

할아버지는 똑바로 버드나무 아래까지 왔다. 버드나무 아래에 아이들이 서너 명 있었다. 할아버지는 웃으면서 허리춤에서 연노랑 수건을 꺼냈다. 그것을 노끈처럼 가느다랗게 꼬았다. 그리고는 바닥 한가운데에 놓았다. 그런 다음 수건 주위에 크고 둥근 원을 그렸다. 마지막으로 어깨에 멘 상자 속에서 놋쇠로 만든 엿장수 피리를 꺼냈다.

"이제 곧 그 수건이 뱀으로 바뀔 테니까 보고 있어, 보고 있어." 하고 되풀이하며 말했다. 아이들은 열심히 수건을 보고 있었다. 나도 보고 있었다.

"보고 있어, 보고 있어. 됐어."라고 말하며 할아버지가 피리를 불며 원 위를 빙빙 돌기 시작했다. 나는 수건만 보고 있었다. 그렇지만 수건은 전혀 움직이지 않았다.

할아버지는 피리를 삐리리삐리리 불었다. 그리고는 원 위를 몇 번씩 빙빙 돌았다. 짚신 발을 발돋움하듯이, 살금살금 걷듯이, 수건 눈

치를 보듯이 그렇게 돌았다. 무섭게도 보였다. 재미있어 보이기도
했다.

　이윽고 할아버지는 피리 불기를 멈추었다. 그리고 다시 어깨에 멘
상자 뚜껑을 열고 수건 끝을 살짝 집어 획 던졌다.

　"이렇게 해두면 상자 속에서 뱀이 되지. 금방 보여줄게. 금방 보여
줄게."라고 말하면서 할아버지가 똑바로 걷기 시작했다. 버드나무
아래를 지나 좁은 길을 똑바로 내려갔다. 나는 뱀이 보고 싶어서 좁
은 길을 언제까지고 뒤따라갔다. 할아버지는 가끔 "금방 된다."거나
"뱀이 된다."는 말을 하면서 걸어갔다. 마지막에는,

　"금방 된다. 뱀이 된다.

　꼭 된다. 피리가 운다."

라고 노래를 부르며 어디까지고 똑바로 걸어갔다. 마침내 강 쪽으로
나갔다. 다리도 배도 없었기 때문에, 여기에서 쉬며 상자 속의 뱀을
보여주겠지 하고 생각하고 있었다. 그러자 할아버지가 첨벙첨벙 강
속으로 들어가기 시작했다. 처음에는 무릎 정도의 깊이였지만, 점점
허리에서 가슴 쪽까지 물에 잠겨 마침내 보이지 않게 되어버렸다.
그래도 할아버지는,

　"깊어진다. 밤이 된다.

　똑바로 된다."

라고 노래하며 끝없이 똑바로 걸어갔다. 그렇게 수염도 얼굴도 머리
도 두건도 전혀 보이지 않게 되었다.

나는 할아버지가 맞은편 강둑에 올라갔을 때 뱀을 보여줄 것이라고 생각하고, 갈대가 울고 있는 곳에 서서, 오로지 혼자서 언제까지나 기다리고 있었다. 그렇지만 할아버지는 아무리 기다려도 결국 올라오지 않았다.

다섯째 밤

이런 꿈을 꾸었다.

아무튼 상당히 옛날 일이며 신화시대에 가까운 옛날이라고 생각되지만, 전장에 나간 내가 운 나쁘게도 졌기 때문에 포로가 되어 적의 대장 앞에 꿇어 앉혀졌다.

그 무렵의 사람들은 모두 키가 컸다. 그리고 모두 긴 수염을 기르고 있었다. 가죽 허리띠를 매고, 거기에 막대기 같은 칼을 차고 있었다. 활은 굵은 등나무 덩굴을 그대로 살린 듯 보였다. 옻칠도 하지 않았고 닦여 있지도 않았다. 지극히 수수한 것이었다.

적의 대장은 활 한가운데를 오른손으로 꽉 쥐고, 그 활을 풀 위에 꽂은 뒤 술독을 엎어놓은 듯한 것 위에 앉아 있다. 그 얼굴을 바라보니, 코 위에서 양 눈썹이 굵게 맞붙어 있다. 그때는 면도기라는 것이 없었다. 나는 포로였기 때문에 앉아 있을 수 없다. 풀 위에 책상다리를 하고 있었다. 발에는 큰 짚신을 신고 있었다. 이 시대의 짚신은 깊었다. 일어서면 무릎까지 왔다. 그 끝부분은 짚을 조금 남겨서 수술처럼 늘어뜨려, 걸으면 제각각 움직일 수 있도록 해놓았으며 장식으로 삼았다.

대장은 화톳불로 내 얼굴을 보고, 죽겠느냐 살겠느냐 물었다. 이 것은 그 무렵의 습관으로, 포로에게는 누구에게라도 이렇게 물었던 것이다. 살겠다고 대답하면 항복의 뜻이며, 죽겠다고 하면 굴복하지 않겠다는 의미가 된다. 나는 한마디로 죽겠다고 대답했다. 대장은 풀 위에 꽂아 두었던 활을 내팽개치고서 허리에 단 막대기 같은 검을 확 뽑아들었다. 거기에 바람에 흔들린 화톳불이 옆에서 세차게 불어왔다. 나는 오른손을 단풍잎처럼 펼치고 대장 쪽을 향해 손바닥을 들어올렸다. 기다리라는 신호다. 대장은 굵은 검을 철컥 하고 칼집에 집어넣었다.

그 시절에도 사랑은 있었다. 나는 죽기 전에 사랑하는 여인을 한 번만 만나고 싶다고 했다. 대장은 새벽녘 닭이 울 때까지라면 기다리겠다고 했다. 닭이 울기 전까지 여인을 이곳으로 부르지 않으면 안 된다. 첫닭이 울어도 여인이 오지 않으면 나는 만나지도 못하고 죽게 된다.

대장은 걸터앉은 채 화톳불을 바라보고 있다. 나는 커다란 짚신을 신은 다리를 꾄 채로 풀 위에서 여인을 기다리고 있다. 밤은 점점 깊어간다.

가끔 화톳불이 무너지는 소리가 들린다. 무너질 때마다 당황한 듯한 불길이 대장에게로 우르르 밀려간다. 새까만 눈썹 아래서 반짝반짝 대장의 눈이 빛나고 있다. 그러자 누군가가 와서 새 나뭇가지를 불 속에 잔뜩 던져놓고 간다. 조금 있으니 불이 탁탁 소리를 내며 타오른다. 어둠을 몰아내는 듯한 용감한 소리였다.

이때 여인은 뒤꼍 졸참나무에 매어둔 흰 말을 끌어냈다. 갈기를 세 번 쓰다듬고 높은 말 위에 훌쩍 올라탔다. 안장도 등자(말을 타고 앉아 두 발로 디디게 되어 있는 물건)도 없는 말이었다. 여인이 희고 긴 다리로 옆구리를 차자 말은 순식간에 달리기 시작했다. 누군가가 계속 화톳불에 나뭇조각을 지펴 먼 하늘이 어렴풋이 밝게 보인다. 말은 그 밝은 곳을 목표로 어둠 속에서 날아오른다. 코에서 불기둥 같은 두 줄기 숨이 뿜어져 나온다. 그래도 여인은 가느다란 다리로 끊임없이 말의 옆구리를 차고 있다. 허공에서 말발굽소리가 울릴 정도로 빨리 달려온다. 여인의 긴 머리는 어둠 속에서 깃발처럼 길게 꼬리를 끌었다. 그래도 아직 화톳불이 있는 곳까지는 오지 못했다.

그러자 캄캄한 길섶에서 갑자기 '꼬끼오' 하는 닭 울음소리가 났다. 여인은 몸을 휘청거리며 양손에 움켜쥔 고삐를 한껏 잡아당겼다. 말의 앞발굽이 단단한 바위 위로 힘차게 박혔다.

"꼬끼오!" 하고 닭이 또 한 번 울었다.

여인은 "악!" 하는 소리를 지르며, 바짝 쥔 말고삐를 단번에 늦추었다. 말은 양 무릎을 꿇었다. 탄 사람과 함께 앞으로 고꾸라졌다. 바위 밑은 깊은 연못이었다. 말발굽 자국은 아직도 바위 위에 남아 있다. 닭 울음소리를 흉내 낸 것은 아마노쟈쿠(天探女, 일본의 옛날 이야기에 악녀로 등장하는 도깨비)다. 이 자국이 바위 위에 새겨져 있는 동안 아마 노쟈쿠는 나의 적이다.

여섯째 밤

운케이(雲慶, 가마쿠라 시대 중기를 대표하는 사실주의 조각가로 주로 불상을 제작한 사람)가 호국사의 산문에서 인왕상仁王像을 조각하고 있다는 소문이 있어 산책 삼아 가보았더니, 벌써 나보다 먼저 많은 사람들이 모여 한창 품평을 하고 있었다.

산문 앞에서 10여 미터쯤 떨어진 곳에는 큰 적송赤松이 서 있고, 그 줄기가 비스듬히 산문의 기와를 가린 채 멀리 푸른 하늘까지 뻗어 있다. 푸른 소나무와 붉은 칠을 한 문이 서로 어우러져 운치 있게 보인다. 게다가 소나무의 위치가 좋다. 문 왼쪽 끝을 눈에 거슬리지 않을 만큼 비스듬히 뻗어 나가 위로 갈수록 폭이 넓어지며 지붕에까지 뻗어나간 모습이 무척이나 고풍스럽다. 가마쿠라 시대(鎌倉時代, 1185~1333년에 해당하는 시기)에 와 있는 것 같은 느낌이다.

그런데 보고 있는 사람들은 모두 나와 마찬가지로 메이지 시대(明治時代, 1868~1912) 사람이다. 그중에서도 인력거꾼이 가장 많다. 사거리에서 손님 기다리기가 지루해서 보고 서 있음에 틀림없다.

"크기도 하네."라고 말하고 있다.

"사람을 만드는 것보다 훨씬 힘든 일이겠지."라는 말도 하고 있다.

그렇게 생각하자, "아, 인왕상이네. 지금도 인왕을 새기나. 아아, 정말, 난 또 인왕이라면 모두 옛것뿐인 줄만 알았어." 하고 말하는 남자가 있다.

"어쩐지 힘이 센 것 같은데요. 뭐니뭐니 해도 옛날부터 아무리 힘이 세다한들 인왕만큼 힘이 센 사람은 없다고 해요. 어쩌면 야마토다케노미코토(日本武尊, 일본의 『고지키古事記』·『니혼쇼키日本書紀』에 나오는 경행천황景行天皇의 왕자를 가리킨다. 일본 국가 통일시대의 영웅으로 일컬어진다)보다 강하다니까 말이야." 하고 말을 걸어온 남자도 있다. 이 남자는 옷자락을 엉덩이까지 걷어 올려 허리띠에 끼우고 모자를 쓰지 않았다. 어지간히 무식한 남자인 것 같다.

운케이는 구경꾼들의 품평에는 아랑곳하지 않고 끌과 망치를 움직이고 있다. 전혀 뒤를 돌아보지 않는다. 높다란 곳에 올라가서 인왕의 얼굴 언저리를 끊임없이 파내려간다.

운케이는 머리에 자그마한 두건 같은 것을 쓰고, 도포인지 뭔지 알 수 없는 옷의 넓은 소맷자락을 등 뒤로 질끈 잡아매고 있다. 그 모양이 정말 진부하다. 웅성대는 구경꾼들과는 전혀 어울리지 않는 것 같다. 나는 어떻게 운케이가 지금까지 살아 있을까 하는 생각을 했다. 정말 이상한 일도 다 있구나 생각하면서도 그대로 서서 보고 있었다.

그러나 운케이 쪽에서는 이상하다고도 기이하다고도 전혀 느끼지 못한 듯 오로지 열심히 파내고만 있다. 이런 모습을 올려다보며

한 젊은 남자가 내 쪽으로 돌아다보고,

"과연 운케이군요. 우리들은 안중에 없는 거야. 천하의 영웅은 오로지 인왕과 자기만 있을 뿐이라는 태도야. 훌륭하군." 하고 칭찬하기 시작했다.

나는 이 말이 재미있다고 생각했다. 그리고는 슬쩍 젊은 남자 쪽을 보자, 젊은 남자는 재빨리,

"저 끌과 망치 쓰는 법 좀 보십시오. 너무나 자유롭기 이를 데 없는 묘한 경지에 도달해 있군요." 하고 말했다.

운케이는 지금 굵은 눈썹을 한 치 높이 옆으로 파내며 날카로운 끌을 모로 세우는가 싶더니, 이내 위에서 비스듬히 대고 망치를 내리쳤다. 단단한 나무를 단번에 파내고 깎아서 두툼한 나무 부스러기가 망치 소리에 맞추어 날리는가 싶더니, 콧구멍을 벌렁거리는 노기 띤 코의 측면이 홀연히 눈앞에 나타났다. 그 끌 다루는 솜씨가 과연 거침이 없다. 잡념이라고는 조금도 끼어들지 않은 것처럼 보였다.

"저렇게 끌을 아무렇게나 움직여도 마음먹은 대로 눈썹과 코가 만들어지는구나."

나는 감탄한 나머지 혼잣말을 중얼거렸다. 그러자 조금 전의 젊은 남자가,

"아니. 저건 눈썹이나 코를 끌로 만드는 것이 아니에요. 저것과 똑같은 눈썹이나 코가 나무 속에 묻혀 있는 것을 끌과 망치의 힘으로 파내는 것뿐이죠. 마치 흙 속에서 돌을 파내는 것과 똑같은 이치니

결코 틀릴 리가 없지요." 하고 말했다.

나는 이때 비로소 조각이란 이런 것이구나 하는 생각을 했다. 과연 그렇다면 누구나 할 수 있는 일이 아닌가 하는 생각을 하기 시작했다. 그래서 갑자기 나도 인왕을 조각해보고 싶은 마음에 구경을 그만두고 빨리 집으로 돌아갔다.

도구 상자에서 끌과 망치를 꺼내 뒤꼍으로 나가보니, 얼마 전의 폭풍으로 쓰러진 떡갈나무를 땔감으로 쓸 생각으로 톱으로 잘라놓은 것들이 수북이 쌓여 있었다.

나는 제일 큰 것을 골라 기세 좋게 파기 시작했으나, 불행하게도 인왕은 나타나지 않았다. 그 다음 것도 운 나쁘게도 파낼 수가 없었다. 세 번째 것에도 인왕은 없었다. 나는 쌓여 있는 땔감을 닥치는 대로 조각해보았지만, 그 어느 것도 인왕을 감추고 있는 것은 없었다. 결국 메이지 시대의 나무에는 아무리 해도 인왕이 묻혀 있지 않다는 것을 깨달았다. 그래서 운케이가 오늘날까지 살아 있는 이유도 어렴풋이나마 알 수 있었다.

일곱째 밤

아무튼 커다란 배를 타고 있다.

이 배가 매일 밤낮 없이 잠시도 멈추는 일 없이 검은 연기를 내뿜으며 파도를 가르며 간다. 굉장한 소리다. 그렇지만 어디로 가는지는 알 수 없다. 다만 파도 저 밑바닥에서 달구어진 부젓가락처럼 새빨간 태양이 나온다. 그것이 높은 돛대 바로 위까지 와서 얼마 동안 걸려 있는가 싶더니, 어느 사이엔가 커다란 배를 추월해 앞으로 가 버리고 만다. 그리고 끝내는 불에 달구어진 부젓가락처럼 '지직지직' 소리를 내며 또 파도 저 밑바닥으로 가라앉아간다. 그때마다 푸른 파도가 저 멀리에서 검붉은 빛으로 끓어오른다. 그러면 배는 굉장한 소리를 내면서 그 뒤를 쫓아간다. 그렇지만 결코 따라잡지는 못한다.

어느 날 나는 뱃사람을 잡고 물어보았다.

"이 배는 서쪽으로 갑니까?"

뱃사람은 의아한 얼굴로 잠시 나를 바라보다가는 이윽고,

"왜요?" 하고 되물었다.

"떨어지는 해를 쫓아가는 것 같으니까요."

뱃사람은 껄껄 웃었다. 그리고는 반대편으로 가버렸다.

"서쪽으로 가는 해, 그 끝은 동쪽일까. 그건 정말일까. 동쪽에서 뜨는 해, 그 고향은 서쪽일까. 그것도 정말일까. 몸은 파도 위. 몸을 맡기고 노를 베개 삼아 잠을 잔다. 흘러라. 흘러라." 하고 장단을 맞추고 있다. 뱃머리에 가보았더니 선원들이 많이 모여 손으로 굵은 닻줄을 끌어당기고 있었다.

나는 몹시 불안해졌다. 언제 뭍으로 올라갈지 모른다. 그리고 어디로 가는지도 모른다. 단지 검은 연기를 내뿜으며 파도를 가르고

가는 것만큼은 확실하다. 그 파도는 엄청나게 넓은 것이었다. 한없이 푸르게 보인다. 때로는 보랏빛이기도 했다. 다만 배가 움직이는 주변만큼은 언제라도 새하얗게 포말을 뿜어내고 있었다. 나는 몹시 불안했다. 이런 배를 타느니 차라리 몸을 던져 죽어버릴까 하는 생각도 했다.

승객은 많이 있었다. 대부분은 외국인인 것 같았다. 그러나 여러 가지 다양한 얼굴을 하고 있었다. 하늘이 흐려지며 배가 흔들렸을 때, 한 여자가 난간에 기대 서서 자꾸만 울고 있었다. 눈을 훔쳐내는 손수건의 색깔이 하얗게 보였다. 그러나 몸에는 사라사(sarasa, 다섯 가지 색깔을 이용해 새나 꽃, 나무 또는 기하학적 무늬를 날염한 옷감) 같은 감으로 만든 양장을 입고 있었다. 이 여자를 보았을 때 슬픈 것은 혼자만이 아니라는 것을 느꼈다.

어느 날 밤, 갑판 위에 나가 혼자서 별을 바라보고 있는데, 외국인 한 사람이 다가와 천문학을 아느냐고 물었다. 나는 세상이 재미없어 죽어버릴까 하는 생각을 하는 중이었다. 천문학 따위는 알 필요가 없다. 잠자코 있었다. 그러자 그 외국인이 금우궁(金牛宮, 황도 십이궁의 하나) 맨 위에 있는 일곱 개의 별 이야기를 들려주었다. 그렇게 별도 바다도 모두 신이 만든 것이라고 했다. 마지막으로 내게 신을 믿느냐고 물었다. 나는 하늘을 쳐다보며 아무 말도 하지 않았다.

언젠가 살롱에 들어갔더니 화려한 옷을 입은 젊은 여자가 맞은편을 보고 앉아 피아노를 치고 있었다. 그 옆에 키가 큰 멋진 남자가 서서 노래를 부르고 있었다. 그 입이 굉장히 크게 보였다. 그렇지만 두 사람은 두 사람 이외의 일에는 전혀 관심이 없는 듯했다. 배에 타고 있다는 사실조차 잊고 있는 것 같았다.

나는 점점 더 재미가 없어졌다. 마침내 죽기로 결심했다. 그러던 어느 날 밤, 주위에 사람이 없을 때 마음먹고 바닷속으로 뛰어들었다. 그런데 ── 내 발이 갑판을 떠나 배와 인연이 끊어진 그 찰나에 갑자기 목숨이 아까워졌다. 마음 밑바닥에서 그만두었으면 좋겠다는 생각이 불쑥 올라왔다. 그렇지만 이미 늦었다. 나는 싫든 좋든 바닷속으로 들어가지 않으면 안 되었다. 다만 배는 굉장히 높게 만들어진 듯, 몸은 배를 떠났지만 발이 쉽게 물에 닿지 않는다. 그러나 붙잡을 것이 아무것도 없어서 점점 물에 가까워져 온다. 아무리 발을 오므려도 가까이 다가온다. 물빛은 검었다.

그러는 동안 배는 언제나처럼 검은 연기를 뿜으며 지나쳐버리고 말았다. 나는 어디로 가는지 알 수 없는 배일지라도 역시 타고 있는 것이 좋았다고 비로소 깨달으면서, 게다가 그 깨달음을 이용하지도 못한 채 무한한 후회와 공포를 안고 검은 파도 쪽으로 조용히 떨어져 갔다.

여덟째 밤

이발소 문턱을 넘어서니, 하얀 옷을 입고 무리 지어 있던 서너 명이 한꺼번에 어서 오세요 했다.

한가운데 서서 실내를 빙 둘러보니 네모난 방이다. 창문이 두 군데 열려 있고 나머지 두 군데에는 거울이 걸려 있다. 거울 수를 헤아려보니 여섯 개였다.

나는 그중 한 거울 앞에 가서 앉았다. 그러자 엉덩이에서 풀썩 하는 소리가 났다. 상당히 앉는 느낌이 좋게 만들어진 의자다. 거울에는 내 얼굴이 멋있게 비쳤다. 얼굴 뒤에는 창이 보였다. 그리고 계산대의 칸막이가 비스듬히 보였다. 칸막이 안에는 사람이 없었다. 창밖을 지나가는 사람들의 허리 위쪽이 잘 보였다.

쇼타로가 여자를 데리고 지나간다. 쇼타로는 어느새 파나마모자를 사서 쓰고 있다. 여자는 또 언제 사귀었는지 모르겠다. 도대체 모르겠다. 두 사람 다 득의양양한 모습이었다. 여자 얼굴을 잘 보려고 생각하는 동안에 지나가버리고 말았다.

두부장수가 나팔을 불면서 지나갔다. 나팔을 입에 바짝 대고 있어서인지 뺨이 벌에게 쏘인 듯 부풀어 있었다. 그렇게 부풀어 있는 채로 지나가버려서일까 어지간히 마음이 쓰이지를 않는다. 평생 벌에 쏘여 있는 사람처럼 느껴진다.

기생이 나왔다. 아직 화장을 하지 않았다. 시마다(島田, 주로 기생 등이 하는 머리 스타일로, 일반적으로는 초상 때에 틀어올린 모양) 스타일로 빗은 머리가 왠지 느슨해진 느낌이다. 얼굴도 잠이 덜 깨어 있다. 얼굴색이 가엾으리 만큼 나쁘다. 그래도 누군가에게 허리 숙여 절을 하며, 뭐라고 인사를 하는데 아무리 보아도 상대방은 거울 속에 나오지를 않는다.

그러자 하얀 옷을 입은 덩치 큰 남자가 내 뒤로 와서, 가위와 빗을 들고 내 머리를 바라보기 시작했다. 나는 성긴 수염을 비틀며 어떻겠느냐, 물건이 되겠느냐 하고 물었다. 하얀 남자는 아무 말도 않은 채, 손에 든 호박색 빗으로 가볍게 내 머리를 두드렸다.

"글쎄, 머리도 머리지만 어떨까? 물건이 좀 될까?" 그렇게 나는 하얀 남자에게 물었다. 하얀 남자는 역시 아무런 대답도 않은 채, 찰칵찰칵 가위 소리를 내기 시작했다.

거울에 비치는 그림자를 하나도 남김없이 볼 작정으로 눈을 크게 뜨고 있었지만, 가위 소리가 날 때마다 검은 머리카락이 날아오기 때문에 무서워져서 그만 눈을 감았다. 그러자 하얀 남자가 이렇게 말했다.

"당신은 바깥의 금붕어 장수를 보셨습니까?"

나는 못 보았다고 했다. 하얀 남자는 그뿐, 열심히 가위를 울리고 있었다. 그러자 갑자기 커다란 목소리로 '위험해' 하고 외치는 사람이 있다. 얼른 눈을 뜨자, 하얀 남자의 옷소매 밑에 자전거 바퀴가 보였다. 인력거의 수레 채가 보였다. 그때 하얀 남자가 양손으로 내 머리를 누르며 옆으로 돌렸다. 자전거와 인력거는 전혀 보이지 않게 되었다. 가위 소리가 찰칵찰칵 난다.

이윽고 하얀 남자는 내 옆으로 돌아와서 귀 쪽을 깎기 시작했다.

머리카락이 앞쪽으로 날아오지 않게 되었기 때문에 안심하고 눈을 떴다. 찰떡이요, 찰떡, 찰떡이요 하는 소리가 바로 옆에서 난다. 작은 절굿공이를 일부러 절구에 꽂은 채 장단에 맞추어 떡을 찧고 있다. 찰떡 집은 어릴 때에 보았을 뿐이기 때문에 그 모양을 좀 보고 싶다. 그렇지만 찰떡 집은 결코 거울 속에 나타나지 않는다. 그냥 떡 찧는 소리만이 들릴 뿐이다.

나는 볼 수 있는 시력은 모두 다 모아 거울 귀퉁이를 들여다보았다. 그러자 카운터 칸막이 안에 어느 사이엔가 한 여인이 앉아 있다. 거무스름한 빛을 띤 얼굴을 했고 눈썹이 검고 체격이 큰 여인으로, 머리는 은행잎 모양으로 묶었고, 검은 공단 깃이 달린 홑겹옷을 입고 있었다. 무릎을 세운 채 돈 계산을 하고 있다. 돈은 10엔짜리 같다. 여인은 긴 속눈썹을 내리깔고 엷은 입술을 꼭 다문 채 열심히 돈의 숫자를 읽고 있지만, 그 읽어내는 속도가 정말 빠르다. 그런데도 돈은 아무리 헤아려도 끝날 것 같지 않다. 무릎 위에 놓여 있는 것은 많아야 백 장 정도지만, 그 백 장이 아무리 헤아려도 언제까지나 백 장인 것이다. 나는 멍하니 이 여인의 얼굴과 10엔짜리 돈을 바라보고 있었다. 그러자 귓가에서 하얀 남자가 큰 목소리로, "씻읍시다." 했다. 때마침 잘 되었다 생각하고 의자에서 일어나자마자 카운터 칸막이 쪽을 돌아보았다. 그렇지만 카운터 안에는 여인도 돈도 아무것도 보이지 않았다.

돈을 지불하고 밖으로 나오자, 문 입구 왼쪽에 엽전처럼 생긴 나무통이 나란히 놓여 있었다. 그 속에 빨간 금붕어랑, 점이 있는 금붕어, 마른 금붕어, 살찐 금붕어가 가득 들어 있었다. 그리고 금붕어 장수가 그 뒤에 있었다. 금붕어 장수는 자기 앞에 나란히 놓인 금붕어를 바라보며, 턱을 괴고 느긋하게 있을 뿐이었다. 시끌시끌하게 사람들이 오고 가는 행동에는 거의 마음을 두고 있지 않다. 나는 잠시 서서 이 금붕어 장수를 바라보고 있었다. 그렇지만 내가 바라보고 있는 동안, 금붕어 장수는 조금도 움직이지 않았다.

아홉째 밤

세상이 어쩐지 술렁거리기 시작했다. 당장이라도 전쟁이 일어날 것처럼 보인다. 불에 탄 채로 뛰쳐나온 맨살의 말이 밤낮 할 것 없이 집 주위를 거칠게 돌아다니면, 그것을 또 밤낮 없이 그 아랫것들이 웅성거리며 뒤쫓고 있는 그런 기분이 든다. 그러면서도 집 안은 무척이나 조용하다.

집에는 젊은 엄마와 세 살 된 아이가 있다. 아버지는 어딘가에 갔다. 아버지가 어딘가에 간 것은 달이 뜨지 않은 한밤중이었다. 마루 위에서 짚신을 신고 까만 두건을 쓴 채 부엌문으로 나갔다. 그때 어머니가 들고 있던 작은 초롱불이 어둠 속에서 길게 빛을 뿜으며 울타리 앞에 있는 오래된 노송나무를 비추었다.

아버지는 그 길로 돌아오지 않았다. 어머니는 매일 세 살 먹은 아이에게, "아버지는?" 하고 묻고 있다. 아이는 아무 말도 하지 않았다. 조금 지나자, "저기." 하고 대답하는 듯했다. 어머니가, "언제 돌아오시지?" 하고 물어도 역시, "저기." 하며 웃고 있었다. 그때는 어머니도 웃었다. 그리고는, "금방 돌아오지." 하는 말을 몇 번이고 되풀이해서 가르쳤다. 그렇지만 아이는 '금방'이란 말만을 외웠을 뿐이다. 때로는, "아버지는 어디?" 하는 말을 들으면, "금방." 하고 대답하는 일도 있었다.

밤이 되어 사방이 조용해지면, 어머니는 치마끈을 고쳐 매고 상어칼집에 들어 있는 단도를 치마끈에 찔러 넣은 뒤, 아이를 가는 띠로 등에 업고 살그머니 쪽문으로 나간다. 어머니는 언제나 짚신을 신고 있었다. 아이는 이 짚신 소리를 들으면서 어머니 등에서 잠들어버린 적도 있었다.

흙담이 연이어져 있는 저택들을 끼고 서쪽으로 내려가 길게 뻗친 완만한 비탈길을 다 내려가면 커다란 은행나무가 있다. 이 은행나무를 목표로 해서 오른쪽으로 꺾으면, 한 구역 쯤 안쪽에 돌로 된 도리 (鳥居, 신사 입구에 세운 기둥 문)가 있다. 한쪽은 논이고 한쪽은 얼룩조릿대뿐인 그 길을 따라 도리까지 와서, 그곳을 빠져나오면 어두운 삼나무 숲이 된다. 그리고 스무 칸쯤 돌이 깔린 길을 따라 막다른 곳에 이르면 오래된 배전(拜殿, 신사에서 배례하기 위해 본전 앞에 지은 건물)의 계단 밑으로 나온다. 쥐색으로 빛이 바랜 새전 상자 위에 커다란 방울에 달린 끈이 드리워져 있고, 낮에 보면 그 방울 옆에 하치만구(八幡宮, 하치만진八幡神을 모신 신사를 가리키는 말. 하치만진은 활의 신)라는 현판이 걸려 있다. 하치ㅅ라는 글자가 비둘기 두 마리가 마주 보는 듯한 서체로 나와 있는 것이 재미있다. 그 외에도 여러 가지 현판이 있다. 대개는 제후에 속하는 무사가 명중시킨 과녁과 명중시킨 무사의 이름이 같이 있는 것이 많다. 가끔은 허리에 차는 칼을 넣은 것도 있다.

도리이를 빠져나가면 삼나무 우듬지 끝에서 언제나 부엉이가 울고 있다. 그리고 막치 짚신 소리가 철벅철벅 난다. 그것이 배전 앞에서 멎으면, 어머니는 먼저 방울을 흔들어 놓고는 이내 웅크리고 앉아 두 손을 마주 모은다. 대개는 이때 부엉이가 갑자기 울음을 멈추게 된다. 그러고 나서 어머니는 마음을 모아 남편이 무사하기를 기도한다. 어머니는 남편이 무사이기 때문에, 활의 신을 모신 하치만에게 이렇게 간절히 소원을 빌면, 설마 들어주지 않을 이유가 없을 거라고 굳게 믿고 있다.

아이는 곧잘 이 방울 소리에 잠이 깼으며, 사방을 바라보면 깜깜하기만 했기 때문에 갑자기 등에서 울기 시작할 때가 있다. 그때 어머니는 입 속에서 무언가를 빌며 등을 흔들면서 아이를 달래려고 한다. 그러면 다행히도 울음을 멈출 때가 있고, 점점 더 격렬하게 울음을 터뜨릴 때도 있다. 어느 쪽이든 어머니는 쉽게 일어나지 않는다.

대충 남편의 무사안일을 기도하고 나면, 이번에는 가느다란 띠를 풀어 등에 업었던 아이를 조심스레 앞으로 돌려 양손에 안으면서 배전으로 올라가서, "착한 아기니까 조금만 기다려." 하고 자기의 뺨

을 아기의 뺨에 문질러댄다. 그리고 가느다란 띠를 길게 해서 아이를 묶어놓고, 그 한쪽 끝을 배전의 난간에 묶어놓는다. 그리고 계단을 내려와 돌이 깔린 그 길을 왔다 갔다 하며 오햐쿠도(お百度, 소원성취를 빌며 신사나 절에 가서 일정한 거리를 백 번 왕래하며 기도하는 일)를 시작한다.

배전 난간에 묶인 아이는 어둠 속에서 가느다란 끈이 닿는 데까지 넓은 툇마루 위를 이리저리 기어 다니고 있다. 그런 때가 어머니에게는 가장 편한 밤이다. 그렇지만 묶어놓은 아이가 찔찔 울음을 터뜨리면 어머니는 제정신이 아니다. 오햐쿠도를 하는 다리가 엄청나게 빨라진다. 숨소리가 무척이나 가쁘다. 어쩔 수 없을 때는 중간에 배전 위로 올라와서, 여러 가지 방법으로 달래놓는다. 오햐쿠도를 다시 시작할 때도 있다.

이렇게 몇 밤이고 어머니가 조바심을 치며 밤잠도 자지 않고 걱정하던 아버지는 벌써 그 오래전에 떠돌이 무사에게 죽음을 당했다.

이런 슬픈 이야기를 꿈속에서 어머니로부터 들었다.

열 번째 밤

쇼타로가 여인에게 납치된 지 이레째 되는 날 밤에 불쑥 돌아와서 갑자기 열이 나 덜컥 자리에 누워 있다고 겐 씨가 알리러 왔다.

쇼타로는 마을에서 가장 잘생긴 남자로 무척이나 선량하고 정직한 사람이다. 다만 한 가지 별난 취미가 있다. 파나마모자를 쓰고, 저녁이 되면 과일가게 앞에 앉아 오가는 여자들의 얼굴을 바라본다. 그렇게 쉴 새 없이 감탄하고 있다. 그 외에는 이렇다 할 특색도 없다.

여자가 별로 다니지 않을 때는 한길을 보지 않고 과일을 보고 있다. 과일에는 여러 가지가 있다. 복숭아, 사과, 비파, 바나나 들을 예쁘게 바구니에 담아 즉시 선물로 가져갈 수 있도록 두 줄로 가지런히 늘어놓았다. 쇼타로는 이 바구니를 보고 예쁘다고 한다. 장사를 한다면 과일가게를 할 거라고 말한다. 그러는 주제에 자기는 파나마모자를 쓰고 빈둥빈둥 놀고만 있다.

이 빛깔이 좋아, 하며 여름 밀감 같은 것을 품평하는 일도 있다. 그렇지만 한 번도 돈을 내고 과일을 산 적이 없다. 물론 그냥 먹지도 않는다. 과일의 빛깔만 칭찬할 뿐이다.

어느 저녁 무렵, 한 여자가 혼자 불쑥 가게 앞에 섰다. 지체 있는 집의 여자인 듯 차림새가 매우 훌륭하다. 그 옷 색깔이 쇼타로의 마음에 들었다. 게다가 쇼타로는 여자의 얼굴에 반하고 말았다. 그래서 소중한 파나마모자를 벗고 정중하게 인사를 했다. 여자는 바구니에 담긴 것 중에서 가장 큰 것을 가리키며, 그것을 달라고 했다. 그러자 쇼타로는 곧장 그 바구니를 집어 건네주었다. 그러자 여자는 잠깐 그것을 들어보고서 많이 무겁다고 했다. 쇼타로는 원래가 한가한 사람인 데다가 사람을 잘 사귀는 남자였다. 그럼 댁까지 들어드리지요라고 말한 뒤 여자랑 함께 과일가게를 나왔다. 그리고는 돌아오지 않았다.

아무리 쇼타로라도 너무 무사태평하다. 이건 보통 일이 아니라고 친척이랑 친구가 떠들기 시작했을 때, 이레째 되는 날 밤에 불쑥 돌아왔다. 그래서 사람들이 몰려들어 어디에 갔었냐고 물으니, 쇼타로는 전차를 타고 산에 갔었다고 대답했다. 아무튼 상당히 긴 전차임에 틀림없다. 쇼타로의 말에 따르면, 전차에서 내리자 곧바로 들판이 나왔다고 한다. 아주 넓은 들판으로, 어디를 둘러보아도 파란 풀만이 무성했다. 여자와 함께 풀 위를 걸어가자, 갑자기 절벽 꼭대기가 나왔다. 그때 여자가 쇼타로에게, 여기에서 뛰어내려보세요라고 했다. 아래를 내려다보니 절벽은 보이는데 그 밑바닥은 보이지 않았다. 쇼타로는 파나마모자를 벗고 거듭 사양했다. 그러자 여자가 만약 뛰어내리지 않으면 돼지가 와서 핥을 텐데 그래도 괜찮겠느냐고 물었다. 쇼타로는 돼지와 구모에몬[도츄켄구모에몬桃中軒雲右衛門(1873~1916)을 가리킨다. 메이지 시대에 활약한 명창]이 제일 싫었다. 그렇지만 목숨과 바꿀 수는 없다고 생각해, 역시 뛰어내리는 것을 미루고 있었다. 그때 돼지 한 마리가 꿀꿀거리며 왔다. 쇼타로는 할 수 없이 들고 있던 빈랑나무 작대기로 돼지의 콧잔등을 후려쳤다. 돼지는 꽥 하고 벌렁 나자빠지면서 절벽 밑으로 떨어졌다. 쇼타로는 겨우 후유 하고 한숨을 돌리고 있는데, 또다시 한 마리의 돼지가 큰 코를 쇼타로에게 문지르러 왔다. 쇼타로는 어쩔 수 없이 작대기를 한 번 더 들어올렸다. 돼지는 꽥 하고 울며 또 곤두박질치듯 낭떠러지 밑으로 굴러 떨어졌다. 그러자 또 한 마리가 나타났다. 이때 쇼타로가 정신을 차리고 건너편을 바라보니, 저 멀리 푸른 초원 끝에서 몇만 마리인지 헤아릴 수조차 없는 돼지들이 절벽 위의 자신을 향해 일직선으로 꿀꿀거리며 왔다. 쇼타로는 정말 무서웠다. 그렇지만 어찌할 수가 없어서 가까이 오는 돼지의 콧잔등을 하나하나 조심스레 빈랑나무 작대기로 내려쳤다. 이상한 것은 작대기가 코에 닿기만 하면 돼지는 벌러덩 골짜기 밑으로 굴러떨어졌다. 내려다보니 바닥이 보이지 않는 절벽으로 돼지들이 뒤집힌 채로 떼를 지어 떨어져 간다. 자신이 이렇게 많은 돼지들을 계곡으로 떨어뜨렸다고 생각하니, 쇼타로는 스스로 한 일이 무서워졌다. 그렇지만 돼지는 계속해서 온다. 검은 구름에 발이 달렸을까, 푸른 초원을 짓밟는 듯한 기세로 무진장 꿀꿀거리며 온다.

쇼타로는 필사적으로 죽을힘을 다해 엿새 밤하고 이레째를 두들겼다. 그러나 마침내 힘이 빠지고 손이 구약나물처럼 약해져 끝내 돼지에게 당하고 말았다. 그리고 절벽 위에 쓰러졌다.

겐 씨는 쇼타로의 이야기를 여기까지 듣고 난 뒤, 그러니까 여자를 지나치게 밝히는 것은 좋지 않다고 말했다. 나도 물론 그렇게 생각했다. 그렇지만 겐 씨는 쇼타로의 파나마모자를 갖고 싶다고 했다.

쇼타로는 살아나지 못할 것이다. 파나마모자는 겐 씨의 것이 될 것이다.

열흘 밤의 꿈

「열흘 밤의 꿈」은 일본인들이 가장 존경하는 작가로 꼽고 있는 나쓰메 소세키의 대표작 중 하나로, 1908년 아사히신문에 연재했던 소설이다. 열 편의 짧은 글로 이루어져 있는데, 일본의 문학 평론가들은 소세키가 문체상 가장 격한 변화를 보여주는 시기에 쓰인 것으로 보고 있다.

열흘 밤 동안 꿈속에서 일어난 일을 기술하는 있는 이 작품은, 꿈의 특성이 그렇듯이 기괴한 시공에서의 사건들이 펼쳐진다. '첫째 밤'에서 '셋째 밤'까지는 전편 중에서 가장 긴박감이 감돈다. '첫째 밤'은 꿈속의 여인이 백 년 동안 기다려 달라고 해서, 그 여인의 무덤 옆에 앉아 있다가 자신도 모르게 이미 백 년이 지난 것을 의식하는 이야기다. 읽다보면 순식간에 생과 사, 의식과 무의식, 그 경계선을 서성이고 있는 듯한 긴장에 휩싸인다. '둘째 밤'은 무사가 자신의 방에 있는 무수한 자신의 그림자에 포위되어 자멸한다는 이야기다. '셋째 밤'은 자신이 업고 있는 아이가 자신의 아이인 줄 알았는데, 백 년 전 자신이 죽인 장님이었다는 이야기다.

'셋째 밤'까지는 부모가 태어나기 이전부터 사후까지 미치는 자신의 모습을 두 사람의 관계 속에 풀어냈다면, '넷째 밤'에서는 여러 사람과 만나게 된다. 특히 수건을 뱀으로 만든다는 할아버지 이야기가 재미있다. '다섯째 밤'은 '아마노쟈쿠'라는 악녀로 등장하는 도깨비 때문에 사랑하는 여인을 만나지 못한 이야기를 다루고 있다. '여섯째 밤'은 가마쿠라 시대의 조각가 운케이의 조각에 관한 이야기이다. 조각은 형상을 칼로 깎아내는 것이 아니라, 나무 속에 들어있는 형상을 찾아내는 것이라는 유명한 이야기가 여기서 나온다. '일곱째 밤'은 타고 있던 배에서 죽기로 결심하지만, 발이 바닥에서 떨어지는 순간 무한한 후회와 공포를 안고 검은 파도 쪽으로 떨어진다. '여덟째 밤'은 두 개의 창과 여섯 개의 거울이 달린 이발소를, '아홉째 밤'은 이미 죽은 아버지의 안녕을 비는 애달픈 어머니의 기도 이야기가 담겨 있다. 마지막 '열 번째 밤'은 쇼타로라는 건달 같은 젊은이가 여자를 따라 나섰다가 엄청난 숫자의 돼지와 대적하다가 마침내 절벽 위에서 쓰러져버리고, 결국 그가 쓰고 다니던 모자는 다른 사람의 것이 될 것이라는 이야기가 나온다.

　이 작품은 합리적 해석을 거부하는 스토리를 갖고 있음에도 불구하고, 마치 독특한 드라마를 보는 듯한 재미가 있다. 논리적 연결성이 있는 것은 아니지만, 눈에 잡힐 듯한 묘사와 문장이 갖는 울림이 있다. 바로 이런 점이 작가의 탁월한 역량이 아닐까.

一夜
하룻밤

나쓰메 소세키

夏目漱石_1867~1916

소설가. 도쿄 태생으로 도쿄대학 영문과 졸업. 고령인 부모와 많은 형제 중 막내였던 탓에 태어나자마자 수양아들로 보내지는 등 불우한 소년기를 보냈으나, 후에 이런 배경은 그의 사상과 문학에 커다란 영향을 주었다. 34세에 영어 연구를 위해 영국 유학을 떠났으나, 신경 쇠약으로 36세인 1903년 귀국하여 도쿄대학에서 문학론을 강의하였다. 1905년 「나는 고양 이로소이다」를 시작으로 「도련님」「풀베개」「우미인초」「산시로」「그 후」등 많은 작품을 남겼으며, 지금까지도 일본인의 존경을 받는 작가로 자리매김하고 있다. 「행인」을 연재하 면서 신경쇠약과 위궤양이 재발하였으며, 아사히신문에 「명암」을 연재하던 1916년 위궤양 내출혈로 사망하였다.

"아름다운 많은 사람의, 아름다운 많은 꿈을……." 하고 수염 기른 남자가 두세 번 조그맣게 읊조리고는, 다음은 생각에 잠겨 있는 모습이다. 불빛에 비치는 도코노마의 한쪽 장식 기둥에 기대어 있는 곧은 등을, 이때 약간 앞으로 굽히자, 두 손으로 끌어안은 무릎 위에 험난한 봉우리가 솟는다. 아름다운 구절을 생각해냈으나 아름다운 구절을 이어나갈 수 없는 능력이 답답해서인지, 검고 느슨하게 흘러내린 눈썹 밑에서 불안한 눈빛이 빛난다.

"그리려고 해도 이뤄지지 않는다. 그리려고 해도 이뤄지지 않는다……." 하고 마루 끝에 앉아 천하태평인 듯 책상다리를 한 사람이 되풀이한다. 진작부터 외우고 있던 선어禪語로, 즉흥이 이루어지면 써먹을 생각일까? 뻣뻣한 머리를 짤막하게 깎고 수염도 없는 둥근 얼굴을 기울이며, "그리려고 하지만 그리려고 하지만, 꿈이기에, 그리려고 하지만, 이루어지기 어렵다." 하고 소리 높여 다 읊조린다. 그리고는 하하하 하고 웃으며 방 안에 있는 여인을 돌아본다.

대바구니 속에 뜨거운 불빛을 피해 희미하게 켜놓은 램프 건너편에, 오른쪽에는 선반, 앞에는 초록빛 짙은 정원을 향하고 있는 사람이 여인이다.

"화가라면 그림으로라도 그리겠죠. 여자라면 비단을 틀에 펼쳐 걸고 수라도 놓겠죠." 그렇게 말하면서, 흰 천으로 된 잠옷에서 한쪽 발을 약간 편하게 고쳐 앉으니, 팥빛 방석 밖으로 하얀 발등이 미끄러져 나와 있다. 그 자태가 요염하다고 할 정도는 아니지만 아름다운 자세가 된다.

"아름다운 많은 사람의, 아름다운 많은 꿈을……" 하고 무릎을 안고 있는 남자가 다시 읊어나가는 뒤를 이어, "수는 놓을 수가 있어요. 수를 놓으면 누구에게 보내죠. 보내면 누구에게?" 하고 여인은 일부러 그렇게 하는 것 같지도 않게 하면서도 약간 웃는다. 이윽고 주홍빛을 칠한 부채 자루에 흩뜨려져 내려와 있는 뺨의 검은 머리카락을 귀찮은 듯이 쓸어올려 젖힌다. 그러자 자루 끝에 달린 자줏빛 실로 만든 술이 물결치고 초록빛 짙은 향유의 향기 속에 뛰어 들어간다.

"내게 보내." 하고 수염 없는 사람이 금세 말을 받고는 또다시 하하하 하고 웃는다. 여인의 뺨에는 젖빛 바탕에서 포착하기 어려운 웃음의 소용돌이가 솟아올랐고, 눈두덩에는 옅은 주홍빛이 녹아든다.

"수는 놓으면 어떤 색으로?" 하고 수염 있는 사내는 진지하게 묻는다.

"비단을 사면 흰 비단, 실을 사면 은빛 실, 금빛 실, 꺼져 없어지려는 무지갯빛 실, 낮과 밤의 경계인 저녁 어스름의 실, 사랑의 빛깔, 원망의 빛깔은 물론 있겠지요." 하고 여인은 눈을 들어 도코노마의 한쪽 장식 기둥을 바라본다. 우수를 녹여 반죽한 구슬이, 따가운 불빛에는 견딜 수 없다는 듯이 시원스럽다. 우수의 빛깔은 옛날부터 검은색이다.

이웃으로 통하는 골목길을 경계로 심은 네댓 그루의 노송나무에 구름을 부르고, 방금 전에 그쳤던 장맛비가 또다시 내리기 시작한다. 둥근 얼굴의 사내는 어느 사이에 방석을 버리고 툇마루에서 두 발을 늘어뜨리고 있다. "저 나무들은 가지를 자른 일이 없는 것처럼 보이네. 장마도 꽤 계속되었어. 싫증도 내지 않고 내리거든." 하고 혼잣말처럼 중얼거리며, 문득 생각난 듯한 표정으로 자신의 무릎을 툭툭 손바닥을 세워 두드린다. "각기병에 걸렸나? 각기인가?"

나머지 두 사람은 꿈의 시詩인지, 시의 꿈인지, 조금은 이해하기 어려운 이야기의 실마리를 거둬들인다.

"여자의 꿈은 남자의 꿈보다도 아름다울 거야." 하고 남자가 말하자, "적어도 꿈에서라도 아름다운 나라에 가지 않으면……." 하고, 이 세상은 더러워졌다고 말할 수 있다는 그런 표정이다. "세상이 낡아서 더러워졌나요?" 하고 물으니, "더러워졌어요." 하고 흰 비단 천을 바른 부채로 가볍게 살갗을 부친다. "오래된 술병에는 오래된 술이 들어 있을 터이니, 맛보도록 하세요." 하고 남자도 거위 깃을 펼치고 자단(紫檀, 콩과의 상록 활엽교목. 나무껍질이 자줏빛이다) 자루를 단 부채로 무릎 언저리를 부친다. "낡은 세상에서 취해볼 수 있다면 재미있겠지요." 하고 여인은 어디까지나 시무룩한 표정이다.

이때 "각기인가? 각기인가?" 하고 자꾸만 자신의 다리를 주무르던 사람이 갑자기 손을 들어 '쉿!' 하고 두 사람의 대화를 말린다. 세 사람의 목소리가 한꺼번에 끊긴 사이를, "뻐꾹!" 하는 날카로운 새 소리가 노송나무 가지 끝을 스치며 뒤쪽 절간으로 사라져간다. 구구……

"저 소리가 두견새입니까?" 하며 다시 깃털 부채를 던지고 그도 마루 쪽으로 기어 나간다. 쳐다보는 추녀 끝에서 비스듬히 검은 빗방울이 얼굴에 떨어진다. 각기를 걱정하는 사나이는 손가락을 세워 뒤쪽을 가리키며, "저쪽이야." 한다. 테쓰규지鐵牛寺라는 절의 본당 근처에서 구구, 구구.

"첫마디에 두견새라고 알았어. 두 마디에 좋은 소리라고 생각했어." 하고 다시 장식 기둥에 기대며 즐거운 듯이 말한다. 이 수염 난 사내는 두견새 소리를 태어나서 처음으로 들은 것 같다. "한 번 보자마자 금세 반하는 것도 그런 것일까요?" 하고 여인이 묻는다. 특별히 부끄러워한다거나 하는 기색도 보이지 않는다. 까까머리는 돌아

앉아서는, "저 소리는 가슴이 후련하게 내려가는 것 같지만, 반하면 가슴이 막히겠지요? 반하지 말아야지, 반하지 말아야지……. 아무래도 각기 같아." 하고 엄지손가락으로 앞정강이를 힘껏 눌러본다. "열 길 꼭대기에 한 소쿠리 더 올려놓는다…… 더 올려놓지 않으면 모자라고 더 올려놓으면 위험하다…… 그리운 사람은 만나지 않는 것이 좋을 겁니다." 하고 깃털 부채가 또 움직인다. "그러나 쇳조각이 자석을 만난다면?" "처음 만나는데도 인정사정없겠지." 하고 엄지손가락으로 누른 구멍자국을 연신 문지르며 점잖을 빼고 있다.

"본 적도 들은 적도 없는데, 이거구나 하고 알아차리는 것이 이상하네." 하고 아는 척을 하며 수염을 쓰다듬는다. "나는 우타마로(歌麿呂, 1752~1806, 미인화로 유명한 에도후기의 화가)가 그린 미인을 인식했지만, 어떻게 그림을 살리는 방법은 없을까?" 하고 또 다시 여인 쪽을 향한다. "나로서는 —— 인식을 한 장본인이 아니고서는" 하고 부채의 술을 가느다란 손가락에 감아본다. "꿈으로 바꾸면 금방 살아나지." 하고 그 수염 기른 남자가 어렵지도 않게 대답한다. "어떻게?" "내 얘기는 이런 거야." 하고 얘기를 시작하려고 할 때, 모깃불이 꺼지며 어둠 속에 숨어 있던 모기가 쑥 튀어나와 목덜미 쪽을 톡 쏜다.

"재灰가 젖어 있을지도 몰라요." 하고 여인이 모깃불통을 끌어당겨 뚜껑을 열자, 붉은 비단실로 맨 모깃불의 잿덩어리가 연기를 풍기며 흔들흔들 흔들린다. 동쪽 이웃에서 거문고와 실로 잡아맨 모깃불의 잿덩어리가 연기를 풍기며 흔들흔들 흔들린다. 동쪽 이웃에서 거문고와 샤쿠하치(尺八: 길이가 한 자 여덟 치이고, 앞에 네 개, 뒤에 한 개의 구멍이 있는 통소)의 합주곡이 자양화 숲을 뚫고 손에 잡힐 듯이 들리기 시작한다. 사이로 보니 열어젖힌 요정의 방에서 등불마저 반짝반짝 엿보인다. "어때?" 하고 한 사람이 묻자, "평범하지 않아." 하고 한 사람이 대답한다. 여인만 말 없이 있다.

"내 얘기는 이런 거야." 하고 이야기는 원래대로 되돌아간다. 다시 불을 붙인 모깃불의 연기가 통에 뚫어놓은 세 개의 구멍에서 새어 나와 세 줄기의 연기가 된다. "이번에는 불이 붙었습니다." 하고 여인이 말한다. 세 줄기의 연기가 뚜껑 위에서 뭉쳐 갈색 덩어리가 되었다고 생각하자, 비를 머금은 바람이 휙 불어와서는 흐뜨려 놓는다. 덩어리가 지기 전에 흩어질 때에는 세 줄기 연기가 세 개의 원을 그리고, 검은 칠 위에 그림을 새겨 넣은 통 주위를 돈다. 어느 것은 느릿하게, 어느 것은 재빨리 돈다. 또 어떤 때는 원조차 그릴 겨를도 없이 흩어져버린다. "화장火葬이다, 화장이다." 하고 둥근 얼굴의 사나이는 별안간 화장터의 광경을 생각해낸다. "모기의 세상도 편안하지 않을 것이다." 하고 여인은 인간을 모기에 비교한다. 원 상태로 돌아가기 시작했던 이야기도 모깃불과 함께 흩어져버리고 말았다. 이야기를 꺼낸 사나이는 특별히 얘기를 계속 하려고도 하지 않는다. 세상사는 모든 것이 이렇다고 벌써부터 알고 있었다.

"꿈 이야기는?" 하고 약간 사이를 두고 여인이 묻는다. 사나이는 옆에 있는, 양 껍질 표지에 붉은 글자로 책 이름을 쓴 시집을 꺼내 무릏 위에 놓는다. 읽고 있던 장소에 상아를 가늘게 깎은 종이칼이 꽂혀 있다. 책 길이를 넘어 길게 밖으로 삐져나와 있는 곳에만 엷게 땀이 배어 있다. 손가락 끝을 대어보니, 미끈하고 이상스러운 글자가 생겨난다. "이렇게 습기가 차서는 견디기 어렵지." 하고 이맛살을 찌푸린다. 여인도 "정말 눅눅하네요!" 하고 한 손으로 소매 끝을 쥐어보고는, "향이라도 피울까요?" 하고 일어난다. 꿈 이야기는 또 늦춰진다.

선덕[宣德, 중국의 명나라 선덕 연간(1426~1435)에 제작된 소형 향로]의 향로에 자단 뚜껑이 있고, 자단 뚜껑의 한가운데에는 원숭이를 새긴 청옥 손잡이가 붙어 있다. 여인의 손이 이 뚜껑에 닿았을 때, "어머, 거미가." 하고는 긴 소매가 옆으로 비켜 나가고, 두 남자는 모두 도코노마 쪽을 바라본다. 향로 옆에 있는 백자에는 연꽃이 꽂혀 있다. 어제 내리는 빗속에서 비옷을 입고 자르는 사람의 정경을 도코노마에서 바라볼 수 있는 것은 꽃봉오리 한 송이, 덜 펼쳐진 잎은 두 장. 그 잎에서 세 치 정도 위에, 천장에서 백금 실을 길게 끌고 한 마리의 거미가 ── 몹시 우아하다.

"연잎에 큰 거미 내려와서 향불을 피우네." 하고 읊조리면서 여인은 한 번에 여러 조각의 향을 쥐어 향로 속에 듬뿍 던져 넣는다. "거미는 거꾸로 걸렸어도 흔들리지 않고, 향불 타는 연기는 대나무 들보를 휘감네(소소현불요 전연요죽량 蛸蛸不懸搖 篆烟繞竹梁)." 이렇게 읊고 나서 수염 난 남자도 보고만 있을 뿐, 집어내 버리려고 하지 않는다. 거미도 움직이지 않는다. 다만 바람이 불 때마다 조금씩 흔들릴 뿐이다.

"거미도 꿈 얘기를 들으려고 온 것일까." 하고 둥근 얼굴의 남자가 웃자, "그럼 꿈속에서 그림을 살려 놓는 이야기니까, 듣고 싶으면 거미도 들어라." 하고 무릎 위에 있는 시집을 읽을 생각도 없는데 펼친다. 눈길은 글자 위에 떨어져 있지만, 눈동자 속에 비치는 모양은 시의 나라일까, 꿈의 나라일까.

"백이십 간間의 긴 복도가 있고, 백이십 개의 등불을 켠다. 백이십 간 긴 복도에 봄의 물결이 밀려오고, 백이십 개의 등불이 봄바람에 깜박인다. 흐릿한 어둠 속, 바닷속에는 커다란 신사의 문이 떠오르지 못하는 거인처럼 서 있다……."

때마침 요란한 초인종 소리가 들리고 누군가가 문을 연다. 이야기를 하던 사람은 말을 뚝 멈춘다. 나머지 사람들은 약간 앉음새를 고친다. 아무도 들어온 기색은 없다. "이웃집이야." 하고 수염 없는 남자가 말한다. 이윽고 문이 열리는 소리가 들리고, "또 내일 밤." 하고 젊은 여인의 목소리가 들린다. "꼭." 하고 대답한 사람은 남자인 것 같다. 세 사람은 아무 말 없이 얼굴을 마주 보고는 살며시 웃는다. "저건 그림이 아니야. 살아 있어." "저걸 평면으로 줄여 놓으면 역시 그림이지." "그러나 저 목소리는?" "여인은 보랏빛." "남자는?" "글쎄." 하고 판단하기 어려워 수염 난 남자가 여자 쪽을 향한다. 여인은 "주홍색." 하고 멸시하듯이 대답한다.

"백이십 간 긴 골목에 이백삼십오 개의 액자가 걸려 있고, 그 이백

삼십이 개째 액자에 그려진 미인의……."

"목소리는 노란색입니까? 갈색입니까?" 하고 여인이 묻는다.

"그런 단조로운 목소리가 아닙니다. 색으로는 나타낼 수 없는 목소리입니다. 억지로 얘기하자면, 글쎄, 당신 같은 목소리일까."

"고맙습니다." 하는 여인의 눈 속에는, 우수를 머금은 웃음빛이 그득히 솟아 있다.

이때 어디에선가 두 마리의 개미가 기어 나와 한 마리는 여인의 무릎 위로 기어 올라간다. 아마도 길을 잘못 찾았을 것이다. 다 올라간 뒤에는 먹을 것도 없었고, 내려오는 길조차 잃어버렸다. 여인은 놀란 기색도 없이, 두리번거리는 검은 벌레를 흰 손가락으로 살짝 잡아 가볍게 떨어뜨린다. 떨어지는 서슬에 문득 다른 한 마리와 흰 바탕에 검은 무늬를 넣은 다다미 가장자리테 위에서 만난다. 잠시 동안은 머리와 머리를 마주 대고 무엇인가 서로 속삭이는 것 같았지만, 이번에는 여인에게는 가지 않고 도자기의 하나인 고이마리古伊萬里 과자 접시 끝까지 동행해서는, 거기에서 좌우로 나뉜다. 세 사람의 눈길은 모두 무심결에 두 마리의 개미 위에 떨어진다. 수염 없는 남자가 이윽고 말을 한다.

"여덟 장 다다미 넓이의 방이 있고, 세 사람의 손님이 앉아 있다. 한 여인의 무릎 위에 한 마리의 개미가 올라간다. 한 마리의 개미가 올라간 미인의 손은……."

"희다. 개미는 검다" 하고 수염 있는 그가 대꾸를 한다. 세 사람이 똑같이 웃는다. 한 마리의 개미는 재떨이를 다 올라가 꼭대기에서 무엇인가 생각하고 있다. 다른 놈은 운 좋게 과자 그릇 속에서 떡 부스러기를 만나 너무도 기쁜 나머지, 머뭇거리고 있는 기색이다.

"그 그림에 그린 미인이?" 하고 여인이 또 이야기를 돌린다.

"물결조차 소리를 멈춘 으스름 달밤에 문득 그림자가 드리워지는가 싶더니 어느 사이엔가 움직이기 시작한다. 길게 잇닿은 긴 복도를, 나는 것도 아니고 밟는 것도 아니고 그저 그림자 그대로인 채 움직인다."

"얼굴은?" 하고 수염 없는 사람이 물을 때, 다시 동쪽 이웃의 합주곡이 들리기 시작한다. 한 곡은 벌써 끝나고 새로운 한 곡을 시작한 것처럼 보인다. 그다지 좋지는 않다.

"꿀을 머금고 바늘을 불어댄다." 하고 한 사람이 평하자,

"비프스테이크의 화석을 먹여주고 있다." 하고 또 한 사람이 말한다.

"조화라면 난사향蘭麝香이라도 태워 넣지 않으면 안 될 것이다." 이것은 여인이 하는 말이다. 세 사람이 세 가지로 해석을 했지만, 세 가지가 다 몹시 이해하기가 어렵다.

"산호의 가지는 바다 밑에 있어. 약을 먹고 독을 쏘아대는 경박한 놈이야." 하며, 다시 정신을 가다듬은 수염 난 그가 "각각, 합주곡보다 꿈의 지속이 중요해. 그림에서 빠져나온 여인의 얼굴은……." 했을 뿐 말을 더듬는다.

"그리려고 해도 그리려고 해도 잘 되지 않는다……." 하고 둥근 얼굴은 가락을 맞춰 가볍게 은으로 된 공기를 두드린다. 떡 부스러기를 얻은 개미는 이 소리에 심하게 놀라 과자 그릇 속에서 좌우로 달리며 맴돈다.

"개미가 꿈에서 깨어났어요." 하고 여인은 꿈 얘기를 하는 사람을 향해 말한다.

"개미의 꿈은 떡 부스러기인가?" 하고 상대는 크지 않게 웃는다. "빠져나오지 못하나? 빠져나오지 못하나?" 하고 줄곧 과자 그릇을 두드리는 사람은 둥근 남자다.

"그림에서 여인이 빠져나오기보다는 당신이 그림이 되는 편이 쉽겠죠." 하고 여인은 또 수염 난 그에게 말한다.

"그건 생각해보지 않았어요. 앞으로는 내가 그림이 되지요." 하고 남자는 자연스럽게 대답한다.

"개미도 떡 부스러기만 될 수 있다면, 이렇게 허둥거리지 않아도 될 것을……." 하고 둥근 남자는 그릇 두드리는 것을 멈추고, 어느 사이엔가 궐련 연기를 요란스럽게 뿜어내고 있다. 장마에 넉 자 크기는 자란 해장죽이 세면대 위에 덮여 있다. 나머지 한두 그루는 높다랗게 추녀 끝에까지 올라가 있어서, 바람이 불 때마다 덧문 사이를 통해 자리를 가리지 않고 툇마루 위에도 거침없이 초록빛을 드리운다. "저기에 그림이 있다." 하고 궐련의 연기를 푸우 하고 그쪽으로 불어 보낸다.

장식 기둥에 걸어놓은 불자(拂子: 승려들이 가지는 불구佛具의 하나로, 막대 끝에 말총 따위를 다발로 매었고, 번뇌와 장애를 물리쳤음) 끝에는 타다 남은 향불의 연기가 스며들어 있었고, 족자는 자쿠츄(若忠, 에도시대 중기의 화가)의 '갈대와 기러기蘆雁'로 보인다. 기러기雁의 수는 일흔세 마리, 갈대蘆는 애당초 세기가 어렵다. 남포등 불빛을 엷게 받고 있고, 깊이 석 자의 도코노마이다 보니 옛날의 그림을 얼른 그것이라고 가려볼 수 없는 데에 아늑한 정취가 있다. "여기서도 그림은 가능하다." 하고 기둥에 기대어 있는 사람이 고개를 돌리면서 바라본다.

여인이 막 감은 그대로의 검은 머리카락을 어깨에 늘어뜨리고 둥그런 비단 부채를 가볍게 흔들면, 이따금씩 귀밑 언저리에 살짝 흩뜨려진다. 그것을 다시 치켜 젖히면 엷은 눈썹은 평소 때보다도 오히려 더 맑게 보인다. 벚꽃을 으깨어 짜 넣은 듯한 뺨 빛깔에, 봄밤의 별을 잠재우는 눈을 시원스럽게 뜨며, "나도 그림이 될까요?"라고 말한다. 분명히는 알 수 없지만, 흰 천에 칡잎을 그득히 뭉개어 물들인 잠옷의 깃을 똑바로 세우자, 따뜻한 대리석으로 조각을 한 것 같은 목덜미가 몹시도 돋보여 남자들의 마음을 끈다.

"그대로, 그대로, 그대로 있는 것이 명화가 아닌가요?" 하고 한 사람이 말하자, "움직이면 그림이 흐트러집니다." 하고 다른 한 사람이 주의를 준다.

"그림이 되는 것도 역시 힘이 듭니다." 하고 여인은 두 사람의 눈을 즐겁게 해주려고 하지도 않고, 무릎에 올려놓았던 오른손을 갑자

하룻밤

263

기 뒤로 돌려 몸을 비스듬히 기울인다. 길고 검은 머리카락이 번쩍 번쩍 불빛을 받고 있었고, 사각사각 푸른 다다미를 스치는 소리까지 들린다. "나무아미타불, 호사다마好事多魔로구나." 하고 수염 있는 사람이 가볍게 무릎을 친다. "찰나에 천금을 아끼지 않는 것이다." 하고 수염 없는 사람이 다 피운 궐련 꽁초를 뜰 저쪽 끝으로 던져버 린다. 이웃집의 합주곡은 어느 사이엔가 멎었고, 홈통을 통해 떨어 지는 빗물 소리만이 커다랗게 울린다. 모깃불은 어느 사이엔가 꺼져 있었다.

"밤도 꽤 깊었어."

"두견새도 울지 않아."

"잘까요?"

꿈 이야기는 드디어 중간에서 끊겼다. 세 사람은 각각 제자리에, 잠자리에 눕는다.

30분 뒤, 그들은 아름다운 많은 사람들의……라고 하는 구절도 잊 고 있었다. 구구! 하는 소리도 잊고 있었다. 꿀을 머금고 바늘을 뽑 어내는 이웃의 합주곡도 잊었다. 개미가 재떨이 위를 기어 올라간 것도, 연잎에 내려온 거미의 모습도 잊고 있었다. 그들은 점차 편안 한 상태로 들어가고 있었다.

모든 것을 다 잊고 난 뒤, 여인은 자신이 아름다운 눈과 아름다운 머리카락의 소유자라는 사실을 잊고 있었다. 한 남자는 수염이 있다 는 사실을 잊고 있었다. 다른 한 사람은 수염이 없다는 사실을 잊고 있었다. 그들은 점점 더 편안해진다.

옛날 아수라阿修羅왕이 제석천帝釋天과 싸워 패했을 때에는, 팔만 사천의 권속을 이끌고 우사(藕絲, 연근에서 뽑아낸 실)의 구멍 속에 들어가 숨었다고 되어 있다. 유마(維摩, 유마경의 주인공)의 법당에서 설법을 듣는 대중이 일천인지 일만인지 그 숫자를 잊었다. 호두 속에 숨어서, 자신이 일천세계의 왕이라고 생각하고자 한 것은 햄릿이 술회한 말이라고 기억한다. 좁쌀알이나 겨자씨 속에 푸른 하늘도 있고 대지도 있다. 한 제자가 스승에게 묻기를, 분자는 젓가락으로 집어올릴 수 있습니까? 했다. 분자는 잠시 놓아두자. 천하는 젓가락 끝에 걸릴 뿐 아니라, 한 번 집어 올리게 되면, 언제라도 뱃속에 넣어두어야 하는 것이다.

또 생각하는 백 년은 일 년과 같고, 일 년은 일각一刻과 같다. 일각을 알면 바로 인생을 안다. 해는 동쪽에서 솟아올라 반드시 서쪽으로 들어간다. 달은 차면 숨는다. 공연히 손가락을 꼽으며 백발에 이르는 것은, 공연히 망망한 시간에 마음의 한이 있음을 원망하는 것에 지나지 않는다. 해와 달은 속일지라도 자신을 속이는 것은 지자智者라고 할 수 없을 것이다. 일각에 일각을 더하면 이각으로 늘어날 뿐이다. 참으로 아름다운 비단에 꽃을 더한다 한들 얼마나 빛을 바꿀 수가 있을까.

여덟 장의 다다미 방에 수염 있는 남자와 수염 없는 남자, 그리고 서글서글한 눈매를 가진 여인이 모여 이렇게 하룻밤을 보냈다. 그들이 하룻밤을 그린 것은 그들의 생애를 그린 것이다. 왜 세 사람이 모였을까? 그것은 알 수 없다. 세 사람은 어떤 신분과 천성과 성격을 지니고 있을까? 그것도 알 수 없다. 사건은 세 사람의 언어와 동작을 통해서 일관되게 발전하지 않고 있다. 인생을 쓴 것이지 소설을 쓴 것이 아니기 때문에 어쩔 수 없다. 왜 세 사람이 같은 시각에 잠이 들었을까? 세 사람 다 같은 시각에 졸렸기 때문이다.

하룻밤

「하룻밤」은 우선 신비롭다. 비 내린 어느 여름밤에 한 장소에 있는 세 남녀가 '꿈'을 둘러싼 대화를 나누다가 결국은 꿈 이야기는 제대로 하지도 못하고 동시에 잠들어버린다는 것이 기둥 줄거리이다. 세 남녀가 나누는 말은 특별한 맥락이 있다기보다 생각나는 대로 단편적으로 이어지며, 암시적인 말들이 다양한 해석을 하게 만든다.

1905년 발표 당시부터 이해가 쉽지 않다는 목소리가 높았고, 지금도 그러한 독해의 난해함은 여전하다. 소세키는 이러한 반응과 질문들에 대해 단지, "느끼기만 하면 된다"고 답할 뿐이다. 따라서 작품의 해석과 평은 오롯이 독자들의 몫으로 남겨져 있다.

"아름다운 많은 사람의, 아름다운 많은 꿈을…."이라는 문장으로 시작되는 이 작품은 시작한 이야기를 끝맺지 못한다. 이야기를 맺는 것은 중요하지 않다. 「하룻밤」을 지배하는 것은 줄거리가 아니라 분위기다. 장맛비가 내리는 음력 5월의 정취와 도코노마가 있는 8조 다다미방에서 느끼는 일본 특유의 계절감이다. 일본의 풍토적 특징을 가장 잘 드러내는 음력 5월의 습기와 빗소리, 두견새, 자양화, 연꽃, 거미, 개미 등 다양한 계절어가 초여름 밤을 수놓는다.

여름밤을 함께 보내는 세 남녀의 꿈에 대한 이야기가 이어질 듯하면서 끊어지고, 끊어졌다가 다시 시작되곤 하는데, 이것은 애초에 이들의 이야기를 논리에 맞게 해야 할 이유도 목적도 없다는 걸 보여준다. 여기에 등장하는 세 사람의 관계는 애매하고, 그들이 각각 어떤 사람인지도 알수 없다. 그들이 나누는 대화의 방식이나 다루는 대상 역시 논리 맥락이나 틀이 없다. 이에 대해 작가는 이렇게 말한다. "인생을 쓴 것이지 소설을 쓴 것이 아니기 때문에 어쩔 수 없다"고.

少女病
소녀병

다야마 가타이

田山花袋_1871~1930

소설가. 시인. 군마 현 태생. 가난한 소년기를 보냈지만, 일찍이 한시문에 친숙했다. 도쿄에
온 이후 영어 등을 배우면서 19세기 후반의 유럽문학에 가까워졌다. 특히 모파상의 단편집
을 통해 인생관에 눈을 뜨게 된다. 가인 마쓰우라松浦를 사사했으며 작품 세계에도 영향을
받게 된다. 1899년 실연의 체험을 고백한 처녀작「소시인小詩人」을 시작으로,「시골교사」
「생」「처」「인연」「시간은 흘러간다」「어느 병사의 총살」등의 작품을 남겼다. 특히「이불」
은 일본문학사에서 자연주의의 대표작으로 평가되고 있다.

1

    아침 7시 20분 야마노테선山手線의 상행 기차가 요요기代代木 전차 정류장 끝머리의 지축을 흔들며 지나갈 무렵, 센다가야千駄ヶ谷의 논두렁길을 터벅터벅 걸어가는 남자가 있다. 이 남자가 지나가지 않는 날은 하루도 없다. 그러기에 비가 오는 날에는 진창 깊은 논두렁길에 낡은 장화를 질질 끌며 가고, 바람 부는 아침에는 먼지를 피하려고 모자를 뒤로 젖혀 꾹 눌러쓰고 지나간다. 길가에 사는 사람들은 멀리서 그 모습을 알아보곤 한다. 벌써 저 사람이 지나갔으니, 당신은 관공서에 늦었다며 봄날 아침에 좀처럼 일어나지 않는 남편을 흔들어 깨우는 군인 아내가 있을 정도다.

이 남자가 논두렁길에 모습을 나타낸 것은 지금으로부터 약 두 달 전이었다. 이 근교의 땅이 개발되어 새 집들이 숲 한쪽과 언덕 위에 들어서고, 아무개 소장의 저택, 모 회사 중역의 저택 등 큰 건물이 무사시노武藏野의 유서 어린 커다란 상수리나무 가로수 사이로 마치 그림처럼 아물아물 보이는 그런 때였다. 그렇지만 그 상수리나무 가로수 건너편에, 임대 가옥 대여섯 채가 늘어서 있었기 때문에, 아마도 그쪽으로 이사 온 사람일 거라는 게 한결같은 소문이었다.

사람 지나다니는 일이 구설수에 오를 이유는 없다. 하지만 쓸쓸한 시골에서는 사람이 드문 데다가 이 남자의 모습은 무척이나 특색이 있었다. 게다가 집오리가 걷는 듯한 이상야릇한 모습을 하고 있기 때문에, 뭐라고 형언할 수 없는 부조화 —— 그 부조화가 결국 길가 사람들의 한가로운 눈길을 끄는 원인이 되었다.

나이는 어림잡아 서른일곱 여덟 정도이고, 새우등에 들창코, 뼈드렁니, 거무스름한 구레나룻이 얼굴의 반을 텁수룩하게 뒤덮고 있어 언뜻 보면 무서운 생김새였다. 젊은 여자들 같은 경우는 낮 시간에 그와 마주쳐도 오싹할 정도였지만, 그런 생김새와는 어울리지 않게 눈에는 온화하고 상냥한 구석이 있었으며, 끊임없이 무언가를 보며 동경하고 있는 것처럼 보였다. 보폭은 의외로 제법 넓어서, 재빨리 종종걸음으로 걷는 그 속도! 아침 훈련 나온 병사들도 그 걸음걸이에는 언제나 두려워해 멀리 피할 정도였다.

옷차림은 대개 양복으로, 능직으로 짠 감이 닳고 닳은, 낡은 다갈색 모직으로 만든 것이었다. 위에 걸친 인버네스(inverness, 소매 없이 망토처럼 생긴 일본 남자들의 외투)도 양갱 색이 누렇게 변색되어 있었다. 오른손에는 손잡이가 금방이라도 떨어질 듯한 싸구려 지팡이를 들고 있었고, 격에도 맞지 않는 거무스름한 적갈색 보자기를 껴안은 채 왼손은 주머니에 쑤셔넣은 상태로 다녔다.

그가 네 번째 울타리 밖을 지나면,

"지금 외출한다."

하며 시골 모퉁이에 있는 정원수 파는 가게의 부인이 입속으로 중얼거린다.

그 가게도 새로 지은 집으로, 휘어진 소나무와 떡갈나무, 회양목, 팔손이나무 등 사람들에게 팔 나무들이 주위에 엉성하게 심어져 있지만, 그 맞은편에는 센다가야 도로를 끼고 있는 신개발지인 야시키초星敷町가 차분하게 이어져 있다. 2층 유리창에는 아침 햇살이 반짝반짝 빛나고 있다. 왼쪽에는 뽈 오늬 공장이 몇 채 있다. 벌써 일을 시작했는지 가느다란 굴뚝에서는 아침 연기가 까맣고 낮게 너울거리고 있다. 맑게 갠 하늘에는 숲 너머 전봇대가 머리 부분만 드러내고 있다.

남자는 터벅터벅 걸어간다.

논두렁을 지나면 두세 폭 정도의 자갈길, 섶나무 울타리, 떡갈나무 울타리, 장미과의 작은 상록 교목으로 된 울타리 등이 있고, 그 사이사이로 유리 장지문, 가부키몬(冠木門, 가로대를 기둥 위에 건너지른 지붕 없는 문), 가스등이 나란히 줄지어 있고, 정원의 소나무에는 서리에 맞지 않도록 짚으로 감은 새끼줄이 아직 그대로 둘러져 있는 것도 보인다. 1, 2번가에 가면 센다가야 도로다. 거기서는 매일 아침 구보 연습을 하며 지나가는 군인들을 만난다. 서양 사람의 커다란 양옥, 신축 병원의 커다란 문, 과자를 싸는 띠로 지붕을 이은 오래된 집, 여기까지 오면 벌써 요요기 정류장의 높다란 선로가 보이고, 신주쿠新宿 부근에서 '삐' 하는 기적 소리가 귓가에 울린다. 그러면 남자는 그 커다란 몸을 앞으로 내민 채, 주위 사람들은 아랑곳하지 않고 쏜살같이 달려가곤 한다.

오늘도 그곳까지 와서 귀를 기울였지만, 아직 전차가 올 것 같은 기미도 없어서, 일정한 보폭으로 터벅터벅 걷고 있었다. 그렇지만 높은 선로가 구부러지는 길모퉁이에서 우연히 붉은빛이 감도는 진한 밤색 하오리(羽織, 기모노 위에 입는 짧은 겉옷)를 화려하게 차려입고 앞머리를 부풀려 빗은 한 여자의 뒷모습을 보았다. 올리브색 리본에 금실이나 은실 등 여러 가지 색실로 무늬를 솟아나게 짠 수자직繡子織으로 된 하나오(鼻緒, 왜나막신의 끈)에 방금 새로 신고 나온 듯한 흰 버선. 그것을 보자 왠지 그의 가슴은 설레고 습성이라고 할 것까지는 없지만, 그저 기쁘고 마음이 안절부절못하며 그녀 앞을 지나쳐 가는 것조차도 아까운 그런 기분이 드는 것 같다. 남자는 이 여자를 이미 보아와서 잘 알고 있었기 때문에, 적어도 대여섯 번은 그녀와 함께 전차를 탄 적이 있다. 어디 그뿐인가. 추운 겨울날 저녁, 일부러 길을 돌아서 그 여자의 집 앞에 가서 서성인 적도 있다. 센다가야의 논두렁 길 서쪽 모퉁이에, 떡갈나무로 둘러싸인 깊숙하고 큰 저택에 사는 총령總領의 딸이란 것을 잘 알고 있다. 눈썹이 아름답고 새하얀 볼이 통통한 그녀는 웃을 때 말로 표현하기 어려운 표정이 눈썹과 눈 사이에 드러나는 아가씨다.

'아마도 스물두세 살, 학교에 다니는 것 같지는 않다……그것은 매일 아침 마주치지 않는 것으로 알 수 있지만, 그렇다면 어디로 가는 것일까?'라고 생각했다. 하지만 그런 생각만으로도 이미 그는 마음이 유쾌해진다. 눈앞에 아른거리는 아름다운 기모노의 빛깔이 무척이나 마음을 흔들어놓았다. '이제 시집을 가겠지?' 하는 생각에 이르면, 이번에는 왠지 쓸쓸하고 섭섭한 그런 기분이 들어서, '나도 조금만 더 젊었으면……' 하는 생각들이 자꾸 일어나기도 했지만, '이런 바보, 내가 몇 살인데. 마누라도 있고 자식까지 있는 몸이……' 하고 다시 생각을 하게 된다. 그렇게 다시 마음을 고쳐먹었지만, 그래도 왠지 슬프고 왠지 기쁘다.

요요기 역으로 올라가는 계단쯤에서, 그래도 그녀를 앞질러 가서 옷깃 스치는 소리며, 그녀의 분 냄새에 가슴이 뛴 적도 있었지만, 오늘 그는 뒤도 돌아보지 않고 큰 걸음으로 그것도 달리듯 하며 계단을 올라갔다.

정거장의 역장이 승차권 검사를 하고서 되돌려주었다. 이 역장도 다른 역무원들도 모두 이 덩치 큰 사내에게 익숙해져 있다. 성급하고 덜렁거리는 성격에다 말을 빨리 한다는 것까지도 알고 있었다.

판자로 둘러쳐진 대합실에 들어가려고 하던 남자는 또 전부터 보아왔던 한 여학생이 서 있는 것을 재빨리 알아봤다.

적당한 몸집에 볼은 분홍빛이 감돌며 얼굴 윤곽이 동그란 귀여운 아가씨. 화려한 줄무늬에 적갈색의 하카마(袴, 일본 옷의 겉에 입는 주름 잡힌 하의)를 입고, 오른손에 가느다란 양산을, 왼손에는 보라색 보자기를 안고 있지만, 오늘은 리본이 평소의 것과는 달리 하얗다고 남자는 금세 알아차렸다.

이 아가씨가 자기를 잊었을 리 없다. 당연히 알고 있다. 남자는 계속 그렇게 생각했다. 그리고 아가씨 쪽을 보았지만, 아가씨는 모르는 척하며 다른 쪽을 향하고 있다. 부끄러움을 타는 걸까 하는 생각이 들자마자 견딜 수 없이 귀엽게 느껴진다. 안 보는 척하면서도 몇 번이고 본다. 자꾸만 본다. ── 그리고 또 눈을 딴 데로 돌리고 이번에는 계단 쪽에서 앞질러 온 여자의 뒷모습을 넋을 잃고 바라보았다.

전차가 오는 것도 모르는 것처럼…….

2

아가씨가 자신을 잊었을 리가 없다고 이 남자가 생각한 것은 그만한 이유가 있었다. 거기에는 재미있는 에피소드가 있다. 이 아가씨와는 언제라도 같은 시각에 요요기 역에서 전차를 타고, 우시고메⁴

込까지 가기 때문에, 이전부터 그 모습을 자주 보아왔지만, 굳이 그것을 말하려는 것은 아니다. 단지 자신의 맞은편에 타고 있는 그녀를 보았을 때, 살이 찐 아가씨구나 하는 생각을 했다. 볼살이 통통하고 커다란 가슴에 괜찮은 아가씨로구나 하는 생각은 계속하고 있었다. 그렇게 마주치는 일이 거듭되면서, 웃는 얼굴이 아름답다는 것도, 귀 밑에 자그마한 사마귀가 있다는 것도, 복잡한 전차에서 손잡이를 잡으려고 날씬하게 내민 팔이 하얗다는 것도, 시나노마치信濃町에서 이따금씩 같은 학교 여학생과 만나면 깔깔대며 이야기를 나눈다는 것도 알게 되었다. 이런저런 모든 것을 알게 되자, 어느 댁 아가씨일까 등등 그 집과 그 가정에 대해서도 알고 싶어졌다.

그렇지만 뒤따라갈 정도로 마음에 드는 것은 아닌 것 같았다. 굳이 그것을 알려고도 하지 않았는데, 그러던 어느 날의 일이었다. 남자는 여느 때처럼 모자를 쓰고, 늘 입고 다니던 인버네스에 같은 양복, 같은 신발을 신고, 늘 그랬던 것처럼 센다가야의 논두렁길에 다다랐을 때였다. 갑자기 그 통통한 아가씨가 하오리 위에 하얀 앞치마를 단정치 못하게 묶고, 절반쯤은 흐트러진 머리카락을 오른손으로 누르면서 친구인 듯한 아가씨와 무언가를 서로 얘기하면서 걸어왔다. 늘 보는 얼굴을 다른 곳에서 만나면 왠지 타인처럼 느껴지는 경우가 있는데, 남자도 그런 생각이 들어서인지 잠시 후에 가벼운 목례라도 할 태도를 취하며 서두르던 발걸음을 딱 멈추었다. 아가씨도 흘끔 이쪽을 보고는, '아아, 그 사람이구나. 언제나 전차를 같이 타는 사람' 하는 생각을 하는 것 같았지만, 가벼운 목례도 하지 않고 아무 말 없이 지나쳐버렸다. 남자는 그녀와 스쳐 지나치면서, 오늘은 학교에 가지 않는 걸까. 그런가. 시험 끝나고 휴일인가 아니면 봄방학인가 하고, 자신도 모르게 그런 말을 입 밖으로 내뱉고는, 무의식적으로 대여섯 발자국 정도 앞으로 걸어 나갔을 때였다. 문득 검고 부드럽고 아름다운 봄의 대지 위에 마치 금병풍에 은으로 그려 놓은 솔잎처럼 살포시 떨어져 있는 알루미늄 핀이 보였다.

그 여학생의 것이다.

갑자기 뒤돌아서서 커다란 소리로,

"여보세요, 여보세요, 여보세요!"

하고 계속 불렀다.

여학생은 겨우 열 발자국 정도 지나간 때였기 때문에, 당연히 그 소리를 들었겠지만, 방금 옆으로 지나간 몸집 큰 사내가 자기를 부르리라고는 생각하지 않았기에, 뒤돌아보지도 않고 친구와 어깨를 나란히 하고서 조용히 얘기를 나누며 걸어갔다. 아침 햇살이 들판에 있는 농부의 호밋날에서 빛났다.

"여보세요. 여보세요. 여보세요!"

하고 남자는 운韻을 밟듯이 다시 외쳤다.

그때서야 여학생도 뒤를 돌아봤다. 돌아보니 그 남자는 양손을 높이 들고, 자기 쪽을 향해 재미있는 모습을 하고 있다. 문득 무언가 느낌이 있어 머리에 손을 대보니, 핀이 없었다. "어머, 나, 어떡해. 핀을 떨어뜨렸어." 하고 친구에게 속삭이는 듯하면서 그대로 뛰어오기 시작했다.

남자는 손을 든 채, 그 알루미늄 핀을 쥐고 그녀를 기다렸다. 아가씨는 헐레벌떡 뛰어, 이윽고 가까이 다가왔다.

"정말 고맙습니⋯⋯."

그녀는 부끄러운 듯 얼굴에 홍조를 띠며 감사의 말을 했다. 사각 윤곽을 한 커다란 얼굴은 아주 기쁜 듯 생글생글 웃으며, 여학생의 새하얗고 아름다운 손에 그 핀을 건넸다.

"정말 고맙습니다."

그녀는 거듭 정중한 태도로 인사를 하고는 발길을 돌렸다.

남자는 기뻐서 어쩔 줄 모른다. 유쾌한 마음에 어쩔 줄 모른다. 이 것으로 그 아가씨는 내 얼굴을 기억했구나⋯⋯하는 생각을 한다. 이 제부터 전차에서 만나더라도, 저 사람이 내 핀을 주워 건네준 사람 이구나 하고 생각해줄 게 틀림없어. 만일 내가 젊고, 아가씨가 약간 만 더 미인이었다면, 이런 소재를 갖고 재미있는 소설을 쓸 수도 있 겠구나 하는 생각을 하는 등 그는 두서없이 이런저런 것을 생각했 다. 연상은 연상을 낳아서, 헛되이 젊은 시절을 낭비해버린 일이나, 연인 사이로 만나 결혼하여 점점 나이를 먹어가는 아내, 아이를 많 이 낳은 일, 자신의 황량한 생활, 시대에 뒤쳐져서 희망도 보이지 않 는 미래, 여러 가지 기억들이 얽힌 실타래처럼 뒤죽박죽이 되어 거 의 끝이 보이지가 않는다. 문득 자신이 근무하고 있는 모 잡지사의 까다로운 편집장 얼굴이 공상 속에 생생하게 떠올랐다. 그러자 그는 갑자기 공상을 떨쳐버리고 가던 길을 서둘렀다.

3

이 남자는 어디에서 오는가 하면, 센다가야 논두렁길을 넘어서, 상수리나무 가로수 반대편을 지나, 새로 지은 근사한 저택의 대문들이 즐비하게 늘어서 있는 그 사이를 빠져나가면, 소 울음소리 들리는 목장의 큰 떡갈나무가 이어져 있는 샛길——그 맞은편으로 완만하게 경사져 내려간 언덕에 서 있는 집 한 채, 그는 매일 거기서 나온다. 그래서인지 키 작은 장미과의 상록 교목으로 된 울타리로 둘러싸여 있고, 방이 세 칸 정도로 보이는 집 구조, 마루와 지붕이 낮은 것만 보아도 날림으로 지은 임대건물이라는 것을 알 수 있다. 작은 문을 열고 안에 들어가지 않더라도, 거리에서 정원과 방이 훤히 다 들여다보인다. 대여섯 그루의 조릿대 아래에 키 작은 서향이 두, 서너 그루 피어 있지만, 그 옆에는 화분에 심긴 꽃대 여섯 송이가 아무렇게나 줄지어 서 있다. 부인으로 보이는 스물 대여섯 정도 된 여자가 소매를 걷어붙인 채 부지런히 일을 하고 있는가 하면, 네 살쯤 되어 보이는 남자아이와 여섯 살 정도의 여자아이가 툇마루의 양지바른 곳에 나와 자꾸만 무슨 얘기인가를 하며 놀고 있다.

집 남쪽에는 두레박을 엎어 놓은 우물이 있는데, 10시쯤 되어 날

씨만 화창하면 부인은 이곳에 양동이를 들고 나와 자주 빨래를 한다. 기모노를 빠는 물소리가 첨벙첨벙 평안하고 한가롭게 들리고, 옆에 있는 백련에 아름다운 봄빛이 빛나면 무어라 형언할 수 없는 평화로운 정취가 주위에 펼쳐진다. 부인은 이제 젊은 빛이 퇴색되기는 했지만, 한창 때는 그래도 보통 이상의 용모였을 거라고 생각되었다. 조금 불룩하게 부풀린 앞머리에 다소 옛날식으로 머리를 묶어 넘기고 줄무늬 무명 기모노를 입었는데, 적갈색 띠의 끝이 땅에 닿아 있어, 빨래하는 손을 움직일 때마다 살짝살짝 흔들린다. 잠시 후에 막내 사내아이가, '엄마, 엄마' 하고 멀리에서 부르며 달려와서는 갑작스레 엄마의 젖가슴을 더듬었다.

"자, 조금 기다려."

하고 말하지만, 좀처럼 말을 들으려 하지 않아서 빨래하던 손을 앞치마로 대충 닦고는 앞쪽 툇마루에 걸터앉아 아이를 안아주었다. 거기에 총령 집 여자아이도 와서 서 있었다.

객실 겸 서재로 쓰는 여섯 자 크기의 다다미방에는 유리가 딸린 작은 서양식 책장이 서쪽 벽에 놓여 있고, 밤나무 책상이 그와 반대편에 자리 잡고 있었다. 마루에는 춘란 화분이 놓여 있고, 위에 걸린 족자는 분쵸(文晁, 1763~1841, 에도 후기의 문인화가)의 가짜 산수화다. 봄빛이 집 안에까지 쏟아져 들어와서인지 참으로 따뜻하고 기분이 좋다. 책상 위에는 두서너 권의 잡지와 노란 나뭇결이 그대로 드러나 있는 노시로(能代, 아키타 현에 있는 도시) 칠을 한 벼룻집이 있고, 그리고 거기에 잡지사 원고지인 듯한 종이가 봄바람에 나부끼고 있었다.

　이 얘기의 주인공 이름은 스기다 고죠杉田古城. 말할 필요도 없이 문학가이다. 젊었을 때에는 상당히 이름도 있었고, 두서너 작품은 꽤 갈채를 받은 적도 있다. 그때만 해도 서른일곱이 된 오늘날, 지금처럼 별 볼일 없는 잡지사 직원이 되어 매일매일 출근하며 보잘것없는 잡지 교정이나 하며, 평범하게 문단의 지평선 아래로 침몰해버릴 것이라고는 자신도 생각지 않았을 것이고, 남들도 그렇게 생각하지 않았다. 하지만 이렇게 된 데에는 원인이 있었다. 이 남자는 옛날부터 그랬듯이, 왠지 젊은 여자를 동경하는 나쁜 버릇이 있었다. 젊고 아름다운 여자를 보면, 평상시의 비교적 예리한 관찰력도 완전히 위력을 상실하고 만다. 젊었을 때는 자주 소녀 소설을 써서 한때는 많은 청년들을 매혹시켰지만, 관찰도 상상도 없이 동경만으로 쓴 소설은 사람들에게 비호감이 되어 몰락해갔다. 결국 이 남자와 소녀라는 존재는 문단의 웃음거리가 되어, 쓰는 소설도 문장도 모두 웃음소리 속으로 사라져갔다. 게다가 앞서 말한 것처럼 그의 용모마저 더할 나위 없이 고약해서, 점점 그것에 빗댄 말까지 나도는 지경에 이르렀다. '저 얼굴로 왜 저럴까? 언뜻 보기에는 어떤 맹수하고라도 싸울 만한 풍채와 체격을 갖고 있는데……. 이것도 조물주의 장난 중 하나'라고 사람들은 말하곤 했다.

　어느 날 친구들 사이에서 그에 대한 소문이 돌 때, 한 사람이 말했다.

"도무지 불가사의한 일이야. 일종의 병일지도 몰라. 그는 단지 동경하는 것뿐이야. 아름답다고 생각하는, 단지 그것뿐이야. 우리들 같으면 그럴 때는 금방 본능의 힘이 머리를 들고 일어나서, 그저 동경하는 것만으로는 아무래도 만족할 수 없거든."

"정말이지 생리적으로 어딘가 결함이 있는 게 아닐까?"
라고 말한 사람도 있었다.

"생리적이라기보다는 성격 문제일지도 몰라."

"아니야. 난 그렇게 생각하지 않아. 그는 젊었을 때 너무 원하는 대로 한 것이 아닐까 하는 생각이 들어."

"원하는 대로라니?"

"말하지 않아도 알잖아……. 스스로 너무 몸을 손상시킨 거야. 그 습관이 계속 이어지다 보니까, 생리적으로 어떤 방면에 결함이 생긴 거야. 육체와 정신이 제대로 어울리지 않은 거 같아."

"그런 바보 같은……."
하며 웃는 사람도 있었다.

"그렇지만 아이가 생겼잖아?"
라고 누군가가 말했다.

"그건 아이는 생길 수 있지……." 앞의 남자는 그 얘기를 받아서, "내가 의사한테서 들었는데, 그런 결과는 여러 가지 타입이 있대. 심할 경우에는 생식 기능이 마비되어버리기도 하지만, 그중에는 그 사람처럼 되는 경우도 있대. 그런 좋은 예가 있다면서…… 내게 여러 가지를 가르쳐줬어. 나는 틀림없이 그렇다고 생각해. 내 예감은 틀리지 않거든."

"난 성격이라고 생각해."

"아니야, 병이야. 잠시 해안가에라도 가서 좋은 공기라도 마시고 금욕 생활을 하지 않으면 안 된다고."

"그래도 너무 이상해. 그것도 열여덟, 열아홉, 아니 스물두세 살이라면 그렇게 할 수 있을지도 모르겠지만, 부인도 있고 아이가 둘씩이나 딸렸고, 그리고 나이도 서른여덟이나 돼가잖아. 자네가 말하는 것은 생리학 만능주의고 너무 지나친 단정이야."

"아니야, 그것은 설명이 가능해. 열여덟, 열아홉 살이 아니면 그럴 리 없다고 하지만, 그런 예는 얼마든지 있어. 그는 분명 지금까지도 그걸 하고 있음에 틀림없어. 젊었을 때, 그런 식으로 무턱대고 연애신성론자인 척하며, 입으로는 멋진 말을 하고 해도 본능이 허락하지 않으니까, 결국 스스로를 손상시켜가면서 쾌락을 취한 셈인 거지. 그리고 그것이 습관이 되자, 병적인 것이 되어 본능마저 충분히 발휘할 수 없게 된 거야. 그는 분명 그런 거야. 즉 앞에서도 말했지만, 육체와 영혼이 원만히 조화를 이룰 수 없었던 거지. 어쨌든 재미있잖아? 스스로도 건전하다고 자처하고, 남들도 그렇게 인정하던 사람이 지금에 와서는 불건전도 이만저만이 아니야. 데카당스의 표본이 된 것은 딱히 이거라고 하는 본능이 없기 때문이야. 자네들은 내가 본능만능설에 사로잡혀 있다고 늘 공격하지만, 실제로 인간은 본능이 중요한 거야. 본능을 따르지 않는 사람은 생존할 수 없는 거야."라고 거침없이 말했다.

4

전차는 요요기 역을 출발했다.

봄날 아침은 기분이 좋다. 화창한 햇살이 내리쬐고 공기는 신기할 만큼 선명하고 투명하다. 후지산의 아름답고 희뿌연 안개 아래 커다란 상수리나무 숲이 검게 이어져 있고, 센다가야의 움푹 패인 땅 위에 새로 들어선 집들의 가지런한 풍경이 주마등처럼 빠르게 스쳐 지나간다. 그렇지만 이 무언의 자연보다도 아름다운 소녀의 모습이 더 좋아서, 남자는 앞에 마주앉은 두 아가씨의 얼굴과 자태에 거의 넋을 잃고 있었다. 하지만 무언의 자연을 보는 것보다 살아 움직이는 인간을 바라보는 것은 곤란한 일이다. 너무 빤히 쳐다보면 혹시 상대가 알아차리지나 않을까 신경이 쓰인다. 옆을 보는 듯한 얼굴을 하다가, 번개처럼 재빠르고 날카롭게 곁눈질을 한다. 누군가가 말했다. 전차 안에서 여자를 볼 때 정면에서는 너무 눈이 부셔서 안 된다고. 그렇다고 해서 너무 떨어져도 오히려 다른 사람들에게 의심받을 우려가 있다. 각도를 극히 조금 벗어난 그 자리를 차지하는 것이 가장 편하다고 말한다. 남자는 소녀에게 마음이 끌리는 것이 거의 병적이라고 할 정도이니까, 당연히 그 정도의 비결은 남에게 배울 것까지도 없이 자연스럽게 자각하고 있었고, 언제라도 그런 편리한 기회를 포착하는 것을 놓치지 않았다.

나이가 더 많아 보이는 아가씨의 눈 표정이 너무나 아름답다. 별하늘의 별도 그녀의 눈과 비교하면 그 빛을 잃어버릴 거라는 생각을 했다. 오글쪼글한 비단옷 아래 날씬한 무릎 언저리와 화려한 등나무 색의 옷자락, 흰 버선을 세 겹 정도 겹쳐 신은 채 셋타(雪. 눈이 올 때 신는 신발)를 신고, 특히 하얀 목덜미에서 가슴의 볼록한 그 부분이 아름다운 유방이라고 생각하자, 온몸이 쥐어뜯기는 듯한 기분이 든다. 조금 통통하게 살이 찐 아가씨가 품에서 노트를 꺼내 계속 그것을 읽기 시작했다.

금방 센다가야 역에 왔다.

그가 알고 있는 한, 이 역에서 적어도 세 명의 소녀가 늘 타게 되어 있다. 그렇지만 오늘은 어찌된 건지 시간이 늦어서인지 빨라서인지. 알고 있는 세 명 중 한 명도 타지 않았다. 그 대신에 두 번 다시 쳐다보고 싶지 않을 정도로 아주 못생긴 젊은 여자가 탔다. 이 남자는 젊은 여자라면 어지간히 못생긴 얼굴에서도 눈이 괜찮다든가, 코가 괜찮다든가, 피부색이 희다든가, 목덜미가 아름답다든가, 무릎이 도톰한 것이 괜찮다든가 하며 무언가 나름대로의 아름다움을 발견하고 그것을 보고 즐기지만, 지금 탄 여자는 아무리 찾아봐도 도저히 그런 아름다움을 한 군데도 갖고 있지 않았다. 덧니, 곱슬머리, 검은 피부, 보는 것만으로도 불쾌한 그녀가 갑자기 그의 옆에 와서 앉는 것이었다.

시나노마치 정류장은 비교적 전차를 타는 소녀들이 적은 곳이다. 예전에 한번 괜찮은 귀족의 딸로 보이는 아름다운 아가씨와 무릎을 나란히 하고 우시고메까지 간 기억이 있을 뿐이고, 그 후 꼭 한 번 더 어떻게든 그 소녀와 만나고 싶고 보고 싶다는 바람을 가졌지만, 결국 오늘날까지 그 바람은 이루어지지 않았다. 전차는 신사, 군인, 장사꾼, 학생 들을 잔뜩 태우고 날아다니는 용처럼 달리기 시작했다.

터널을 나와 전차의 속력이 점점 느려질 무렵부터, 그는 자꾸 정거장 대합실 쪽으로 고개를 향하고 있었는데, 갑자기 낯익은 리본 색깔이 눈에 들어왔다. 그의 얼굴은 금세 환하게 빛나기 시작했고 가슴은 두근두근거렸다. 요쓰야四ッ谷에서 오차노미즈お茶の水 고등 여학교(지금의 오차노미즈여자대학교에 해당)에 다니는 열여덟 살 정도의 소녀로 옷차림도 예뻤지만, 특히 그 고운 용모가 좋았다. 이 정도로 아름다운 아가씨는 도쿄에서도 그리 흔치 않을 것 같다는 생각을 하게 된다. 키가 훤칠하고 눈은 방울을 단 것처럼 시원스러운 데다가, 입은 꼭 다문 채였고, 마르지도 찌지도 않은 밝은 얼굴엔 늘 홍조가 넘치고 있었다. 오늘은 공교롭게도 승객이 많아서 그대로 문 옆에 서 있었지만, "복잡하니까 안쪽으로 들어가주세요."라는 차장의 말에 그녀는 어쩔 수 없이 남자 바로 옆에 와서 손잡이에 하얀 팔을 뻗었다. 남자는 자리에서 일어나 대신 손잡이를 잡아주고 싶은 생각이 없는 것도 아니었지만, 그렇게 하면 그 하얀 팔이 보이지 않을 뿐 아

니라, 위에서 내려다보는 것은 무척이나 불편하기에 그대로 자리에서 일어서려고 하지 않았다.

붐비는 전차 속의 아름다운 아가씨. 그것만큼 그에게 깊은 흥미를 주는 게 없었기 때문에 지금까지 이미 그는 몇 번이나 이런 기쁨을 경험했다. 부드러운 옷이 몸에 닿는다. 잡히지 않는 향수 냄새가 난다. 따뜻한 몸의 촉감이 무어라 형언할 수 없는 생각을 자아낸다. 특히 여자의 머리카락 냄새라는 것은, 남자에게 일종의 격렬한 욕망을 일으키게 하는 것이다. 그것이 무어라 이름 붙일 수 없는 유쾌함을 가져다주는 것이었다.

이치가야市ヶ谷, 우시고메, 이이다쵸飯田町를 순식간에 지났다. 요요기에서 탄 두 아가씨는 둘 다 우시고메에서 내렸다. 전차는 신진대사를 하며, 점점 더 혼잡해진다. 그럼에도 불구하고, 그는 넋이 나간 사람처럼 앞에 서 있는 아름다운 얼굴에만 온통 마음을 쏟고 있었다.

드디어 오차노미즈에 도착했다.

5

이 남자가 근무하고 있는 잡지사는 간다神田의 니시키쵸錦町에 있는 '청년사'라는 곳으로, 마사노리 영어학교正則英語學校 바로 다음 거리에 있다. 길가로 접한 유리문 앞에는 신간 서적 간판이 대여섯 개 정도 자리 잡고 있고, 문을 열고 안으로 들어가면, 잡지나 서적 할 것 없이 마구 흐트러져 있는 방 한가운데에 사장의 까다로운 얼굴이 자리 잡고 있다. 편집실은 안쪽에 있는 2층으로 다다미 10개 크기의 방이고, 서쪽과 남쪽이 막혀 있기 때문에 상당히 음산한 분위기를 띠고 있다. 편집실 직원의 책상이 다섯 개 정도 나란히 늘어서 있는데 그의 책상은 그중에서 가장 벽에 가장 가까운 어두운 곳으로, 비오는 날 같은 때는 전깃불이 필요할 정도다. 게다가 바로 옆자리에 전화가 있기 때문에, 쉬지 않고 울려대는 전화벨 소리가 무척이나 시끄럽다. 오차노미즈에서 소토보리선外濠線으로 갈아타고 니시키쵸 3가 모퉁이까지 와서 내리면, 즐거웠던 공상은 완전히 사라져버린 듯한 쓸쓸함이 다가온다. 편집장의 얼굴과 그 암울한 책상이 눈에 어른거린다. 오늘 하루도 괴롭지 않으면 안 되는가 하는 생각을 한다. 또 일상이란 참으로 괴로운 것이구나 하는 생각이 곧 그 뒤를 잇는다. 이 세상 모든 것이 부질없는 듯 혐오스러워지고, 길가의 뿌연 먼지가 누렇게 눈앞에 아른거린다. 글자를 메우는 교정 일도 싫증이 나고, 잡지 편집의 무의미함이 머리에 생생하게 떠오른다. 거의 끝이 없다. 그뿐이라면 그래도 괜찮겠지만, 절반은 털어냈어도 아직은 다 털어내지 못한 전차 속의 아름다운 그림자가 그 쓸쓸하고 누런 먼지 사이에 뿌옇게 보였다. 그것이 왠지 이렇게 자신의 유일한 즐거움을 파괴해버리는 것처럼 생각되어 점점 더 괴로웠다.

편집장은 또 빈정대기를 좋아하는 사람이다. 사람을 놀리는 것을 아무렇지도 않게 생각한다. 애써서 아름다운 문장이라도 만들어 놓으면, '스기다 군, 또 그 야한 이야기가 나왔네요' 하며 날카롭게 찌른다. 무슨 얘기를 하든지 간에 소녀 얘기를 끄집어내 비웃음을 당하게 한다. 그러면 때때로 울컥 화가 치밀어서, '난 어린애가 아니야. 서른일곱이야. 사람을 바보 취급하는 것도 정도가 있지' 하며 분개한다. 그렇지만 그런 감정도 금세 사라져버리고, 질리는 일도 없이 다시 농염한 노래를 읊조리며 신체시를 짓는다.

즉 그에게 쾌락이라는 것은 전차 속의 아름다운 자태와 아름다운 신체시를 짓는 것이며, 회사에 있는 동안에는 할 일만 없으면 원고지를 꺼내 놓고 열심히 아름다운 문장을 쓴다. 소녀에 관한 감상을 적은 글이 많은 것은 물론이다.

그날은 교정이 많아서 혼자서 굉장히 바빴지만, 오후 2시 무렵 다소 정리가 되어 한숨 돌리고 있는데,

"스기다 군."

하고 편집장이 불렀다.

"예?" 하고 그쪽을 쳐다보자,

"자네의 최근 작품을 읽었어." 하고 말하며 웃는다.

"그렇습니까?"

"여전히 아름다워. 정말 아름답게 썼어. 사실 자네를 호남이라고 생각하는 것도 무리는 아니야. 아무개 기자는 말이지, 자네의 큰 체격을 보고 예상 밖이라며 놀랐다고 하니까."

"그렇습니까?"

라고 스기다는 할 수 없이 웃는다.

"소녀 만세입니다."

편집 직원 중 한 사람이 맞장구를 치며 놀렸다.

스기다는 화가 났지만 시시한 녀석들을 상대한다는 것은 좋지 않다고 생각하며 고개를 돌려버렸다. 하지만 무척이나 부아가 치밀었다. 서른일곱이나 먹은 자신을 멸시한다는 기분이 들었다.

엷은 어둠이 깔린 어둠침침한 사무실은 아무리 생각해도 견딜 수 없이 침울해서 담배를 피워 물었다. 푸른 보랏빛 연기가 '후' 하고 길게 피어올랐다. 그것을 바라보고 있자, 요요기의 아가씨, 여학생, 요쓰야 역에서 만났던 아름다운 모습 등이 뒤죽박죽 교차되면서 그 모두가 한 사람처럼 생각되었다. 어리석다는 생각은 들었지만, 그렇다고 유쾌하지 않은 것도 아니었다.

오후 3시가 지나고, 퇴근 시간이 가까워지자 집 생각을 했다. 아내를 생각했다. 볼품없어. 이제 나이를 먹어버렸구나. 절실하게 개탄한다. 젊은 청년시절을 헛되이 보내놓고, 지금 와서 후회해본들 아무런 소용도 없다. 정말이지 보잘것없는 인생이었다는 생각을 거듭한다. 젊었을 때 왜 좀더 열렬한 사랑을 하지 않았을까? 왜 충분히 육체의 냄새를 맡지 않았을까? 지금 와서 생각해봐야 아무런 반향도 없다. 벌써 서른일곱이다. 이런 생각을 하자 남자는 안절부절못하며 자신의 머리털을 쥐어뜯고 싶어진다.

회사의 유리문을 열고 밖으로 나갔다. 하루 종일 일한 탓인지 머리는 무척이나 고단하고, 왠지 정수리가 아픈 것 같은 느낌이다. 서풍에 휘날리는 노란 먼지, 외롭다, 외롭다. 왠지 오늘은 더욱 외롭고 괴롭다. 아무리 아름다운 소녀의 머리 향기가 그립다 하더라도, 이제 나는 더 이상 사랑할 수 있는 나이가 아니다. 또 사랑을 하고 싶다 하더라도, 아름다운 새를 유혹할 수 있는 날개를 갖고 있지 않다. 그렇게 생각하다가 이제 더 살아갈 가치도 없다. 죽는 편이 낫다. 죽는 편이 낫다. 죽는 편이 낫다. 그렇게 그는 큰 몸을 움직이면서 생각했다.

얼굴색이 좋지 않았다. 눈이 흐릿해 있다는 것은 그의 마음이 어둡다는 것을 뜻한다. 아내와 자식과 평화로운 가정을 염두에 두지 않는 것은 아니지만, 그런 것들이 이제 아무런 연고가 없는 것처럼 생각되었다. 죽는 편이 나을까? 죽으면 아내와 자식은 어떻게 하지? 그러나 이런 생각은 이미 희미해졌고, 대답을 못할 정도로 그의 마음의 신경은 무너져 있었다.

쓸쓸함, 쓸쓸함, 쓸쓸함, 이 쓸쓸함에서 구해줄 수 있는 것은 없을까? 아름다운 모습, 단지 그 하나만이라도 좋으니까, 흰 팔에 이 몸을 감싸줄 사람은 없을까? 그렇게만 된다면, 분명 부활할 것이다. 희망, 분투, 노력, 반드시 거기에서 생명을 발견할 것이다. 이 혼탁해진 피가 다시 새로워질 수 있다고 생각한다. 그렇지만 이 남자가 실제로 그것으로 새로운 용기를 회복할 수 있을지 어떨지는 물론 의문이다.

소토보리선 전차가 역에 들어왔기 때문에 그는 올라탔다. 민첩한 눈은 곧 아름다운 기모노 색을 찾았지만, 공교롭게도 거기에는 그의 바람을 만족시켜줄 만한 여인은 타고 있지 않았다. 그렇지만 전차를 탔다는 것만으로도 마음은 차분해지고, 그때부터 집에 갈 때까지 이 전차 안이 마치 자신의 극락경極樂境인 것처럼 기분이 편안해졌다. 길가의 수많은 상점과 간판이 주마등처럼 눈앞을 지나가지만, 그것이 여러 아름다운 기억들을 떠올리게 해서 기분도 좋아졌다.

오차노미즈에서 고부선甲武線으로 갈아타자, 때마침 박람회 때문에 전차는 거의 만원이었고, 남자는 차장이 있는 곳까지 비집고 들어가 억지로 문 가까이 다가가서 놋쇠로 된 둥근 봉을 잡았다. 문득 차 안을 둘러본 그는 깜짝 놀랐다. 그 유리창을 사이에 두고 바로 거기에 시나노마치에서 동승했던, 꼭 한 번 더 만나고 싶고 볼 수 있기를 바라고 있었던 그 아름다운 아가씨가 중절모와 각모角帽와 인버네스 사이에서 짓눌린 듯, 마치 까마귀 무리에 둘러싸인 비둘기처럼 움츠린 채 전차에 타고 있었다.

아름다운 눈, 아름다운 손, 아름다운 머리카락. 어찌 속되고 추악한 이 세상에, 저렇게 고운 아가씨가 있을까 하는 생각이 퍼뜩 들었다. 누구의 아내가 될까? 누구의 팔에 안기게 될까? 그런 생각을 하게 되자, 참을 수 없이 분하고 한심해져 결혼식이 언제가 될지는 모르겠지만, 그날은 저주해야 할 날이라고 생각했다. 흰 목덜미, 검은 머리칼, 올리브색 리본, 하얀 물고기처럼 예쁜 손가락, 보석이 박힌

금반지 — 그녀가 북적대는 승객들 속에 있다는 것과 유리창 너머에 있다는 것은 상황이 좋은 경우이다. 그는 그 아름다운 모습에 충분히 넋을 빼앗기고 말았다.

스이도쿄水道橋와 이이다쵸를 지나는 동안에 점점 더 승객은 많아졌다. 우시고메에 이르자, 거의 전차 밖으로 밀려날 것 같았다. 그는 놋쇠 봉을 꽉 붙잡고 있으면서도 눈은 그 아가씨의 모습에서 벗어나지 못한 채 멍하니 자기 자신조차 잊고 있는 것 같았지만, 이치가야에 왔을 때는 또 대여섯 명의 승객이 더 올라탔기 때문에 서로 밀치고 밀리고 했다. 자칫하면 몸이 차 밖으로 굴러떨어질 것 같았다. 철로의 덜컹거리는 소리가 멀리서 들려오고, 왠지 주위가 소란스러웠다. '삐' 하는 전차의 기적이 울리면서, 차체가 한 칸 두 칸 정도 출발하면서 갑자기 또 속력을 내기 시작했다. 그때 옆에 있던 승객 두세 명이 중심을 잃고 쓰러졌기 때문이겠지만, 아가씨의 아름다움에 황홀하게 취해 있던 그의 손이 놋쇠 봉에서 떨어져나갔다. 동시에 그 커다란 몸은 멋지게 재주를 넘으며, 마치 커다란 공처럼 데굴데굴 선로 위로 굴러 떨어졌다. 위험하다고 절규하는 차장의 외침을 뒤로 한 채 재수없게도 상행 전차가 지축을 흔들며 달려왔기 때문에, 순식간에 그 검고 큰 물체는 '아아' 하는 사이에 서너 칸 질질 끌려가더니, 붉은 피가 한 줄로 길게 레일 위를 물들였다.

비상 경적이 공기를 가르며 소란스럽게 울렸다.

소녀병

이 소설은 사소설私小說에 속한다. 사소설이란 작가가 자신의 경험을 소재로 하여 쓴 1인칭 형식의 소설로, 일본 소설의 가장 중요한 특징 중 하나이다. 일본 문학사에서 대표적 사소설 작가로 꼽히는 사람이 다야마 가타이(1871~1930)다. 가타이의 대표작은 우리나라에도 잘 알려진 「이불」(1907)인데, 이 작품은 발표 당시 일본인에게 커다란 반향을 일으켰고, 다야마 가타이를 일본의 자연주의 작가로 규정짓는 중요한 계기가 되었다.

「소녀병」도 역시 1907년 작품이다. 주인공인 '스기다 고죠'는 서른일곱 정도의 남자로, 볼품없는 외모에 별 볼일 없는 잡지사에 근무하고 있지만, 한때는 상당한 인기를 얻었던 로맨스 작가였다. 이 남자에게는 언제 어디서나 젊은 여자를 찾아내 눈길을 주는 고약한 버릇이 있다. 매일 아침 출근길에 전차를 타면 어떤 역에서 어떤 용모의 여자가 탄다는 것을 줄줄 꾀고 있을 정도다. 특히 붐비는 전차 안에서 아름다운 아가씨를 보는 일만큼 그에게 기쁨을 주는 것은 없다. 주변 사람들은 이런 취향에 대해 이런저런 말이 많고 대놓고 비웃기도 하지만, 그는 아랑곳하지 않는다. 그러던 어느 날, 그는 이렇게 무의미한 삶을 지속하느니 차라리 죽는 것이 낫지 않을까 하는 고민에 빠지게 된다. 그리고 퇴근길 엄청나게 붐비는 전차 안에서 자신이 꼭 한 번 다시 만나고 싶었던 아가씨를 발견하고는 그녀를 정신없이 바라보다가 선로 위에 떨어져 비참한 죽음을 당한다.

  이 작품은 자신의 타고난 취향대로 살지 못해서, 진정한 삶의 기쁨도 누리지 못하는 한 남자의 이야기다. 거의 백여 년 전에 발표한 작품이지만, 지금 읽어도 그리 낯설지 않은 한 남자의 마음속 풍경이 자연스럽게 서술되어 있다. 사회적으로 지탄받기 쉬운 특이한 취향을 가진 사람의 이야기지만, 여성에 대한 육체적 탐닉이 아니라 시선에 초점을 두고 있다는 데 독특함이 있다. 주인공은 죽고 싶다고 생각한 날, 가장 행복한 순간에 죽음을 맞게 된다. 자신의 취향 때문에 결국은 죽음을 맞게 된 그가 최후의 순간에 느낀 것은 과연 무엇이었을까.